Alma
oder
Das Verschwinden

WALTRAUD BONDIEK

Alma

oder

Das Verschwinden

Bibliografische Information der Deutschen Nationalbibliothek:
Die Deutsche Nationalbibliothek verzeichnet diese Publikation in
der Deutschen Nationalbibliografie; detaillierte bibliografische Daten
sind im Internet über dnb.dnb.de abrufbar.

Covergrafik: tstockphoto/ Shutterstock.com
Satz, Umsatzgestaltung und Verlag: BoD · Books on Demand GmbH,
In de Tarpen 42, 22848 Norderstedt

Druck: Libri Plureos GmbH, Friedensallee 273, 22763 Hamburg

ISBN: 978-3-8370-9622-4

0

Ich bin Alma. Meinen Zunamen müssen Sie nicht kennen. Wir werden einander ohnehin nicht begegnen, denn Sie werden vor mir gestorben sein. Kinderlos. Ich selbst werde an meinem 100. Geburtstag schmerz- und rückstandsfrei aus dieser Welt herausgeschnitten. Eliminiert. Eine Maßnahme aus den Zeiten der Überbevölkerung, gesichert durch einen Ewigkeitscode und durch nichts und niemanden außer Kraft zu setzen. Kein Grab, kein Hologramm, kein digitaler Zwilling wird an mich erinnern.

Im Jahre 2055, also vor achtundneunzig Jahren wurde ich gezeugt, durch einen Geschlechtsakt zwischen Mann und Frau, wie es damals üblich und zur Arterhaltung notwendig war. Ich selbst bin unfruchtbar. Die gesamte Menschheit ist es inzwischen. Es war Notwehr. Die Natur hatte keinen anderen Ausweg mehr gewusst: entweder sie oder der Mensch. In absehbarer Zeit wird homo sapiens von der Erde verschwunden sein.

Noch bin ich achtundneunzig, äußerlich eine Frau in mittleren Jahren, im Wesen eine etwas biestige Alte. Ich pflege eine überzuckerte Feindschaft zu meinen Schwägerinnen Laura und Tilla, die mit meinem geliebten Bruder Ludwig verheiratet waren. Er und ich, wir waren Kinder der Nacht, wir haben unserem Vater nicht das Leben gerettet, sondern ihn umgebracht. So war es. Und niemand hat Schuld.

I

»Atme, atme, du musst atmen.«

Ich schrecke aus dem Schlaf. Da sind Stimmen neben meinem Bett, Kinderstimmen, geisterhaft, dicht an meinem Ohr. Es klingt wie ein Sprechgesang. Liege ich im Sterben? Das wäre ja noch schöner, sage ich mir und ahne, dass ich nur träume, es zu denken, und nur träume, wach in meinem Bett zu liegen und diese Kinderstimmen zu hören.

»Atme, atme, du musst atmen.«

Nein, ich sterbe nicht, ganze zwei Jahre habe ich noch bis zu meinem hundertsten Geburtstag, und das System, das mich dann dem Nichts überantworten wird, hat sich noch nie im Datum geirrt.

Das Wort »sterben« ist im Grunde fehl am Platz, seit der Körper den Prozess des Sterbens überspringt und einfach aus der Wirklichkeit herausgeschnitten wird. Der Übertritt ins Nichts sei völlig schmerzfrei, heißt es, man verschwinde von einem Moment zum anderen, ohne der Nachwelt seinen Leichnam zu hinterlassen, man werde sozusagen in Luft aufgelöst, wobei Luft natürlich nur ein Ersatzbegriff ist, um der Vorstellung etwas an die Hand zu geben, denn ein Nichts und Nirgendwo ist letztlich unbegreiflich. Es widerspricht den Naturgesetzen und ist mit dem Verstand so wenig zu fassen wie die Ewigkeit oder eine Temperatur unterhalb des absoluten Nullpunkts. Und es heißt auch, dass es zu jedem beliebigen Zeitpunkt am hundertsten Geburtstag geschehen könne und es keine den Augenblick ankündigenden Vorzeichen geben werde. Laura, die zugegen war, als es ihren Bruder traf, will den Moment wie einen Riss durch Zeit und Wirklichkeit erlebt haben, wie ein Whiteout, das Gegenteil eines Blackouts. Einen Wimpernschlag lang soll sich ein weißer, völlig leerer, ins Unendliche gedehnter Raum ohne Unten und Oben aufgetan haben. Und Tillas Vater soll sogar versucht haben, sein eigenes Verschwinden zu dokumentieren, indem er sich an seinem hundertsten Geburtstag, punkt null Uhr, vor eine laufende Kamera setzte und dort ausharrte. Besagtes Whiteout soll sich wie eine Bildstörung gezeigt haben, die außer weißen und noch weißeren Pixeln nichts erkennen ließ. Was davon stimmt, was schmückendes Beiwerk ist oder in den Bereich der Fantasie gehört ...

»Atme, atme, du musst atmen.«

Wieder diese Kinderstimmen. Es wird einer dieser Klarträume sein, die ich zuletzt als Kind hatte. Mit dem Heranwachsen haben sie sich verloren, scheinen aber jetzt, im hohen Alter, wiederzukehren.

»Atme, atme, du musst atmen.«

»Es reicht!«

Bin ich laut geworden? Ich schlage die Augen auf oder träume, dass ich sie aufschlage. Drei widderköpfige Mädchen in bizarren, altmodischen Kinderkleidchen, geliehen, geklaut oder mitgenommen aus dem Fundus eines Puppentheaters, haben sich am Fußende meines Bettes versammelt und grinsen mich mit geschwärzten Zähnen an. Ohaguro ist wieder in Mode gekommen. Angeblich zelebrieren die Widderköpfigen das Schwärzen der Zähne wie im Alten Japan, brauen sich nach Originalrezepten die schwarzen Tinkturen zusammen und verwenden zum Färben die gleichen Gerätschaften, wie sie früher von japanischen Frauen höherer Stände und von Prostituierten verwendet wurden.

Ich wedele die Widderköpfigen wie lästige Fliegen beiseite. Sie sind brav und verschwinden aus meinem Schlafzimmer.

Wie jeden Morgen setzte ich nun die Kopfhörer auf und greife in die Bonbonniere auf meinem Nachttisch. Fünf bunte Pillen. Die parke ich unter der Zunge und warte, dass sie brizzeln. Nur brizzelnd entfalten sie ihre konservierende Wirkung, zumindest bei mir, gegen Lauras Altern sind sie offenbar machtlos. Mit achtzig sah sie noch immer wie achtzig aus und jetzt, mit dreiundneunzig, keinen Tag besser. Dennoch finde ich sie ansehnlicher als Tilla, die genauso alt ist, aber ein Opfer schönheitschirurgischer Eingriffe wurde.

In den brizzelnden acht Minuten bleibe ich mit Kopfhörern im Bett liegen, rufe den Wetterkanal auf und höre mir Sendungen aus der Vergangenheit an. Einhundert Jahre Wettergeschehen ist dort versammelt, Nachrichten, Kommentare, Features, Berichte, beginnend mit dem 26. Mai 2023. Für mich ist es ein Vermächtnis an uns Nachgebliebene. Es ist interessant, unterhaltsam und manchmal zum Totlachen komisch, was die Klimaforschung einst prognostizierte. Sie stimmte uns auf die Apokalypse ein, sie kam über uns, die Apokalypse, und war in der Rückschau doch nur ein Präludium vor der Totenmesse.

Der letzte Beitrag wurde am 25. Mai 2123, also vor genau achtundzwanzig Jahren eingestellt. Damals schienen Himmel und Hölle den Weltuntergang beschlossen zu haben. Eine Stimme sprach live von gigantischen Faustschlägen, welche die Küsten aus der Höhe und aus der Tiefe trafen, von einem Aufbrechen des Meeresbodens war die Rede und von einem Brüllen, das aus den Ozeanen kam, Wasser, nichts als Wasser, schäumende, grollende Gebirge bewegten sich auf das Festland zu. Wer auch immer davon berichtete, ein schriller Ton drängte die Stimme mehr und mehr in den Hintergrund, bis da nur noch ein Pfeifen, Heulen und einstürzende Welten waren.

Neue Beiträge sind nicht mehr hinzugekommen. Es leben ja kaum noch Menschen, die etwas in den Podcast hätten einstellen können, keine Berichterstatter, keine Meteorologen, keine Klimaforscher. Und wer wie ich noch unter den Lebenden weilt, wird über kurz oder lang hundert sein und dann im Nichts verschwinden. Wem sollten wir warum etwas mitteilen? Ich wüsste es gar nicht.

Ja, wir sind zu einer aussterbenden Spezies geworden. Die Natur hat den Homo sapiens auf die Schwarze Liste gesetzt, aus Notwehr, denke ich, denn es geht ums Überleben: sie oder der Mensch. Das Mittel ihrer Wahl waren nicht die großen Naturkatastrophen, die waren eher Mahnung, Drohgebärde, bevor sie zum radikalsten Mittel griff und ein Virus, das später Xi genannt wurde, zum Vollstrecker machte. Xi hatte weltweit und unbemerkt ein winziges Detail in den menschlichen Keimzellen verändert. Betroffen waren ausschließlich Erwachsene. Die Infektionen wurden als solche entweder gar nicht wahrgenommen oder als Schlafstörung, Verdauungsproblem oder Fettleibigkeit missverstanden. Nach zwanzig Jahren war Xi so unbemerkt wieder verschwunden, wie es sich eingeschlichen hatte. Sein Auftrag war erfüllt: in achtzig Tagen einmal um die Welt, das zweite Mal in vierzig Tagen, danach in zwanzig, in zehn ... Xi hatte alle erwischt, jeden Mann und jede Frau.

Wie tückisch die Strategie der Natur war, zeigte sich erst Jahrzehnte später, denn Xi hatte die Erwachsenen nur als Zwischenwirt benutzt, tatsächlich abgesehen hatte es das Virus auf die folgende Generation, nämlich meine. Und wir mussten erst ins reproduktionsfähige Alter kommen, bevor unsere Unfruchtbarkeit, Mitgift der Eltern, offenbar wurde. Seit fünfundsiebzig Jahren sind keine Kinder mehr zur Welt gekommen.

Nun hat es sich ausgebrizzelt. Mit einem Seufzer nehme ich die Kopfhörer ab und schlage die Nachtdecke zurück. Dann packe ich mein rechtes Bein, mein linkes Bein, bugsiere beide zum Rand der Matratze und schiebe sie über die Bettkante. Es dauert, bis ich es endlich in die Senkrechte geschafft habe. Dabei knackt und kracht es in allen meinen Knochen. Kein Wunder. Der gellende Heulton sämtlicher Sirenen aus den untergehenden Küstenregionen ist mir ins Mark gefahren. Selbst schuld, sage ich mir, nichts zwingt mich, mir diese früheren Beiträge wieder und wieder anzuhören. Dass ich auf diesen Beinen überhaupt noch stehen kann und meine knotigen Füße mich sogar vorwärtsbringen, ist ein Geschenk. Zum Glück schneidet sie der große Spiegel an der Wand gegenüber dem Gespenst im weißen Baumwollnachthemd, dem Gespenst, das ich mir selbst bin, kurzerhand ab. Dafür lässt er den Kopf dran und erinnert mich schmerzhaft an das, was bis in meine mittleren Jahre eine Lockenpracht war. Üppiges, schwarzes Haar hatte ich, kraus wie bei einer Südländerin. Jetzt sind sie weiß und durchscheinend wie Zuckerwatte. Ich mag gar nicht hingucken, wie sich dieses Gespenst damit abmüht, einen abgetragenen Morgenmantel aus Goldbrokat anzuziehen. Ein Arm ist bereits im Ärmel verschwunden, während der andere durch die Luft rudert, damit ich in das geliebte Stück reinkomme. Als es geschafft ist, hangele ich mich von Möbel zu Möbel bis ans Fenster. Die Vorhänge wandern auf Knopfdruck zur Seite. Gelb und wolkenlos hängt der Himmel hinter der Scheibe, gelb und wolkenlos wie jeden Tag, heute in einem stockfleckigen Sumpfdottergelb. Zum Abend hin wird es sich zu einem fauligen Oliv verdichten und schließlich ins Morastige fallen. Außer dem Mond und ein paar Sternen werden Satellitenschwärme über diesen Nachthimmel streichen, schrottreife Raumstationen werden ihre Bahnen ziehen oder abstürzen und im Verglühen meinen Blick fesseln.

Alt, sehr alt fühle ich mich, als ich nach unten ins Badezimmer tappe, eine Hand am hölzernen Treppengeländer.

Das Haus, ein Fachwerkhaus aus dem vorletzten Jahrhundert, ist vollgestopft mit den Jagdtrophäen der Vorbesitzerin, meiner großzügigen alten Freundin Safrane de Jong. Sie hat es mir mit allem Drum und Dran, allem Drunter und Drüber vermacht.

Als es noch gefährliche Tiere in freier Wildbahn gab, war sie auf allen Kontinenten unterwegs gewesen, um ihre Sammlung zu komplettieren, was in ihrem Fall bedeutete, dass sie die begehrte Trophäe zuvor erlegen musste. Die großkalibrige Jagdwaffe hatte sie von ihrem Vater bekommen, ein Geschenk zum fünfzehnten Geburtstag.

Im Laufe ihres hundertjährigen Lebens hat Safrane einiges zusammengeschossen, darunter die sogenannten *Big Five of Africa*, wie man das Ensemble aus Rhinozeros, Elefant, Büffel, Löwe und Leopard in einer heute nicht mehr gesprochenen Sprache nannte.

Die Innenausstattung ist ein tierisches Erlebnis. Doch der riesige Braunbär in der Diele empfängt inzwischen niemanden mehr, weder Geliebte noch ungeliebte Besucher. Zwei mannshohe Stoßzähne flankieren die Tür ins Esszimmer, und hinter der nächsten Tür schlummert vor dem Kamin ein Eisbärenkopf samt Fell, vergilbt und plattgelegen in all den Jahrzehnten; der aufgerissene Rachen präsentiert ein vollständiges, bestens erhaltenes Raubtiergebiss: zweiundvierzig Zähne, ich habe nachgezählt. Um das Zahnfleischproblem werde ich mich in diesem Leben nicht mehr kümmern. Soll sie doch weiter abblättern, die Farbe, die frisches Beuteblut simuliert und einst so kunstvoll verschmiert wurde. Gestört, wirklich gestört haben mich von Anfang an die vier Elefantenfüße in der Bibliothek. Inzwischen habe ich sie gegen zwei niedrige Holztrittleitern ausgetauscht. Elefantenfußgrau ist eine todtraurige Farbe, besonders dann, wenn es sich um das Grau indischer Arbeitselefanten handelt, das Safrane ausdrucksstärker fand als das der afrikanischen Verwandtschaft.

Treppauf, treppab bleiche Tierschädel an holzvertäfelten Wänden. Sie starren mich aus schwarzen Augenhöhlen an, starren mir nach und tragen schwer an ihren prunkenden Geweihen,

Schaufeln und Hörnern in sämtlichen Ausführungen der Natur. Das ist alles nicht mein Geschmack, doch ich habe Safrane versprochen, ihre Trophäensammlung zu erhalten, und stehe zu meinem Wort.

Dieses Haus ist nie zu meinem Haus geworden, und schon gar nicht zu einem Zuhause. Ein Unterkommen bei einer Freundin war es, damals, als ich Ludwigs Frauen in unserem Elternhaus nicht mehr ertrug.

In der Totenstille höre ich die Geschöpfe zuweilen seufzen, als erinnerte sich sogar ihr präparierter Nachlass an eine Welt, die einmal ein Paradies war, bevor es wie jedes Paradies der Zerstörungslust des Teufels anheimfiel.

In den Zoos finden sich keine lebendigen Tiere mehr. Da alle Bemühungen zur Nachzucht fehlgeschlagen sind, präsentiert man die aus Urwäldern, Sümpfen und Steppen verschwundenen Arten in nahezu perfekter Illusion als Hologramme. Sie bewegen sich in lebensechten Farben durch eine lebensecht vorgetäuschte Natur. Mich traf es mitten ins Herz, wie diese digital animierten und wiederbelebten Orang-Utans, Paradiesvögel, Beutelwölfe und Ochsenfrösche sich durch stereotype Bewegungsmuster quälten und synthetisch erzeugte Laute ausstießen. Einen zweiten Zoobesuch habe ich meinem Herzen erspart.

Im Badezimmer dann mein Schaudern, dieses entsetzliche Schaudern jeden Morgen, wenn ich mich des keuschen, weißen Baumwollnachthemdes entledigt habe und meinen Körper bloßgestellt sehe. Sein müdes Fleisch hängt mir von den Knochen wie eine Verwünschung, als trete jede Nacht eine böse Fee an mein Bett und schüttele ihre Fäuste über mir. Dieses farb- und formlose Fleisch steckt in einer labberigen, stockfleckigen Haut, sie riecht ranzig und atmet Verfall. Ich sehe einen Leib, der fast hundert Jahre gelebt hat und verbraucht ist, während mein Zeitgefühl auf der Strecke geblieben ist und es nicht wahrhaben will. Schuld werden die fünf bunten Pillen sein, die ich nach dem Aufwachen brizzeln lasse. Sie sind ein Hexenwerk, täuschen und lügen. Der Spiegel hält mir zwar das Gesicht einer Fünfundsiebzigjährigen entgegen, aber ich spüre, dass mein inneres Gestänge, meine Knochen, dass der Prozess des Verrottens weit fortgeschritten ist.

Ich stelle diesen Körper unter die Dusche. Ich wasche ihn zärtlich wie den eines kleinen Kindes. Das ist mühsam, das ist heilsam, das warme Wasser lässt ihn schmelzen, meine duftende Seife nimmt ihm den Aasgeruch. Sie stammt aus der Vorzeit eines versunkenen Landes mit prunkvoller Geschichte. Aber das Meer hat auch dort seine Wasser in die großen Ströme gedrückt, hat sich der Küstenstädte bemächtigt und sich das Hinterland samt seiner Menschen einverleibt. Und bald schon wird es auch meine Erinnerung an dieses Atlantis, seinen Duft und seine Geschichte nicht mehr geben.

II

Mein Kleid ist schwarz, es bedeckt die Arme, sein Stoff ist leicht, ein Windhauch aus wehendem Chiffon. Schwarz und aus Chiffon ist auch das Tuch, das ich in einer Art Turban um Stirn und Schläfen drapiert habe. Tilla und Laura sollen sich nicht über das mokieren, was mir von meinem einst schönen Haar geblieben ist. Eine mit Haifischzähnen bestückte Kette ist mein Schmuck. Und meine rot geschminkten Lippen. Wie schön, die beiden werden sich erschrecken.

Ich drücke den Türöffner in der Friedhofsmauer, die eisernen Torflügel sperren auf, ich trete hindurch und pralle auf der anderen Seite mit der Sonne zusammen. Eine rötliche Schotterallee, Säulen zu beiden Seiten, läuft wie eine Prozessionsstraße der antiken Welt auf das Große Omega zu. Der mächtige Bau ist an die Stelle des früheren Krematoriums getreten. Wie ein düsteres Kraftwerk steht er vor dem gelbglühenden Himmel. Das Omega-Zeichen aus schwarzem Titan prangt auf der Zementfassade wie ein modernes Kunstwerk. Es umschließt die Eingangspforte wie ein Siegel und scheint dem Bauwerk nicht nur seinen Namen zu geben, sondern auf seine wahre Bedeutung hinzuweisen.

Fünfzehn Minuten werde ich wohl für die gut dreihundert Meter brauchen und vor der verabredeten Zeit am Treffpunkt sein. Lieber warte ich, als mich zu verspäten. Tilla wird pünktlich sein, Laura sicher nicht, weil sie einen lässigen bis nachlässigen Umgang mit der Zeit pflegt.

Das grelle Licht sticht mir in die Augen. Ich schiebe mir die Sonnenbrille ins Gesicht und gehe langsam, ganz langsam die

Allee hinauf, ohne Stock, ohne Rollator, ohne Schmerzen, gerne würde ich zügigere Schritte machen, doch es fehlt mir an Kraft. Mit neunzig ist aus meinem Gehen allmählich ein Trippeln geworden und aus meinem Trippeln inzwischen ein Dahinschleichen. Nein, ich will nicht undankbar sein, noch komme ich ohne Hilfsmittel voran. Gut, dass sich alle zwanzig Trippelschritte eine Säule findet, an die ich mich lehnen kann. Fünfzehn habe ich noch vor mir, ich muss verschnaufen. Atme, Alma, atme, du musst atmen!

Die Säule gibt mir Halt und stützt meinen Rücken. Das Große Omega flimmert wie eine Fata Morgana. Ich atme, schwitze und denke an Schnee. Den gibt es nicht mehr, weil es keinen Winter mehr gibt, auch keinen Frühling und keinen Herbst. Seit fünfzig Jahren leben wir in einer einzigen heißen Jahreszeit. Ach, wie hieß doch gleich jener Tag im November, an dem wir uns auf den Weg zum Friedhof machten, Mutter und ich, um die Gräber der Großeltern mit Tannenzweigen und Mooskissen zuzudecken und ihnen ein Licht für die dunklen Tage anzuzünden? Warum fällt mir der Name nicht ein? Es beunruhigt mich, dass mir die Wörter jetzt so oft ausweichen. Es gibt sie, das weiß ich, aber sie verstecken sich. Manche besinnen sich, kehren wieder und springen mir unverhofft auf die Zunge. Dann spreche ich sie aus, mehrmals hintereinander, damit sie bleiben. Auch das Wort, das mir jetzt fehlt, wird mich wiederfinden, denn es wohnt ja in einem Bild, das ganz bei mir ist: Die Chrysanthemen sind erfroren, wunderschön sehen sie aus, die erschlafften, kupferbraunen Blütenköpfe unter der hauchzarten Reifschicht. Der Strauß steckt in einer Vase vor dem Grabstein. Mutter nimmt ihn heraus. Ich soll ihn auf den Komposthaufen an der Ecke bringen. Also gehe ich, die harten Stiele zwischen den gestrickten Fäustlingen. Es hat angefangen, leicht zu schneien. Weiße Flocken setzen sich auf meinen Kindermantel.

Und schmelzen. Ich schaue nach oben, verwundert, weil die Schneeflocken plötzlich grau aussehen.

Mein Gesicht wird nass. In meiner Handtasche müsste ein Taschentuch sein. Ist es aber nicht. Ich wische mir den Schweiß mit der Hand von der Stirn. Mein Blick überfliegt dabei das staubtrockene, mit Steinen übersäte Gelände neben der Allee. Es grenzt an den ehemaligen Friedhof, eingestürzte Grabhäuser sind von hier zu erkennen und ein großer Gedenkstein für Soldaten, die in einem nur noch von Geschichtsbüchern erinnerten Krieg für nichts und wieder nichts gefallen sind. Das heutige Geröllfeld war einst als Reservefläche für neue Gräber vorgesehen, doch seit man mit dem Tod rückstandsfrei ins Nichts tritt, gibt es weder Seelen noch Asche oder Tote zu bestatten.

Ein halbes Jahrhundert musste vergehen, bevor ich mich überwand und den Friedhof noch einmal aufsuchte. Das Krematorium war verschwunden und an seine Stelle das Große Omega und sein System getreten. Ich hatte wenig Hoffnung, den weißen Marmorstein mit Mutters Lebensdaten wiederzufinden. Da war kein Weg, den ich erkannte, da standen nur noch kahle Sträucher, abgestorbene Bäume und die schwarzen, wie erloschene Fackeln in den Himmel ragenden Pappeln, da fand sich nichts, woran ich mich hätte orientieren können. Ich ging und ging, sah eingesunkene Gräber, gleichförmige Grabsteine in Reihe, umgestürzte Trauerengel, Inschriften und Namen auf verwitterten Steinplatten, verrostete Einzäunungen alter Familiengräber. Und viele Tafeln sah ich mit Namen und Sterbedaten aus jüngerer Zeit, zu denen kein Grab gehörte. Offenbar waren sie von jenen aufgestellt worden, die sich nicht damit abfinden wollten, dass von einem Menschen nach dem Tod nichts als das Nichts bleiben sollte. Irgendwann kehrte ich um, ermüdet vom Gehen und bekümmert, weil meine Suche ergebnislos geblieben war, bekümmert auch von der Trostlosigkeit des Ortes. In Erinnerung hatte ich einen Friedhof gehabt, der einer gepflegten Parkanlage glich mit stattlichen, dichtbelaubten Bäumen, blühenden Hecken, schattigen Wegen und Blumenrabatten. Ringsum Stille, Vogelstimmen und der besänftigende Geruch guter, feuchter Erde.

Ich zähle noch einmal und komme jetzt auf dreizehn Säulen. Die werde ich schaffen. Also los. Und atmen, atmen, tief atmen, Alma.

Ein Scherz, denke ich, als ich am Großen Omega angekommen bin und den Vorplatz vollgestellt mit neongrünen Relax-Sesseln sehe. Erschöpft lasse ich mich in den nächsten fallen. Die bisherigen Holzbänke, schlicht, hart und ohne Rückenlehne, stapeln sich an der Seite wie bereitgestellt zur Entsorgung. Gut so, finde ich, denn diesen Bänken ist anzusehen, dass sie nicht gerade der Bequemlichkeit dienten, aber aus ästhetischer Sicht gut ins architektonische Gesamtbild passten. Ich lehne mich zurück, dankbar für den Komfort. So lässt sich das Warten aushalten. Ich mache die Augen zu. Und sogleich wieder auf, um mich zu vergewissern, dass Tilla und Laura noch nicht im Anmarsch sind. Die Allee liegt einsam und verlassen da, kein Mensch, kein widderköpfiges Mädchen.

Laura und Tilla sind nicht meine Freundinnen, sie sind alles andere als das. In erster Linie sind sie meine Schwägerinnen, in zweiter Linie waren sie leider mit meinem Bruder verheiratet gewesen, jede neunundzwanzig Jahre lang. Laura war seine erste Frau, Tilla wurde seine Witwe. Allerdings hatte er die beiden nicht nacheinander geheiratet, also erst Laura und nach der Scheidung Tilla, sondern hatte sie gleichzeitig genommen. Sie waren ja mehr als Freundinnen, Blutsschwestern waren sie, unzertrennlich wie Siamesische Zwillinge, zusammengewachsen am Herzen. Ein Mann, zwei Frauen, das war kein Problem für sie, und schon gar keins für Ludwig. Aber für mich. Achtundfünfzig Jahre haben es die drei zusammen ausgehalten. Dann wurde Ludwig hundert und musste diese Welt verlassen. Das war vor genau einem Jahr. Heute, an seinem ersten Todestag, wollen wir ihn wiedersehen.

In der Armlehne habe ich einen Knopf ertastet. Ich drücke ihn und bin gespannt, was passieren wird. Etwas kommt in Gang, in den Eingeweiden des Sessels, dicht unter dem neon-grünen Kunstleder rollt es, walkt und knetet unsichtbare Hände meinen Rücken rauf und runter, zwischendurch ein Tritt, und weiter. Das tut gut. Ich liege da und gebe mich hin, bis ein Schatten mich stört. Er streicht über mich hin und summt. Augen auf. Das Geräusch kommt von einer Drohne im Spielzeugformat, die über dem Großen Omega kreist.

Früher, als in der Natur noch echte Bienen umherflogen und summten, nannte man die männlichen Bienen ebenfalls Drohnen. Und wenn es noch immer stimmt, was ich im Biologieunterricht gelernt habe, dann wurde eine Biene nur deshalb zur Drohne, weil die Königin dem Ei, das ihrem Körper entschlüpfte, ein Spermium aus ihrem Samentäschchen vorenthielt. Dass aus einem unbefruchteten Bienen-Ei dennoch ein Bienen-Mann entstehen konnte, fand ich so seltsam wie eine Jungfernzeugung. Noch seltsamer fand ich es, dass dieses Mängelwesen mit einem Penis ausgestattet war, den es bei der Begattung allerdings einbüßte ...

Weg ist weg. Ich habe die Drohne aus den Augen verloren, nur das Implantat in meinem Innenohr lässt mich noch ein fernes Summen wahrnehmen.

Ich fahnde erneut nach dem Knopf in der Armlehne, um die Rückenmassage wieder in Gang zu setzen. Mit einem wohligen Seufzer lehne ich mich zurück, als ich ihn gefunden und gedrückt habe, denke an Bienen, denke an Ludwigs Penis und an das Virus Xi, das nicht nur mich und meinen Bruder, nicht nur Laura und Tilla, sondern unsere gesamte Generation weltweit und damit die Menschheit unfruchtbar gemacht hat. Wir, die derzeit Lebenden, gehören zu den Letzten, die auf dem von der Natur vorgesehenen Wege gezeugt und geboren wurden. Was hatten Wissenschaft und Medizin nicht alles unternommen, um das Aussterben der Spezies Mensch zu verhindern. Alles ohne Erfolg. Herausgekommen sind Chimären, Mischwesen weiblichen Geschlechts mit Widderköpfen. Wie viele es sind, weiß niemand.

Inzwischen habe ich genug vom Rollen, Walken und Treten, das der Massagesessel hinter meinem Rücken veranstaltet, und schalte es aus. Von Tilla und Laura ist noch immer nichts zu sehen, nur ein paar widderköpfige Mädchen in weißen, wippenden Tutus überqueren die rote Schotterallee von rechts nach links. Wo sind sie so plötzlich hergekommen? Wohin wollen sie? Leichtfüßig wie Ballerinen, spukhaft wie Hirngespinste, wehen und tänzeln sie nun über das trostlose Geröllfeld und verschwinden in der Ferne zwischen den eingestürzten Grabhäusern des Friedhofs.

Vermutlich sind sie vor den Stimmen geflüchtet, die jetzt die Allee heraufkommen. Laura hängt an Tillas Arm und humpelt. Dass sie nicht ohne Schmerzen würde gehen können, war vorauszusehen. Recht so, warum musste sie sich auch die Hammer- und Krallenzehen korrigieren lassen, nur weil sie wieder Pumps und offene Sandaletten anziehen will. In ihrem Alter! Ja, wer schön sein will, muss leiden, liebe Laura, das war schon immer so, und du bist keine Ausnahme. Was tut uns das Alter nicht alles an. In seiner großen Weisheit könnte es uns doch wenigstens vor einer Torheit wie Eitelkeit schützen.

Tilla war gerade sechzig geworden, als sie sich das Gesicht neu zuschneiden ließ. Hohe Wangen mussten her und weg, was Falte war oder nach Falte aussah. Eine römische Nase war für sie die Nase der Nasen, dazu ein Mund, so formvollendet wie die Lippen der Nofretete. Ihr Dr. Beau, ein Schönheitschirurg, der den Frauen alle Wünsche erfüllte, er selbst ein Homunkulus, baute ihr Allerweltsgesicht zu einem Kunstwerk um. Mit einem Antlitz, das nicht von dieser Welt ist, kam sie aus seiner Klinik. Nein, um ein solches Gesicht beneidete ich sie nicht, zumindest behauptete ich das, registrierte aber mit Genugtuung und frei von Mitleid, dass die vom Skalpell verliehene Schönheit ein Verfalldatum hat. Jahr für Jahr musste Tilla nachjustieren lassen. Ihr Dr. Beau schnippelte, spritzte, unterfütterte, raffte, vergrößerte, verkleinerte, zurrte, baute auf und bügelte aus. Doch irgendwann ging dem Alter das Aussehen verloren. Als Tilla mit fünfundsiebzig endlich wie vierzig aussah, glich ihre Erscheinung einem Haute-Couture-Modell, das vorne und hinten nicht passte. Da redete eine Vierzigjährige mit flacher Altfrauen-Stimme, da hatte der alt gewordene Körper mit seinen mühsamen Bewegungen und seinem gerundeten Rücken kein Mitleid, sondern stellte sie bloß. Zugegeben: Anfangs hatte sich Neid in mein Gemüt gebohrt, wenn Tilla nach jedem Schnitt ins Gesicht jünger und jünger aussah. Ja, ich spielte sogar mit dem Gedanken, mich ebenfalls einem Dr. Beau auszuliefern. Letztlich schreckte ich aber doch vor einem Gesicht zurück, das mir ein operierender Dr.-Beau-Roboter nach vorprogrammierten Idealmaßen verpassen würde. Nein, so ein Gesicht wollte ich nicht. Schöne Zähne sollten reichen. Leider waren die, die ich als Mädchen und junge Frau mein Eigen nannte, nichts für die Ewigkeit. Sie hatten es mir in jungen Jahren leichtgemacht zu strahlen, zu flirten oder sie zu zeigen. Bewunderte und beneidete Zähne hatte ich. Während ich ihnen noch immer nachtrauere, tastet meine Zunge ungewollt den makellosen Ersatz ab. Aus reiner Eitelkeit habe ich gegen den Rat meines Zahnarztes auf blendendem Weiß bestanden. Das Ergebnis erschreckt mich bis heute, wenn ich mich auf alten Fotos oder Videos lachen sehe, sogar in den Spiegel lächele ich nur noch mit geschlossenem Mund. Schrecklicher als zu weiße

Zähne finde ich nur noch die geschwärzten Zähne der widder-köpfigen Mädchen.

Tilla und Laura stehen nun auf dem Vorplatz und schauen sich suchend um. Ich bringe mich in die Senkrechte, winke, um auf mich aufmerksam zu machen, erhebe mich und gehe auf sie zu. Unsere Begrüßung fällt äußerst schlicht aus: ein leichter Hände-druck, ein knapper Blick, gespielte Traurigkeit. Auf meine Frage, ob sie an den Code gedacht habe, reagiert Tilla pikiert. Natürlich hat sie.

Langsam und mit gesenkten Köpfen bewegen wir uns auf den Eingang ins Große Omega zu, die humpelnde Laura klebt wie festgebacken an Tillas Seite. Nach wenigen Schritten humpelt auch sie, wohl, um Laura nicht aus dem Rhythmus zu bringen. Blutsschwestern eben. Wir gehen schweigend. Würde über uns nicht eine Drohne summen, wäre es totenstill. Wir werden be-obachtet, klar, warum und wieso, kann ich mir nicht vorstellen, noch weniger, an wen die Drohne das, was sie gerade sieht, weiter-reicht. Was kann den verborgenen Empfänger an drei uralten, weißhaarigen Schachteln in schwarzen Sommerkleidern interes-sieren? Wir wollen einen Toten wiedersehen. Das ist alles.

Die massive Eingangstür öffnet sich. Wir treten ein in die schwarze Luft einer nächtlichen Halle. Ich spüre, dass wir uns in einem hohen, weiten Raum befinden, der von einer Kuppel überwölbt wird, doch wenn ich den Blick hebe, ist über mir nur Schwärze. Den Raum füllt eine seltsame Schwere, beinahe greif-bar wie etwas Stoffliches, Dichtes, etwas, das mir wie das Kraftfeld einer unbekannten Materie vorkommt. Im unsteten Licht einiger weniger Kerzen in Wandnischen bewegt sich eine widderköpfige Gestalt. Sie entzündet eine letzte Kerze und entfernt sich danach lautlos und schattenhaft. Ihr Gewand erscheint mir wie von Sil-ber durchwirkt.

Zwischen den Säulen im Zentrum der Halle eine kreisrunde

Wasserfläche, so makellos glatt und glänzend, dass es auch ein großer schwarzer Spiegel im Boden sein könnte. Doch das Wasser verrät sich mit zitternder Oberfläche, als wir am Rand stehen und in sein tiefes Schwarz wie in einen Abgrund blicken. Kein Cello, kein Gesang, keine Sphärenmusik, nichts, was ein Gefühl heraufbeschwört oder eine Stimmung herbeizaubert, die sich von selbst nicht einstellen will. In der Stille unsere Schritte. Ich empfinde nichts. Ludwig ist tot, seit einem Jahr. Erst vor wenigen Tagen hat Tilla die Nachricht mit einem Code und einem Termin erhalten, dass nun ein Wiedersehen im Großen Omega mit ihm möglich sei.

Da!

Tilla schluckt hörbar, Lauras Finger krallen sich in ihren Arm, mich selbst fliegt Entsetzen an: Ludwig ist erschienen. Wie erstarrt, wie eingefroren wirkt er in seinem festlichen Abendanzug, den er auf altväterliche Art mit Weste, weißem Hemd und Fliege trägt. So schwebt er eine Handbreit über dem Wasser auf uns zu.

Mein erster Gedanke: Die Hologramme, die ich im Zoo gesehen habe, waren von besserer Qualität. Vom Großen Omega habe ich mehr erwartet, nicht diesen trostlosen 3D-Scan, den Ludwig kurz vor seinem Hundertsten von sich hat machen lassen. Das Ergebnis ist ein alter, totenstarrer Mann im dunklen Abendanzug, eine blutleere Figur mit vereisten Gesichtszügen. Schade um das berühmte Kunstwerk, das er investierte, um uns dieses Hologramm zu hinterlassen. Es war ein Magritte-Gemälde, selbstverständlich das Original »Der Zauberer – Selbstporträt mit vier Händen«. Nun existiert Ludwig also als digitale Mumie weiter, konserviert und eingeschlossen in einen Sarkophag aus Nullen und Einsen, der sich mittels Code öffnen und seine Gestalt wiedererstehen lässt. Was soll der Unsinn?

Tilla fängt an zu schluchzen. Laura lockert den Griff um Tillas Arm und streckt ihre Hand nach Ludwig aus, als wolle sie ihn liebkosen. Seine Lichtgestalt weicht ihr aus, sein holografisches Standbild kippt wie in Zeitlupe aus der Senkrechten in die Waagerechte. Einen Moment lang hängt es nach Art einer schwebenden Jungfrau in der Luft, bevor es weiter und weiter nach hinten kippt und schließlich kopfüber zur Ruhe kommt, den Scheitel eine Handbreit über dem Wasser. Nach dieser 180-Grad-Drehung, die Ludwig von den Füßen auf den Kopf gestellt hat, wendet er uns statt des Gesichts nun den Hinterkopf zu, wobei sein volles, schlohweißes Haar, als sei es mit Haarspray fixiert, nicht der Schwerkraft folgt. Einen Wimpernschlag später ein kurzer, heftiger Lichtzauber, in dem Ludwigs Gestalt zersplittert. Ich zittere und weiß nicht, warum.

»Lasst uns gehen«, sage ich.

»Ja, es ist schrecklich, einfach schrecklich das alles hier«, flüstert Laura.

»Grauenhaft«, meint auch Tilla und bietet Laura den Arm, damit sie sich einhängen kann.

Nie wieder. Wir drei denken wohl dasselbe auf dem Weg zum Ausgang. Über uns, in der Kuppel der Trauerhalle, ein Himmel voller Sterne, eine Lichtprojektion, die den Nachthimmel öffnet, tief und dunkelblau und sternenübersät wie in einem südlichen Land. Kein Mond.

Ach, Ludwig, sie war so deutlich zu sehen in jener Nacht, in jenem südlichen Land, die Milchstraße, unsere Galaxie. Das Lichtband erschien uns wie ein Gruß aus dem All. Wir waren nach dem Abendessen ein letztes Mal an den Strand gegangen. Wir mussten uns einen Weg durch die Dünen suchen, die offiziellen Strandzugänge waren gesperrt. Verendetes Meeresgetier wurde seit Tagen angespült, tonnenweise Fische und Muscheln, tote Robben, auch Wale, und immer wieder nicht zu identifizierende Kreaturen. Ursache: unbekannt. Das Meer kippte den Urlaubern ganze Schiffsladungen voll stinkender Kadaver vor die sandigen Füße, und das nicht nur an jenem Strand. Radlader schoben Tag und Nacht das stinkende Strandgut zusammen, die Berge wuchsen, die Berge wuchsen sich zu Abraumhalden aus. Zahllose Bagger waren im Einsatz, um sie abzutragen, LKWs transportierten rund um die Uhr verwesende Biomasse ab. Wo das alles landete, verbrannt oder atomisiert wurde, war nicht zu erfahren. Am kommenden Tag sollten die Arbeiten eingestellt werden. Kapitulation.

Wir hatten eine Düne erklommen, von der wir den mondlosen Strand in ganzer Länge überblicken konnten. Raupenfahrzeuge krochen an der Wasserlinie entlang, Scheinwerferaugen geisterten über den Sand, wiesen monströsen Maschinen und Mondgefährten den Weg und warfen scharfe Schatten. Der Motorenlärm drang nicht bis zu uns vor, Wind und Wellen übertönten ihn. Ludwig legte seinen Arm um meine Taille, unsere Hüften berührten einander, er war achtzehn, ich fünfzehn, es war Sommer und es war stinkend heiß. Unser Vater hockte mit schlechter Laune und in noch schlechterer Gesellschaft an der Hotelbar und soff. Am nächsten Tag würden auch wir abreisen und uns vor dem fauligen, blasigen, stechenden Gestank, den Millionen verwesende Körper in der Sonne ausschwitzten, in Sicherheit bringen. Eine ganze Ferienregion war im Aufbruch. Die Nachrichtenportale berichteten von einer Katastrophe unbekannten Ausmaßes, zeigten Bilder und Filme und hatten außer Mutmaßungen keine Erklärungen für das ganze Geschehen. Sie versuchten, den Pesthauch in Worte zu fassen. Aber es gabt kein Wort für den Tod, der in der Luft lag. Jene Nacht wollte Ludwig nicht im Doppelzimmer mit unserem betrunkenen Vater verbringen. Und ich wollte nicht allein sein in meinem Einzelzimmer mit dem schmalen Bett. Die Milchstraße, sie war eine Rauchspur, die der Satan im Himmel hinterlassen hatte.

Als wir, Laura, Tilla und ich, aus der Omega-Nacht hinaus auf den sonnenbeschienenen Vorplatz treten, ist mir, als stürzte ich aus der Jugend ins Alter. Tilla und Laura mokieren sich über die Farbe der Relax-Sessel. Ich schlage eine Sitzprobe vor. Kein Interesse. Also schlurfen und humpeln wir die Allee hinunter, wo vor dem Ausgang ein Level7 auf uns wartet.

Was für ein Fortschritt, denke ich immer wieder, dass wir das Zeitalter des eigenen Autos hinter uns gelassen haben und uns zu jeder Tages- und Nachtzeit ein autonomes, vollautomatisches, abgasfrei fahrendes Level7 zur Verfügung steht, selbstverständlich kostenlos wie alles. Einzige Voraussetzung ist ein winziger, in den Körper eingepflanzter Chip. Alle haben ihn. Der Eingriff erfolgt schnell und schmerzlos wie ein Zeckenbiss. Mein Chip sitzt auf der Rückseite meiner rechten Ohrmuschel. Bin ich entschlossen, meinen Standort zu wechseln, muss ich nur mein Ziel, den Zeitpunkt der Abfahrt und die Anzahl der mitfahrenden Personen denken, und ein Level7 wird pünktlich zur Stelle sein. Das System funktioniert wie Zauberei.

Hatte man in den Anfängen des autonomen Fahrens noch einen Menschen im Cockpit gesehen, wurde schnell klar, dass man ihn besser aus dem Fahrgeschehen heraushält. Denn wie sich zeigte, machten Menschen die schwersten Fehler, wenn sie in eine vermeintlich oder tatsächlich kritische Situation korrigierend eingriffen. Also optimierte und perfektionierte man die Algorithmen. Unfälle gibt es nicht mehr, keine Sache muss repariert, kein menschliches Organ explantiert und durch ein künstliches ersetzt werden. Was für ein Segen.

Zum Glück funktionieren die im letzten Jahrhundert konstruierten Gefährte und ihre KI-basierten Systeme bis heute tadellos. Würden sie es nicht tun, wären wir aufgeschmissen, denn es ist niemand da, der sie wieder in Gang setzen könnte. Von den Entwicklern lebt keiner mehr. Die Grundlagen wurden zwar dokumentiert und, wie es sich gehört, verschlüsselt abgelegt, doch eine Rückverschlüsselung, so das Gerücht, sei inzwischen unmöglich. Mir soll das egal sein. In absehbarer Zeit wird es uns ohnehin nicht mehr geben und damit niemanden, der von A nach B kommen will. Wie gut, dass unsere Level7-Mobile sich selbst reparieren, warten und pflegen, ihre unzerstörbaren Karossen nicht verschmutzen und sie ihre Energie aus dem uns unsichtbar umgebenden OMEGA beziehen.

Kaum haben sich die Flügel des schmiedeeisernen Tors in der Friedhofsmauer hinter Tilla, Laura und mir geschlossen, stoppt ein Level7 am Straßenrand auf unserer Höhe. Es fährt die Türen auf. Wir steigen ein, drei alte Frauen in schwarzen Sommerkleidern, die sich in eine Sitzschale für zwei Personen quetschen, weil keine mit dem Rücken in Fahrtrichtung sitzen will. Als wir endlich Arme, Beine und Handtaschen sortiert haben und wieder Ruhe in die Kabine eingekehrt ist, fahren Becken- und Schulterriegel aus, um uns für den Fall einer Karambolage, die es nicht einmal statistisch gibt, zu sichern. Sodann setzt sich das Gefährt in Bewegung. Ziel ist Tillas Wohnung. Dort wollen wir diesen Tag ausklingen lassen, es soll eine Kleinigkeit zu essen geben und danach einen guten Schluck Wein, bei dem wir uns an Ludwig erinnern. Gemütlich und harmonisch soll es zugehen. So stellt es Tilla sich vor. Mir ist klar, dass daraus nichts wird.

Das Level7 nimmt die Route durch das Stadtzentrum. Hier kommen wir schneller voran als auf der Südtangente. Zu Zeiten des Individualverkehrs war es umgekehrt, da nahm, wer in die Außenbezirke wollte, die längere Umgehungsstraße in Kauf. Inzwischen ist sie überflüssig geworden, denn es gibt weder Staus noch Chaos im Stadtverkehr, weil es ja kaum noch Menschen und auf den Straßen nur noch Level7-Mobile gibt. Die wenigen Stadtbewohner sind alt und selten unterwegs. Wenn überhaupt, wird die Südtangente von Nostalgikern für einen Ausflug zu den Autofriedhöfen genutzt. Kilometer um Kilometer türmen sich neben der Strecke Berge von Karossen, in denen Kräne und Roboter ihre Aufgabe erfüllen. Deren sogenannte Intelligenz zwingt sie, die Vehikel zweier Jahrhunderte zu zerlegen und deren Einzelteile sortenrein zu schichten. Die Sinnlosigkeit ihres Tuns muss eine Leerstelle in ihren künstlichen Hirnen sein. Hätten sie die Situation kapiert, müssten sie längst damit aufgehört haben. Sie aber werden weitermachen, weiter und weiter, bis das Material erschöpft ist, also über das Ende der Menschheit hinaus, denn schon bald werden die letzten Hundertjährigen im Nichts verschwunden sein.

Inzwischen sind wir auf dem Boulevard der großen, leeren Stadt angekommen. Wir fahren durch Schluchten. Zu beiden Seiten der einstigen Prachtstraße himmelstürmende Bauten, monumentale Skulpturen aus Glas, Stahl und Beton. Die Namen und Logos untergegangener Konzerne stehen ihnen noch immer auf die Stirn geschrieben wie Kunst am Bau. Auf den verlassenen Plätzen Wasserspiele, die für nichts und niemanden dank wartungsfreier Systeme ununterbrochen plätschern. Niemand da, den sie erfreuen, niemand da, der sie vermissen würde, niemand da, der sich daran stören würde, wenn sie für alle Zeiten vor sich hin plätscherten, und niemand mehr da, der sich mit der Technik auskennt und weiß, wie und wo man sie abschaltet. Warum auch? Niemand da.

Mein Blick streift eine Gruppe von widderköpfigen Mädchen, die sich von einem Hochhaus abseilen. Wie es aussieht, haben sie jede Menge Spaß dabei.

Das Mobil taucht in eine schlecht beleuchtete Unterführung ein. Graffitis huschen vorüber: Monster, Horrorgestalten, Wörter. Ich erinnere mich, dass sie bereits existierten, als ich noch ein Schulkind war. In jenen Zeiten des chaotischen Straßenverkehrs ging es in dieser Unterführung nur im Schritttempo voran, sodass ich die Wandbilder eingehend studieren konnte. Sie machten mir

Angst und faszinierten mich zugleich. An die Bilder schloss sich eine lange Reihe von Wörtern an. Nicht eines davon habe ich verstanden, wenn es mir endlich gelungen war, die bizarr geformten Buchstaben zu entziffern. Manche glichen Monolithen, andere sahen aus wie schmelzende Klötze, wieder andere blitzten durcheinander oder umschlangen und verschlangen sich.

Gleich müssen sie kommen. Mit E.B.O.L.A. fängt die Reihe an. E.B.O.L.A. Die Buchstaben sprangen mich an, so rot umrandet, wie sie waren, und die Farbe so dick aufgetragen, dass sie an der rohen Wand heruntergelaufen war. In meiner Vorstellung war eine mit Blut gefüllte Sprühdose ganz langsam um jeden einzelnen Buchstaben herumgeführt, dann angehalten und sekundenlang auf dieselbe Stelle gehalten worden. Die Eltern behaupteten, man habe die Verschmutzer »ausgelöscht«. Ich fragte, wie das gehe, jemanden auszulöschen. Sie behaupteten, es nicht zu wissen, sie wüssten nur, dass ein Verschmutzer nach dem Auslöschen nicht mehr da sei. Und die Graffitis, warum wurden sie nicht ausgelöscht? Weil es inhaltsleere Schmierereien seien, mit denen niemand etwas anfangen könne, bekam ich zur Antwort. Außerdem müsste man Menschen statt Roboter mit der Beseitigung beschäftigen, was teuer wäre und die Kosten damit größer als das Ärgernis.

Das Problem löste sich mit der Zeit von selbst. Die Häuser und Brücken aus dem vorletzten Jahrhundert verfielen, egal ob mit oder ohne Graffitis. Überlebt haben einige Werke im Untergrund der Stadt, zum Beispiel in dieser Unterführung.

Das Mobil beschleunigt. Ein Schwall von Wörtern flitzt vorbei. Ich kann sie noch heute der Reihe nach nennen; stadtauswärts lauten sie: E.B.O.L.A. RIP ZAZER KETZAL WOW FUCK COVID 19 BRAINS! ONETWOSPLASH ANTIFA YOLOO MEEP MEEP IZARRE. Stadteinwärts würden sie natürlich in umgekehrter Reihenfolge erscheinen.

Das Level7 zieht aus der Unterführung heraus. Das Fahrgeräusch geht von einem dumpf dröhnenden Rauschen in ein lautloses Dahingleiten über. Ich schließe die Augen, wenige Minuten später reißt ein Holpern, Poltern, Stolpern sie mir wieder auf. Wir befinden uns jetzt auf der Hochstraße, eine Eisenkonstruktion aus alter Zeit. Die Lichter der Ampeln sind außer Kraft.

Ein anderes Fossil von Hochstraße wurde inzwischen in eine Ruhezone umgewandelt. Knallrote Bänke sollten den ermüdeten Einkaufsbummler wieder munter machen. Allerdings hatte man bei der Planung den Umstand ignoriert, dass keine Menschen mehr geboren wurden. Das Projekt dauerte, die Stadtbewohner wurden alt, wurden älter, wurden uralt. Und mit dem Älter- und Uraltwerden wurden sie außer wunsch- und wunschloser auch bequem und bequemer. Sie ließen sich die gewünschten Dinge ins Haus bringen. Der Einkaufsbummler wurde zum großen Abwesenden. Da knallrote Bänke die Situation nicht besserten, stellte man ihnen Pflanzkübel zur Seite. Senior-Studenten der hiesigen Kunsthochschule bepflanzten sie mit Diplom-Arbeiten, mit baum-, busch- und blumenartig wuchernden Geschwülsten. Sonnendächer im Stil des NeoNeonPop wurden zum Schutz vor dem Ozonloch aufgestellt, später kamen flache Becken mit täuschend unechten Goldfischen in täuschend echtem Wasser hinzu. Und bei Einbruch der Nacht wurde eine bläuliche Illumination hochgefahren, um die Ruhezone ins rechte Licht zu rücken.

Viele Jahre ist es her, dass ich mir das angesehen habe. Warum nicht mal wieder vorbeischauen und die Überwachungskameras überraschen? Im letzten Jahr soll einem desorientierten Besucher ein Lebenszeit-Bonus zugesprochen worden sein. Ich bezweifele es, denn mit hundert ist nun mal Schluss. Aber Laura will es aus sicherer Quelle erfahren haben. Es wundert mich immer wieder, wie naiv sie mit ihren dreiundneunzig Jahren noch ist und solchen Blödsinn glaubt. Ob es wünschenswert ist, statt hundert hunderteins zu werden, sei dahingestellt.

Das Level7 hält. Für mich hätte die Fahrt gerne weitergehen können, hatte ich doch gerade so schön gedöst. Der Griff der Sicherheitselemente um Schultern und Becken löst sich, die Türen fahren auf. Tilla steigt zuerst aus. Beneidenswert flink, finde ich, während Laura Mühe hat, aus dem Gefährt zu kommen. Die Beine wollen nicht.

»Na los, altes Mädchen«, muntere ich sie auf.

Laura bedenkt mich mit einem giftgrünen Blick, bevor sie Tilla beide Arme entgegenstreckt. Wie ein Kleinkind, denke ich. Tilla hievt sie aus der Kabine und stellt Laura auf die Beine. Dürr wie Trommelstöcke sind sie. Benommen von der Hitze steht sie da, Tilla stützt sie. Weil es im Level7 dank Klimaanlage angenehm kühl ist, bleibe ich noch sitzen und koste es aus, meine Schwägerinnen zum Hauseingang wackeln zu sehen. Beide haben natürlich versucht, heute das Beste aus sich zu machen, was in unserem Alter bedeutet, einer alten Schachtel den Anstrich einer Lady zu geben, die sich gut gehalten hat. Tilla kann ich zugestehen, dass es ihr einigermaßen gelungen ist, mit einigen Abstrichen natürlich. Dagegen ist Laura über das Stadium »schräge Alte« nicht hinausgekommen. Mich selbst möchte ich der Kategorie »man sieht ihr das Alter wirklich nicht an« zuordnen. Immerhin spricht mir mein Spiegel freundliche fünfundachtzig, an manchen Tagen sogar glückliche achtzig zu.

Tilla und Laura stehen jetzt vor dem Hauseingang und sehen sich nach mir um.

In dem Backsteinbau befand sich einst eine Großdruckerei. Das Gebäude hat lange leer gestanden, bis jemand vor langer Zeit eine Idee und den nötigen Ehrgeiz hatte, daraus ein Vermögen zu schlagen. Er kreierte einen Trend und baute das Gebäude um, schnitt die solide Substanz neu zu und machte die

31

zugeschnittenen Teile zu Objekten der Begierde. Zu diesem Zweck setzte er Werbung ein, Augenöffner, die den Geschmackssinn der Leute neu justierten. Aus Allerweltsaugen wurden Trendsetter-Augen, die plötzlich Nicht-zu-Übertreffendes, Noch-nie-Dagewesenes erkannten, etwas, das man damals altertümelnd als Nonplusultra bezeichnet hatte. Beim Besichtigungstermin sollen die Interessenten regelmäßig in Ekstase geraten sein. Wohneinheiten von atemberaubender Größe taten sich vor ihnen auf, lichtdurchflutete Geschosse mit raumhohen Industriefenstern, unverputzten Ziegelwänden, nackten Eisenträgern und Fußböden aus rohem Beton. Das gefiel. Und kam schnell wieder aus der Mode. Lichtdurchflutete Dachgeschosse wurden zum Naserümpfer schlechthin, nur Geschmacksverirrte interessierten sich noch dafür. Doch auch die starben aus, und niemand wollte für einen Appel und ein Ei in ein solches Objekt ziehen. Eine aussterbende Bevölkerung hinterließ ja Wohnraum im Überfluss. Wir, die Letzten einer letzten Generation, können uns inzwischen aussuchen, wo wir unsere Lebensjahre bis zum Hundertsten verbringen wollen. Die Hinterlassenschaft der ins Nichts Getretenen steht uns allen offen und zur Verfügung; ein kostenloses Angebot komplett ausgestatteter Wohnungen und Häuser ist entstanden. Man kann bewohnen, was frei ist, kann bleiben oder weiterziehen in ein Refugium, von dem man ein Leben lang nur träumen konnte.

In ein solches 200-Quadratmeter-Loft ist Tilla nach Ludwigs Tod gezogen. Sie mochte sich nicht länger unsere Familienvilla mit Laura teilen, nachdem sie sich mit ihr über zwei Ehen und zwei Etagen hinweg den Mann geteilt hatte. Mir und anderen gegenüber hatte sie stets den Eindruck erweckt, als hätte sie Ludwig leichten Herzens ans Bett der anderen weitergereicht. Ich weiß es besser. Armer toter Ludwig, denke ich und steige aus. Das Level7 navigiert sich vom Hof.

Ein Lastenaufzug befördert uns drei ins Dachgeschoss. Die Tür zieht auf, wir sind angekommen im Wohnbereich des Lofts.

Ich bin zum ersten Mal hier. Mit einem kurzen Rundumblick mustere ich Ausstattung und Einrichtung. Die stammt von der vorherigen Bewohnerin, einer Dame Van den Berg, die mit hundert ins Nichts übersiedeln musste. In den höchsten Tönen hatte Tilla von deren Geschmack geschwärmt. Ich bin enttäuscht, ganz ehrlich. Allein der Fußboden. Hässlicheres kann ich mir nicht vorstellen. Der nackte Beton muss der Dame Van den Berg wohl zu nackt und die Farbe zu splitternackt gewesen sein, sodass sie ihn mit Riemchenfliesen in Türkis und Rosa neu hatte einkleiden lassen.

»Na, was sagst du zu diesem keramischen Fischgratparkett?« Tilla sieht mich an, ich hebe eine Braue.

»Es macht mich sprachlos«, sage ich und deute auf ein purpurviolettes, plüschiges Hoch-und-Tief aus gepolsterten Rundungen, das sich im Herzstück des Raums breitmacht.

»Soll das eine Sitzlandschaft sein?«, frage ich.

»Mehr als das: eine Landschaft zum Kuscheln, Liegen und Lümmeln. Kommt mal mit.«

Tilla greift sich unsere Handgelenke, zieht Laura und mich an einem Küchenblock, einem runden Esstisch, zwei Skulpturen, einem raumhohen Gummikaktus und sonstigem Firlefanz vorbei zu der purpurvioletten Scheußlichkeit.

»Fühlt doch mal«, haucht sie und streichelt den Bezugsstoff wollüstig wie einen Nerzmantel, »fühlt doch nur, ist echter Saphir-Samt.«

Wir fühlen, ich empfinde nichts. Auch Laura scheint ein Problem mit diesem ausladenden, nein, ausufernden Möbel zu haben. Erst jetzt nehme ich, o, là, là, die orangeroten, golddurchwirkten Brokat-Sitzkissen wahr, die der Sofalandschaft zu Füßen liegen. Eine Gelegenheit, endlich meine Handtasche abzustellen.

»Ich sehe, euch gefällt es nicht«, stellt Tilla fest.

»Stimmt«, bestätige ich, »über Geschmack lässt sich besser streiten als über Geschmacksverirrungen.«

Tillas Gesichtsausdruck wechselt ins dramatische Fach, ihr Mund geht auf. Der wirft mir vor, kein Auge für die Wirkung, die Spannung zu haben, die sich aus dem Kontrast zwischen dem nüchternen Industriedesign des Raums und der Behaglichkeit solcher Möbel ergebe.

Ich zucke die Schultern. »Tut mir leid, ein solches Auge habe ich nicht.«

Dabei belassen wir es, damit uns der harmonische Abend nicht abhandenkommt. Dazu gehört auch, dass ich den Kronleuchter über unseren Köpfen nicht bemerke, als wir uns zum Essen an den Tisch setzen. Er ist aus blauschwarzem Glas und hat Ähnlichkeit mit einem Oktopus. Sein Durchmesser entspricht dem des Esstisches, acht Arme strecken sich vom kugelartigen Mittelteil nach allen Seiten aus. Die an der Unterseite der Arme in einer Doppelreihe angebrachten Lämpchen wirken wie Saugnäpfe.

Es gibt Chili con Carne aus der Dose. Laura fängt gar nicht erst an zu essen. Der Geruch stoße sie ab, sagt sie, ich pflichte ihr bei. Tilla zeigt keine Spur von Beleidigung. Ob wir Pizza wollen, fragt sie, für jeden sei eine da. Ja, wir wollen Pizza. Tilla schnappt sich unsere Teller und kippt die übelriechende, übel aussehende Masse ins Klo. Als wir Kinder waren, warf man kein Essen weg. Es sei eine Sünde angesichts der Millionen von Hungernden in der Welt. Jetzt, im Zeitalter der aussterbenden Menschheit, ist nicht nur Wohnraum im Überfluss da. Wir haben alles, haben von allem zu viel, haben es kostenlos und mehr, als wir Letzten noch verbrauchen können. Allein die Bestände an Essbarem. Sie füllen Container, Kühlhäuser, Gefrieranlagen, Hallen und Speicher, die vakuumierten, getrockneten, konservierten, tiefgefrorenen, genveränderten Vorräte. Das Verfallsdatum ist die liegende Acht.

Roboter kümmern sich um die vollautomatisierten Gewächshäuser in den Vegetationswelten. Der menschliche Organismus braucht nun mal seine Vitamine. Für uns ist gesorgt. Schädlingsbefall brauchen wir nicht zu fürchten, da sämtliche Arten ausgerottet sind, die für ihr Schmarotzern bekannt waren.

Tilla erscheint mit sauberen Tellern am Tisch, stellt sie vor uns hin, legt frische Bestecke dazu, rückt die Gläser zurecht und verschwindet wieder. Das Tiefkühlfach wird geöffnet, das Tiefkühlfach wird zugeschoben, Verpackungen werden aufgerissen. Dreimal klappt der Mülldeckel. Backofentür auf, Blech raus, Schaltgeräusche, dann leises Summen.

»Dreizehn Minuten«, ruft Tilla uns zu.

Und knips. Sie hat den Oktopus eingeschaltet. Der taucht uns in Unterwasserlicht, in eine Tiefseeatmosphäre, die alles blau macht und welke Haut blau erblühen lässt. Im Hintergrund summt der Backofen. Dreizehn Minuten lang, dann macht er »Kling«.

Wir essen bläuliche Pizza. Laura findet das Licht sehr stimmungsvoll. Ob sie das ironisch gemeint habe, frage ich. Tilla lacht. Warum, verstehe ich nicht und lasse sie lachen. Der Kronleuchter über unseren Köpfen beunruhigt mich. Ich zeige nach oben.

»Wie schwer ist der eigentlich?«

»Einhundertachtzig Kilo«, sagt Tilla, »oder das Doppelte, ich kann mir Zahlen schlecht merken.«

Laura hebt erschrocken ihr Gesicht und betrachtet mit flackerndem Lidschlag den Achtarmigen. Mein Blick springt hinauf in die offene Dachkonstruktion. Das Ungeheuer hängt an einer Stahlkette, die ihrerseits an einem Eisenträger hängt. Ich fasse Vertrauen.

Für den gemütlichen Teil des frühen Abends ziehen wir uns ins Purpurlila zurück. Klo und Badezimmer sind übrigens die einzigen, durch Wände abgetrennten Örtlichkeiten auf den gesamten zweihundert Quadratmetern.

Tilla spendiert aus ihren Beständen eine Flasche Roten für sie und mich, Laura bekommt ihren Komboucha. Sie glaubt an die Wohltaten seiner Inhaltsstoffe und bietet mir einen Probeschluck an.

»Schmeckt angenehm, ist gut für die Darmflora, macht reine Haut und aktiviert dein Immunsystem.«

»Nein, ich mag nicht, ich weiß, woraus das Zeug gemacht wird, nämlich aus einem Tee, der einen wabbeligen Pilzpudding braucht, um Komboucha zu werden. Das ist doch ekelhaft. Und außerdem: Was soll mir so ein Getränk bringen? Ich bin achtundneunzig, das Nichts rückt näher, ich werde ihm nicht entgehen, selbst wenn ich pickelige Haut, eine gestörte Verdauung und kein Immunsystem hätte.«

Wir stoßen auf Ludwig an. Die Zeit ist fortgeschritten, die blaue Stunde hat unbemerkt begonnen. Tilla schenkt mir nach, selbst Laura verlangt nun nach einem Glas Rotwein. Tilla wirft mir einen kurzen Blick zu, den ich mit einer stummen Na-wenn-sie-will-Geste beantworte. Ahnen wir doch beide, dass Rotwein unsere Komboucha gewöhnte Laura in Melancholie stürzen wird. Ihr Lebensdrama ist die Kinderlosigkeit. Dass sie dieses Schicksal mit uns teilt, tröstet sie natürlich nicht.

Vor sieben Jahrzehnten wurde, sofern ich mich richtig erinnere, zum letzten Mal ein Kind geboren, ein Mädchen. Seine Eltern gehörten wie unsere Eltern zur letzten zeugungsfähigen Generation. Wie wissenschaftliche Untersuchungen später zeigten, behielten nur jene Menschen ihre Fähigkeit zur Fortpflanzung, die bei Ausbruch der Pandemie bereits geschlechtsreif waren, während deren Kinder unfruchtbar blieben, so wie Laura, Tilla, Ludwig und ich. Die Zusammenhänge wurden allerdings erst Jahrzehnte später klar. Erst musste unsere Generation ins

Erwachsenenalter kommen und sich selbst Kinder wünschen, bevor sich die Wissenschaft mit dem weltweiten Phänomen der Unfruchtbarkeit eingehend beschäftigte. Selbst modernste Reproduktionsmethoden konnten niemandem zum ersehnten Nachwuchs verhelfen. Die wenigen Babys, die damals noch zur Welt kamen, wurden ausnahmslos von Frauen im fünften Lebensjahrzehnt geboren, also Frauen, die in die Menopause hineinliefen. Damit war das Aussterben der Spezies Mensch besiegelt, sogar der Zeitpunkt ist absehbar, denn die Lebenszeit des Einzelnen endet an seinem hundertsten Geburtstag. Diese Grenze, einst geschaffen, um die Überbevölkerung zu stoppen, ist durch einen Ewigkeits-Code gesichert. Niemand kann ihn außer Kraft setzen oder ändern. Kein Autokrat, kein Diktator, keine Elite, niemand sollte die Möglichkeit haben, die vorgegebene Lebenszeit zu verlängern oder sich sogar ein ewiges Leben zu verschaffen. Gleichheit für alle. Der Mensch traut dem Menschen nicht. Dass eines Tages keine Kinder mehr würden geboren werden, hatte damals außerhalb der Vorstellungswelt jener gelegen, die in einer Reduktion der Weltbevölkerung die einzige Chance fürs Überleben der Menschheit sahen.

Laura setzt das Glas an, das Tilla ihr eingeschenkt hat. Sie nimmt den Kopf ein wenig in den Nacken und lässt den Rotwein in sich hineinlaufen. Dass sie schluckt, kann ich nicht erkennen. Das Glas ist leer, als sie es absetzt. Tillas Rücken strafft sich, bereit zum Sprung. Offenbar sieht sie dasselbe voraus wie ich, nämlich roten Wein, der gleich den Weg ins Freie nimmt. Weinrot auf Purpurlila, eine Farborgie, ich habe sie lebhaft vor Augen. Doch leider rülpst Laura nur verhalten ladylike, gefolgt von einem theatralischen Schluchzer und gestammelten Halbsätzen.

Erwartungsgemäß heult sie wieder über ihre Kinderlosigkeit. Vier Gören hatte sie sich von Ludwig gewünscht: ein Junge, ein Mädchen und ein Zwillingspärchen hätten es sein sollen. Laura hat immer sehr konkrete Vorstellungen von allem. Im Gegensatz zu ihr habe ich niemals den Wunsch nach einem Kind verspürt. Im Gegenteil, ich war froh, dass ich mich nicht mit Verhütungsfragen befassen musste.

Tilla rutscht an Lauras Seite, legt ihr zum Trost den Arm um die Schultern und betupft das nasse Gesicht mit einem Taschentuch. Geduldig hört sie sich die tränengeschwängerten Tiraden an. Zu verstehen ist nichts, der Inhalt bekannt. Ich halte mich raus und gieße mein Glas noch einmal voll. Vor dem ersten Schluck hebe ich es vor meine Augen und schaukele Tilla und Laura ein bisschen in Rotwein, um sie zumindest gedanklich zu ertränken. Ein Spiel. Zu viel Zeit ist vergangen, um sie noch immer so leidenschaftlich zu hassen wie damals, als Ludwig sie heiratete. Mir wuchsen Krallen und Reißzähne, Mordgelüste überkamen mich. Merkwürdig war, und war es auch wieder nicht, dass ich das alles nur den Frauen gegenüber empfand, niemals gegenüber Ludwig. Ich hatte ihn ja nach wie vor für mich, zumindest einmal in der Woche. Der Donnerstag war unser Jour fixe. Und die eine oder andere Reise zu zweit gab es ja auch.

Heute erscheinen mir meine damaligen Gefühle so unwirklich, dass ich gar nicht mehr von Hass reden mag. Rückschauend kommt mir dieses Wort wie eine Übertreibung vor. Ich war abgrundtief verletzt, fühlte mich verstoßen, herabgesetzt, tödlich getroffen. Aber Hass? Eine alles durchdringende, alles grundierende Traurigkeit bestimmte lange Zeit mein Leben. Ich rettete mich, indem ich auszog aus unserem Elternhaus, das ich nach dem Tod unseres Vaters gemeinsam mit Ludwig bewohnte. Das Schlachtfeld überließ ich dem Trio.

Tilla hält Laura noch immer tröstend umschlungen. So weißhaarig, wie sie mir gegenübersitzen, so bleich, wie ihre Gesichter in der Dunkelheit hängen, so nachdrücklich, wie ihre schwarzen Sommerkleider die Altweiberhaut bloßlegen, überkommt mich die Vorstellung von Maden, besser: von Larven im Vorstadium einer letzten Metamorphose. An manchen Tagen wage ich es, meinem nackten Schreckenskörper im Spiegel gegenüberzutreten. Die Natur hat alle Merkmale meiner Weiblichkeit zurückgefordert. Seltsam geschlechtslos erscheine ich mir in solchen Augenblicken. Ich sehe eine Knochengestalt, behängt mit traurigem Fleisch.

In der Jugend ist der Teufel schön, sagt man. Wir, Laura, Tilla und ich, sind alt geworden, sind aus dem teuflischen Reiz unserer Jugend herausgewachsen, in unseren Dreißigern standen wir im Zenit unserer Schönheit. Wir hatten uns gehäutet, gefielen uns selbst, gefielen vielen, einem Mann wie Ludwig gefielen wir. Er liebte erwachsene Frauen. Wir häuteten uns weiter, doch zunehmend ohne den Übermut und die Leichtigkeit der früheren Jahre. Die Häutungen begannen zu schmerzen, Risse entstanden, und mit jedem Riss ging etwas verloren, legten wir etwas ab und mussten es zurücklassen.

Tilla hat Laura aus der Umschlingung entlassen, eng und vertraut sitzen sie beieinander, plaudern auf Tuchfühlung, flüstern und grinsen auf eine Art, die mich ausschließt. Ich kenne das von früher, und es ärgert mich. Es ist Zeit zu gehen. Die beginnende Nacht hat den Gegenständen mittlerweile ihre Konturen und Farben genommen. Der Essplatz treibt bläulich geisterhaft in der Tiefe des Lofts. Ich trinke aus, schnappe meine Handtasche und erhebe mich abrupt, nicht wortlos, das würde nicht zu mir passen.

»Sind wir zusammengekommen, um mit Laura in Weltschmerz zu verfallen? Wenn dem so ist, muss ich wohl etwas falsch verstanden haben«, sage ich.

Tilla und Laura rücken auseinander. Ich sehe Laura scharf an. »In deinem Alter solltest du dich mit dem Aussterben der Menschheit längst abgefunden haben. Dein Getue und Geheule um keine Kinder nervt mich. Tut mir leid, Laura, aber ich muss mich erst mal von dir erholen.«

Sie verdreht die Augen und lässt sich wie volltrunken nach hinten in den Plüsch fallen. Tillas Gesicht hängt wie eine Nofretete-Maske im Halbdunkel, sekundenlang, scheint mir, bevor sich die Lippen bewegen.

»Alma, bist du etwa eingeschnappt?«

Ich aktiviere demonstrativ den Level7-Chip hinter meinem Ohr, antworte: »Weder etwa noch etwas eingeschnappt bin ich.«

»Aber warum denn bloß?«

»Ja, warum ist die Banane strohdumm?«

Laura kichert. Das verstimmt mich vollends.

»Komm, Alma, sei nicht so empfindlich und setz dich wieder, ich denke, der Abend wird noch lustig.«

»Und ich denke, dass er das schon gewesen ist.«

Jetzt reicht es auch Tilla. Sie zaubert eine Fernbedienung aus den Polstern und lässt das Deckenlicht anfluten. Laura reibt sich die Augen, als hätte man sie unsanft geweckt. Ich klemme mir meine Handtasche unter den Arm und trabe erhobenen Hauptes zum Lastenaufzug. Tilla bleibt mir auf den Fersen. Bevor sie mich eingeholt hat, habe ich den Finger auf dem Türöffner. Eine Stahlwand fährt beiseite.

»Gute Nacht«, höre ich mich noch beim Einsteigen sagen, den Rücken zu Tilla.

Die Tür fährt zu; ruckelnd und ächzend geht es abwärts.

Das Level7 erwartet mich bereits im Hof. Ich hocke mich in die mittlere Sitzschale. Als wir losfahren, gestatte ich mir einen Blick hinauf zu der erleuchteten Fensterreihe unter dem Dach. Dort erkenne ich zwei Umrisse, die aussehen wie Scherenschnitte. Tilla und Laura winken mir nach. Ihr lustiger Abend kann beginnen.

III

Mir ist nicht nach Schlaf, mir ist nach Erinnerung. In einer nostalgischen Anwandlung habe ich mir ein Level7 genommen, das mich zum *Pseudo* bringen soll, einem Jazzclub unten am Fluss.

Ich lasse mich nicht bis vor die Tür fahren, sondern stoppe das Fahrzeug bereits an der Straßenecke. Von hier führt ein leicht abschüssiger Weg hinunter zum Club. So verlängere ich meine Vorfreude auf Vadim, den alten Freund, den Saxophonisten, den Wirt, der in seinem Laden ausharrt, obwohl er kaum noch Gäste hat. Die sind ihm abhandengekommen, *weggestorben* wäre das falsche Wort. Vadim ist etwas jünger als Ludwig und dürfte damit kurz vor seinem Hundertsten stehen, also Zeit, ihn hier vielleicht ein letztes Mal zu treffen.

Ich setze meinen Weg auf dem unbeleuchteten, unbefestigten Weg fort. Das verödete Gartenland rechts und links liegt im schlammigen Dunkel der Flussniederung. Das Areal gehörte früher einer Gesellschaft, die sich der Nachzüchtung verschwundener Obst- und Gemüsesorten verschrieben hatte. Außerhalb der überdachten, von der Außenwelt abgeschirmten Vegetationswelten, die von willigen, nimmermüden Robotern bewirtschaftet wurden, gedieh ja nichts anderes mehr unter dem gelben Himmel. Da die Nachzüchtung erfolglos blieb, löste die Gesellschaft sich schließlich auf. Das Land wurde aufgegeben; Vadim und sein Saxophon übernahmen das Vereinshaus.

Ich bleibe stehen, atme mehrmals tief ein und aus, nicht aus Atemnot, sondern in der Hoffnung, dieses Areal möge einen Restgeruch fruchtbarer Erde bewahrt haben. Eine unsinnige

Hoffnung. Die Luft riecht gelb und künstlich. Dennoch belebt das tiefe Ein- und Ausatmen meinen alten, kraftlos gewordenen Körper neu.

Nun geht es sich flüssiger, fließender, ungewohnt leicht geht es sich. Schon schwimmt das Wort *Jazzclub* in der Nacht. Im trüben Schein der Leuchtbuchstaben der alte Flachbau.

Genau genommen war das *Pseudo* nie ein Jazzclub, es war ein Irgendetwas zwischen Kneipe, Künstlertreff und Bühne für Selbstdarsteller wie Ludwig und mich. Wir kamen uns wie Schwäne unter lauter Enten vor. Und waren es wohl auch. Ludwigs Charme und Witz, sein Auftreten und meine böse Zunge müssen unwiderstehlich gewirkt haben. Ohne dass wir es gewollt, angestrebt oder uns darum bemüht hatten, wurden wir zum Mittelpunkt. Dass einige Leute bissigen Abstand zu uns hielten, gehörte dazu. Wir liebten das.

Die Nächte im *Pseudo* waren lang, und das Leben ein Fest. Wer es nicht besser wusste, hielt uns für ein Paar. Dabei küssten wir uns nie in der Öffentlichkeit. Unser Vater missbilligte unsere Eskapaden. Er mahnte Zurückhaltung an, mehr Dezenz, es gäbe Gerüchte. Das brauchte er uns nicht zu sagen. Wir spielten ja damit, aus Spaß mit vollem Ernst. Wir hatten Freude an unseren schönen, von Kraft und Gesundheit durchglühten Körpern. Wir waren jung, jung und nochmals jung. Und wenn wir von unserer Mutter sprachen, fragten wir uns, wie sie wohl reagiert hätte.

Sie hatte unseren Vater verlassen, als ich sechs und Ludwig neun war. Mich hatte sie mitgenommen, Ludwig zurückgelassen. Der Sohn zum Vater, die Tochter zur Mutter; so hatten sich unsere Eltern geeinigt. Sieben Jahre später verließ sie auch mich. Sie war ausgegangen wie in so vielen Nächten. Doch dieses eine und letzte Mal kam sie nicht wieder. Am anderen Morgen stand ich wie gewohnt auf und ging zur Schule, nach der Schule ging ich heim, stets in der Hoffnung, sie möge wieder da sein. Ich erledigte meine Hausaufgaben wie immer. Nachmittags rief ich meine beste Freundin an. Und erzählte ihr dann doch nichts. Ich aß kaum etwas, sah oft bis Mitternacht fern, legte mich schlafen, weinte, schlief nicht, weinte mich in den Schlaf, weinte mich in den Traum, lauschte im Traum noch weinend zur Wohnungstür. Mehrere Tage ging das so. Kein Schlüssel drehte sich, kein Lackmantel rauschte in den Flur, keine Hochhackigen flogen in die Ecke, bevor die Toilettenspülung ging. Und niemand huschte noch rasch und auf Zehenspitzen in mein Zimmer, um mir einen Kuss auf die Stirn zu hauchen, einen Kuss, der aus Zigaretten und Kaffee gemacht war. Manchmal strich sie mir auch nur mit der Hand übers Haar, fast ohne es zu berühren. Ich mochte das, nicht aber den Geruch, der an ihren Fingern haftete.

Es dauerte eine Woche, bis sie wieder auftauchte: in der Pathologie eines rechtsmedizinischen Instituts.

Der letzte Akt des Dramas schloss mit der Beisetzung ihrer Urne. Auf dem Friedhof begegneten Ludwig und ich einander wieder. Nach der Trennung unserer Eltern hatten wir uns schmerzlich vermisst, doch über das Heranwachsen den anderen mehr und mehr vergessen. Unser Vater war nicht zur Beerdigung gekommen, selbst der Asche seiner Frau wollte er nicht mehr begegnen. Keine letzte Ehre für die Mutter seiner Kinder.

Er stellte mir frei, wo ich künftig leben wollte: entweder mit ihm und Ludwig weiter im Elternhaus oder in einem Internat am Bodensee. Ich entschied mich für Ludwig.

Dieser einsame, dunkle Weg zum *Pseudo*, diese sumpfig braungelbe Nacht, das tote Gelände, das alles kommt mir vor, als bewege ich mich auf einen Punkt in der Vergangenheit zu. Wann war ich das letzte Mal hier? Vor zehn, vor fünfundzwanzig Jahren? Gestern? Ich weiß es nicht und finde auch kein Bild, keine Begegnung, keine Jahreszeit, einfach nichts in meinem Gedächtnis, woran ich es festmachen könnte. Ich spüre immer deutlicher, wie mich das Zeitgefühl verlässt. An manchen Tagen erwache ich sogar in der Überzeugung, dass die Zeit stehengeblieben ist und derselbe Tag begonnen hat.

Ich bin da und verharre auf dem Vorplatz im fahlen Schein der altmodischen Leuchtschrift. Der Schotterbelag glitzert scharfkantig wie gebrochene Lava. Ein Plattenweg führt zum Eingang. Die Vorhänge vor dem Gastraum sind zugezogen, dahinter brennt Licht.

Zu Zeiten des Nachzüchter-Vereins soll das Haus in kletternde Pflanzen eingewachsen gewesen sein. Eines Tages, so hat es Vadim erzählt, hätten sie wie im Zeitraffer alle Blätter fallen lassen, keine zehn Minuten habe es gedauert, bis ein heillos verknotetes Geranke und Geschlinge auf den Wänden sichtbar wurde. Es hatte sich derart fest im Mauerwerk verbissen, dass man es nicht entfernte, sondern mit dem fälligen Neuanstrich der Fassade übermalte. Wie ein Adersystem liegt es jetzt unter der Haut.

Ich öffne die Tür und betrete einen Gastraum, in dem es still und der leer ist. Hinter dem Tresen ein Grizzly, ansonsten freie Tische und noch mehr freie Stühle. Ein einziger schummriger Tisch in der hintersten Ecke ist besetzt, mit einem widderköpfigen Mädchen. Es hat ein himbeerrotes Getränk im Glas und zwischen den Schafslippen einen Trinkhalm.

Ich möchte mich dazusetzen, lasse es aber sein, weil ich fürchte, das Mädchen könnte vor mir weglaufen. Für gewöhnlich vermeiden diese Chimären eine Begegnung mit uns. Dass dieses Mädchen sich überhaupt in die Nähe, sogar unter das Dach eines Menschen gewagt hat, hätte ich für unmöglich gehalten. Meine Wahrnehmungen von Widderköpfigen beschränken sich auf ihr spukhaftes Auftauchen und Verschwinden, ganz so, als schämten sie sich ihres Aussehens und würden sich am liebsten verstecken. Vielleicht, denke ich, und der Gedanke hat mit schlechtem

Gewissen zu tun, vielleicht hat die Natur sie ja mit einem Vorwissen ausgestattet, das ihnen Angst vor uns Menschen macht.

Das widderköpfige Mädchen schaut nicht auf, zieht nur das letzte Himbeerrot lautstark durchs Trinkröhrchen, während ich zwischen den leeren Tischen hinüber zur Theke gehe. Am Bartresen muss ich mich erst einmal abstützen. Der Weg hat mich Kraft gekostet, doch für eine Begrüßung und ein Lächeln reicht es noch.

»Guten Abend.«

Ich strecke Vadim die Hand hin. Der sieht mich an wie nie gesehen. Sollte ich etwa jünger geworden sein?

Vadim hat sich kaum verändert. Aus dem alten Bären ist lediglich ein Grizzly geworden, was die Körpermasse und den Wildwuchs von grauem Haar im Gesicht und auf dem Kopf betrifft. Ungepflegt wie eh und je sieht er aus, selbst seine Klamotten sind die alten, sie hängen an ihm wie Erinnerungstücke aus jenen Tagen, da ein Saxophon seinen Meister am Leben hielt. Und seine Füße, die der Tresen meinen Blicken entzieht, werden in den ausgelatschten blau-weißen Badeschlappen von früher stecken, da bin ich mir sicher.

Stumm stehen wir einander gegenüber. Zumindest ein »Grüß dich, Alma« habe ich erwartet, so wie damals, wenn ich im Club erschien, zu einer Jazz-Nacht, einer ganzen langen Nacht mit Swing und Unsinn, der Laden voll wie immer, und alles junge Leute, und alle jung wie wir, wie Vadim, wie seine Musiker. Ludwig und ich verpassten keine Veranstaltung, wurden zu Stammgästen, wurden älter, wurden vierzig, wurden fünfzig, kamen in die Jahre, wie man so sagt, während der Jazz sich selbst erneuerte. So wurden wir und all die anderen Jazz-Versessenen zu alten Leuten. Viele Jahre muss es her sein, dass ich das letzte Mal hier war, zusammen mit Ludwig, an einem Donnerstag, denn der Donnerstag war unser Jour fixe im Abseits seines Ehelebens.

Für gewöhnlich kamen wir gegen zweiundzwanzig Uhr, eine halbe Stunde vor den Musikern. Das Piano stand bereit, Kontrabass und Schlagzeug waren aufgebaut. Es war so eng, dass man nur mit Mühe zur Theke durchkam. Zurück ging es mit einem Glas in der Hand. Im Hintergrund lief Musik vom Band, übertönt von Stimmen und Gelächter. Ein Fremder hätte meinen können, in eine überbordende Trauer-Party geraten zu sein. So viel schwarz gekleidete Menschen, so viel Ausgelassenheit, so viel Lust am Untergang. Wir stellten uns zu unseren gut gelaunten Freunden. Die küssten und umarmten uns, viel Ah und Oh gehörte dazu, und jede Menge dummer Sprüche: »Je heißer der Abend, desto cooler die Gäste«, »Habedere, Alma«, »Hallöchen Popöchen« und so weiter.

Das alles muss doch auch in Vadims Erinnerung noch lebendig sein, schließlich nahmen wir damals schon die kleinen, bunten Pillen gegen den Gedächtnisverlust. Wir nannten sie Liebesperlen, wegen der Nebenwirkungen. Am Gaumen und auch sonst verursachten sie hübsche kleine Explosionen. Fast jeder nahm sie. Wegen der Nebenwirkungen.

Erkennt Vadim mich wirklich nicht? Er schweigt und sieht mich an, sein Gesichtsausdruck bleibt stumpf dabei, sein Blick wirkt irritiert. Wie mir scheint, komme ich ihm irgendwie bekannt vor, nur dass ihm partout mein Name nicht einfallen will, auch nicht, wann und wo wir einander begegnet sein könnten. Dass er sich nicht an meinen Namen erinnert, ist verzeihlich, dagegen beleidigt es mich, dass ihm meine Person, die ich für unvergesslich gehalten habe, aus dem Gedächtnis gerutscht ist. Offenbar wirken die kleinen bunten Pillen nicht bei jedem.

Etwas bestellen oder gehen? Ich gebe die Entscheidung weiter an die Flaschen im Wandregal. Sollte sich im Sortiment eine mit grasgrünem Inhalt finden, der Form nach eine Apothekerflasche, auf dem Metalletikett eine geprägte »66«, werde ich bleiben.

Sie ist leicht zu entdecken. Also schenkt Vadim tatsächlich noch immer den 66ig-Prozentigen seiner alten Marke aus.

Er muss gesehen haben, wo mein Blick hängengeblieben ist.

»Einen Absinth?«, fragt er.

Ich nicke und sehe mich nach einem Tisch in der Nähe der Widderköpfigen um. Sie interessiert mich, vielleicht lässt sich ja ein vorsichtiger Kontakt herstellen, schließlich muss sie sich auch mit Vadim irgendwie über ihr Getränk verständigt haben.

»Französisches Ritual oder Schweizer?«

»Nur mit Wasser, ganz klassisch«, sage ich und bin plötzlich entschlossen, mich nicht an einen Nebentisch zu setzen, sondern direkt zu dem widderköpfigen Mädchen. Doch als ich mich erneut umdrehe, sehe ich in der hintersten schummrigen Ecke nur einen leeren Stuhl und auf dem Tisch ein Glas mit einem Rest Himbeerrot. Ich wähle trotzdem diesen Tisch mit Blickrichtung zum Tresen, wo Vadim jetzt eine Glaskaraffe und ein Absinthglas bereitstellt. Beides wischt er mit einem Geschirrtuch innen und außen ab, bevor er Eiswasser in die Karaffe gießt. Dann greift er nach der Apothekerflasche im Wandregal. Langsam, ganz langsam entlässt er den 66ig-prozentigen Geist aus der Flasche. Das bauchige untere Drittel des Glases füllt sich grasgrün. Je länger ich den düsteren Mann beim Hantieren beobachte, desto fremder kommt er mir vor. Kaum noch vorstellbar, dass Ludwig und ich mit ihm befreundet gewesen sein sollen. Was wussten wir schon über sein erstes Leben als Saxophonist? Hatte er je davon erzählt? An ein paar Anekdoten erinnere ich mich, also zu wenig, um jemanden einen Freund zu nennen. Seine Herkunft, seine Vergangenheit, seine Überzeugungen sind Leerstellen. Es gab das Gerücht, er sei in der französischen Fremdenlegion gewesen und habe danach einen neuen Namen und eine andere Identität

47

angenommen. Aber wie das mit Gerüchten so ist. Auch sie unterliegen einem Verfallsdatum. Entweder verschwinden sie oder sie leben als Tatsache fort.

Wenn das Gerücht kein Gerücht war, muss er in der Zeit Fremdenlegionär gewesen sein, als es noch Nationalstaaten gab. Auf historischen Landkarten sind deren Namen und Grenzen noch zu finden, neue Karten weisen sie nicht mehr aus, stattdessen unbewohnbare Gebiete und Regionen, in denen es noch Reste einer Bevölkerung gibt. Allerdings sind auch diese Karten nie aktualisiert worden.

Vadim stellt mir die Wasserkaraffe und das Glas mit dem Absinth auf den Tisch. Bevor er sich wieder der Theke zuwendet, legt er mir eine Hand auf die Schulter, beugt sich vertraulich vor und nähert sich meinem Ohr. Er stinkt. Ich weiche aus.

»Absinth stachelt deine Libido an«, flüstert er, »beflügelt deine Ideen und schenkt dir eine scharfsinnige Zunge«, dann richtet er sich auf, es folgt eine Gedankenpause, bevor er erneut über mich kommt und mir zuraunt, »und weicht allmählich dein Gehirn auf.«

Seine wolfsgrauen Augen gefallen mir nicht, ich schiebe seine Hand von meiner Schulter.

»Oscar Wilde«, sage ich auf eine bloße Vermutung hin, denn früher servierte er einen Absinth nie ohne ein unpassendes Zitat von Wilde.

»Falsch«, grinst er, »Dale Pendell, Poet und intimer Kenner psychoaktiver Pflanzen.«

Sein genüssliches Grinsen und der belehrende, herablassende Ton ärgern mich, aber noch mehr ärgert es mich, dass ich keine schlagfertige Antwort parat habe, sondern nur abfällig eine Braue hochziehen kann. Er hat es verstanden oder auch nicht, wortlos nimmt er das Glas, das die Widderköpfige auf dem Tisch zurückgelassen hat, und schlurft damit zur Theke. Ich sehe dem behäbigen Grizzly in Badelatschen nach.

Das Licht wirkt auf einmal krank, das Mobiliar schäbig, der kahle Raum mit seinen schmutzfleckigen Wänden heruntergekommen. Mich selbst sehe ich einsam beim Absinth sitzen wie eine alte, sehr alte Trinkerin. Ich ziehe das Glas näher zu mir, greife nach der Karaffe, die beschlagen ist, umfasse den feuchten Hals und gieße etwas von dem Eiswasser ins kristallklare Smaragdgrün, das sogleich in ein milchiges Hellgelb umschlägt.

Vadim beobachtet mich dabei. Und ich beobachte, wie er mich beobachtet. Er wirkt angespannt. Aber jetzt muss hinter seiner Stirn etwas passiert sein, denn er kommt an meinen Tisch zurück, zieht einen Stuhl hervor und hockt sich breitbeinig darauf. Ein Geruch nach abgehangenem Wildbret schlägt mir entgegen.

»Sag mal«, beginnt er, »sag mal, wir kennen uns doch, nicht wahr?«

Ich führe mein Glas bis dicht unter die Nase, rieche Fenchel und Anis, nehme den ersten Schluck, schmecke Gewissensbisse und schweige in seine Wolfsaugen.

»Nein, ich verwechsele dich nicht«, fährt er fort, »Du bist früher oft hier gewesen, zusammen mit deinem Mann. Stimmt's? Ein schönes Paar wart ihr, so jung und so verliebt, auch später noch, als ihr nicht mehr so jung wart, ein beneidenswert schönes Paar seid ihr gewesen. Was ist mit deinem Mann, habt ihr euch getrennt?«

Es trifft mich ins Herz, dass er Ludwig und mich als Paar in Erinnerung behalten hat. Offensichtlich ist es uns nicht gelungen, diesen Eindruck zu verwischen, so sehr wir uns auch bemühten.

Ich habe das Glas noch immer an den Lippen, ohne zu trinken, ich setze es ab.

»Ludwig ist tot«, sage ich.

Vadim starrt geradeaus, lange, dann sieht er mich wieder an.

»Ach so, tot ..., der hat es gut, ich muss noch zwei Jahre aushalten.«

»Das klingt, als würdest du lieber heute als morgen diese Welt verlassen«, sage ich und gebe noch einen Schluck Eiswasser in mein Glas. Das sieht jetzt aus, als würde ich verdünnte Milch trinken.

»Wäre schön, wenn das so einfach ginge,« sagt er, »Früher konnte sich jeder umbringen, der es nicht zu blöde anstellte. Heute funktioniert das nicht mehr, heute holen dich unsere heilkundigen Roboter aus jedem Tod zurück, den du dir selbst beigebracht hast. Irgendein Gott muss ihnen wohl ins Programm geschrieben haben, dass man sich nicht selbst umbringen darf. Aus deinen Einzelteilen würden sie dich wieder zusammenflicken und fehlende Stücke durch künstliche ersetzen. Selbst der alt-bewährte Schierlingsbecher oder das toxische Pülverchen, das du in einem Medaillon an deinem Busen trägst oder im Siegel-ring deiner Vorväter versteckt hast, würde dir nichts nützen. Man würde dir ein noch stärkeres Gegengift verpassen. Du entkommst nicht. Keine Chance.« Und dann fügt er mit nachdenklicher Stimme hinzu: »Weißt du, mich verfolgt der Gedanke, Omega könnte mich übergehen oder sogar ganz vergessen.«

»Wie kommst du darauf? Mir selbst ist dieser Gedanke noch nie gekommen.«

Ich lege meine Hand beschwichtigend auf seine und tätschele sie ironisch, selbst auf die Gefahr hin, dass er sich nicht ernst-genommen fühlt.

»Hab Vertrauen, Vadim, auch du wirst pünktlich zu deinem Tod kommen.«

Er lächelt gequält und versucht, mir seine Besorgnis zu erklären, er sagt: »Ich misstraue diesen superschlauen, auf Nützlichkeit ge-trimmten, diesen mit Intelligenz und Algorithmen vollgestopften Systemen, die unsere Fähigkeiten weit übersteigen, ich kann mir einfach nicht vorstellen, dass sie allzeit fehlerfrei funktio-nieren. Sie sind schon sehr lange im Einsatz, sie kontrollieren, analysieren, reparieren sich selbst und lernen dazu. Zu welchen Schlüssen und Einsichten sie eines Tages kommen und ob diese dann für uns nachvollziehbar und sinnvoll sind oder uns aller Freiheiten berauben«, er zuckt resignierend die Schultern, »niemand durchschaut Omega, schlimmer noch, niemand wäre da, der etwas ändern könnte. Mir macht das Angst. Als unsere Lebenszeit auf einhundert Jahre begrenzt wurde, ging es um Überbevölkerung und das Vergreisen der Menschheit. Die durchschnittliche Lebenserwartung lag damals bei satten einhundertdreißig Jahren. Dass eines Tages keine Kinder mehr zur Welt kommen würden, war das Unvorstellbare schlechthin.«

Er stützt beide Ellenbogen auf den Tisch und lässt den Kopf in die offenen Handschalen sinken. Als er die Hände wieder vom Gesicht nimmt und mich ansieht, wirken seine Augen sehr grau und sehr traurig. Seine Verzweiflung macht mich betroffen. Wirklich nachfühlen kann ich sie nicht, doch ich ahne die schlaflosen Nächte, die ihm der Gedanke bereitet, über das hundertste Lebensjahr hinaus, vielleicht noch dreißig oder gar vierzig Jahre, weiterleben zu müssen. Und eine große Einsamkeit spüre ich: Niemand da.

»Worauf willst du hinaus? Deine Sorge, ich überspitze jetzt mal, deine Sorge, möglicherweise ewig leben zu müssen, finde ich absurd.«

»Ein ewiges Leben wäre nicht nur absurd, es wäre die Hölle, nämlich eine unendliche Wiederholung des Endlichen. Aber ist es nicht denkbar, dass man im System Omega mit einem falschen oder gar keinem Geburtsdatum geführt wird und weiterleben muss, bis ...«

Vadim krault seinen Bart, während er nach einem Begriff fahndet, der mir seinen Albtraum anschaulich macht.

»... bis man schwarz wird«, ergänze ich reflexhaft, damit er

51

endlich weiterspricht und seinen Bart in Ruhe lässt. Dieses Krabbeln im Kraut ist ja ekelhaft.

»... bis man der Letzte auf der Welt ist, wollte ich sagen.«

Er verschränkt die Arme im Nacken und streckt sich. Aus seinen Achseln qualmt es bärig. Ich lehne mich zurück. Sein Blick ist auf einen unsichtbaren Punkt jenseits der schäbigen, einst hellblau getünchten Wände gerichtet. Es ist, als fixiere er die Leere.

»Was findest du denn so unerträglich am Leben?«

Er löst sich aus der Streckung, legt seine Arme auf dem Tisch ab und beugt sich zu mir vor.

»Das interessiert dich?«

»Nicht gerade brennend, aber sag mal.«

Er lächelt nachsichtig, ist aber wohl dankbar für meine Ehrlichkeit.

»Ich langweile mich, Alma, eine wahnsinnige Müdigkeit ist in mir, keine Energie, keine Spannung, keine Erwartung, nur Überdruss.«

Jetzt beuge auch ich mich vor, nachdrücklich, als wollte ich ihm ins Gewissen reden, was vielleicht ein Nebeneffekt, nicht aber meine Absicht ist.

»Ausgerechnet jetzt, wo sich der Menschheitstraum von einem bequemen Leben im Überfluss erfüllt hat, willst du nicht mehr? Das ist doch Quatsch. Wir können uns alles nehmen, alles, was wir haben wollen, ob wir es brauchen oder nicht, wir dürfen in Besitz nehmen, was kein anderer in Besitz hat, uns stehen alle Güter zur Verfügung, die auf dieser Welt noch existieren. Maßlos können wir sein und verschwenderisch bis zum Exzess, wir können prassen, bis uns der Spaß am Verprassen vergeht, weil es unmöglich ist, an ein Ende zu kommen, denn wir sind zu wenig und das, was da ist, ist viel zu viel, als dass wir es in letzter Sekunde verbrauchen könnten.«

Ich klopfe ihm aufmunternd auf die Schulter.

»Ach, Vadim, freuen wir uns doch dieser königlichen Tage.

Die Welt ist dermaßen im Eimer, dass wir nicht einmal mehr Kriege zu befürchten haben. Die globale Abrüstung war erfolgreich, die letzten Waffen finden sich in Museen. Es wäre ein aberwitziges Unterfangen, wollte man den Feind mit Speeren, Steinschleudern, Keulen, Armbrüsten ...«

»... Pfeil und Bogen ...«

».. meinetwegen auch mit Pfeil und Bogen bekämpfen oder auslöschen wollen, zumal die Natur es ohne unser Zutun bewerkstelligen wird. Und außerdem: Worum sollten wir uns prügeln, für welche Ziele Krieg führen? Nach uns kommt niemand mehr. In unserer Situation ist man friedlich geworden ...«

»... eine Frage von Hormonen«, bemerkt Vadim.

»Eine Frage von Altersweisheit, meine ich, also freuen wir uns des Lebens und lassen die fleißigen, Seele und Empathie vortäuschenden, mit künstlicher Intelligenz begabten Sklaven weiter für uns roboten. Schließlich sind sie erfunden worden, damit sie uns klaglos dienen und für unser Wohlergehen sorgen. Ich jedenfalls sehne meinen Tod nicht herbei, ich langweile mich nicht und mag jetzt auch nicht weiter darüber sprechen, ich möchte dich nämlich um etwas bitten.«

Er bedenkt mich mit einem unfreundlichen Blick.

»Ich komme Bitten grundsätzlich nicht nach«, sagt er.

Und ich sage: »In deinem Alter solltest du über deine Grundsätze mal nachdenken, ich bin es nämlich nicht gewohnt, dass man mir eine Bitte abschlägt. Wäre mein Wesen von größerer Verletzlichkeit, würde mir jetzt etwas Bösartiges einfallen, zumindest auf verbaler Ebene. Du hast Glück, Vadim, dass meine Fantasie in diesem Punkt schwächelt und mir nichts Niederträchtigeres in den Sinn kommen will, als mich hier, jetzt und gleich zu besaufen.«

»Es wäre eine Privatvorstellung, liebe Alma, du hättest kein Publikum, und ich werde kein vollwertiger Ersatz sein.«

Darauf antworte ich nicht, mir genügt, dass er sich erinnert. Alma, hat er gesagt. Ich greife nach meinem Glas und trinke in kleinen Schlucken, in so winzig kleinen Schlucken trinke ich, dass Vadim Zeit hat, meine Bitte zu überdenken und in sich zu gehen. Was er vermutlich nicht tun wird. Das alles braucht natürlich Zeit. Als ich endlich ausgetrunken habe, erhebt er sich vom Stuhl, unwillig und sichtlich gequält, und verschwindet durch eine seitliche Schwingtür, hinter der ich den Zugang zu den Toiletten und seinen Privaträumen weiß. Mir kommt der Gedanke, dass er nicht wiederkehrt, mich einfach sitzenlässt und ich bis zum morgengelben Grauen auf ihn warten könnte. Ich gebe ihm fünfzehn Minuten.

Nach wenigen Augenblicken ist er wieder da, in der Hand hat er ein aufgerolltes Papier. Er legt es mir wortlos auf den Tisch und geht wieder. Die Rolle ist mit einem Bändchen umwickelt, das Papier riecht alt und zeigt Flecken. Was soll das? Ich sehe Vadim verwundert nach, bis er den Raum durch die Schwingtür wieder verlassen hat.

Neugierig knüpfe ich das Bändchen auf und entrolle eine Kohlestift-Zeichnung, ein Doppelporträt von Ludwig und mir. Wir sind sehr jung auf dem Bild. Es ist ein Bild mit starken Kontrasten und realistisch wie eine Schwarzweiß-Fotografie. Damit es sich nicht wieder zusammenrollt, beschwere ich die Seitenränder, rechts mit meinem Absinthglas, links mit der Karaffe.

Unsere Gesichter wirken sehr hell, wie von einer starken Lichtquelle getroffen, unser schwarzbraunes Haar verschwimmt mit der großen Dunkelheit um uns herum. Es sind schöne Gesichter, belanglose Gesichter, makellos und unschuldig, noch ohne den Schatten des Vatermordes. Diese Gesichter, die wir in unserer Jugendzeit gehabt haben sollen, müssen erdacht, erfunden, herbeifantasiert worden sein. Nein, so schön können wir nicht gewesen sein.

Ich erinnere mich wieder an den Künstler. *Goya* nannten wir diesen manischen Zeichner, der nie ohne Skizzenblock im Pseudo erschien. Ununterbrochen hielt er Club-Szenen, Menschen und Musiker, fest. Die entstandenen Bilder verschenkte er oder ließ sie liegen. Wer wollte, konnte sie mitnehmen. Was zurückblieb, wanderte in den Müll, es sei denn, Vadim nahm sich eines Werkes an und bewahrte es auf. So wie dieses. Aus welchem Grund auch immer. Ich werde nicht fragen.

Gedämpft durch die Wände dringt aus einem der hinteren Räume die Stimme seines Altsaxophons. Ich hebe den Kopf, schließe die Augen und lausche. Vadim spielt. Tatsächlich. Es hört sich an, als spiele er sich warm. Die Zeit der Abstinenz muss lang gewesen sein. Sein Instrument quält sich durch Tonfolgen, will nicht so recht, zeigt sich mürrisch, quietscht, stöhnt, brummt, bricht immer wieder ab, schweigt verdrossen, setzt neu an. Ich höre ein Saxophon auf der Suche nach dem verlorenen Sound, höre einen verlorenen Mann auf der Suche … »Spiel etwas!« Das wäre meine Bitte gewesen, hätte er vorab nicht klargestellt, dass er Bitten grundsätzlich nicht nachkomme. Und nun wundere ich mich doch so sehr, dass mein Herz hüpft. Dass Vadim mir meinen Wunsch von den Augen abgelesen haben könnte, ist ausgeschlossen. Das Talent hat er nicht. Ich nehme an, mein Wunsch, ein Stück Vergangenheit wiederzubeleben, wird auch sein Wunsch gewesen sein. Es lag einfach in der Luft, ein Treffen auf halber Strecke sozusagen.

»Du kannst das Bild behalten.«

Ich fahre aus meinen Gedanken. Vadim ist zurück. Wenige Schritte von mir entfernt steht er da mit seinem Saxophon und hat mich wohl eine Weile angesehen. Ich bin zu alt, um zu erröten, fühle aber die Glut, wie sie mir bis unter die Kopfhaut kriecht.

»Ich möchte dieses Bild nicht«, antwortete ich, ziehe Glas

und Karaffe von den Rändern der Zeichnung, worauf sich das Papier sofort zusammenrollt. Vadim sieht mich an. Und durch mich hindurch. Sein Gesicht ist konzentriert, seine Gedanken wohl auf einem anderen Stern. Dann nimmt er das Mundstück seines Instruments zwischen die Lippen und setzt die Finger. Den Oberkörper leicht vorgebeugt, so beginnt er zu spielen, nein, er beginnt zu erzählen, und das Saxophon ist ihm Stimme.

Er durchstreift innere Landschaften, Lebensräume, Träume, mal Rhapsodie, mal Ballade, mal Wiegenlied, dann Schrei und Totenklage. Küsten, Felsen, Schluchten. Nebelmeere. Panoramen, von der Musik in die Ferne gerückt, als sei aus zeitlichem Abstand ein räumlicher geworden. Die wogende See gefriert, Schnee bedeckt niedergebrannte Dörfer, auf den Flüssen die Prozession der Eisschollen, ein Schurren, Bersten, Brechen, donnerndes Entgleisen. Überblendungen. Gesichter mischen sich ein, unsere jungen Gesichter, Ludwig, seins und meins, von grellem Scheinwerferlicht in einer tiefdunkler Nacht erfasst.

Es ist spät geworden. Beziehungsweise früh. Das Level7 fährt mich ins erste Tageslicht hinein, der Himmel schwefelgelb an diesem Morgen. Vadims Saxophon geht mir nach, geht mir nahe. Ich bin leise zufrieden und wohltuend müde, ich sehne mich nach Schlaf und meinem einsamen Zuhause.

IV

Ein widderköpfiges Mädchen hockt auf den Stufen vor meiner Haustür. Kann sein, kann nicht sein, dass es das Mädchen aus dem Pseudo ist. Ich habe es ja nur kurz und bei schlechter Beleuchtung gesehen. Für mich sehen sie ohnehin alle gleich aus, diese Chimären, wie die Schafe einer Herde könnte ich sie nicht auseinanderhalten.

Das Mädchen sieht mir entgegen. Gleich wird es aufspringen und davonlaufen. Ich gehe weiter, müde, ohne meine Schritte oder meine Haltung zu ändern. Das Mädchen rührt sich nicht. Selbst als uns nur noch wenige Meter trennen, bleibt es sitzen, schaut mich wach und neugierig an, als habe es auf mich gewartet.

Ich krame mein Schlüsselbund aus der Tasche. Ein Schlüsselbund ist zwar ein unzeitgemäßes Utensil, doch ich nehme es stets mit, wenn ich das Haus verlasse. Zur Sicherheit. Ich habe einfach mehr Vertrauen in die Funktionstüchtigkeit eines Schlosses, in das man einen Schlüssel stecken und drehen kann, als in einen Auf-und-zu-Mechanismus, der auf meine Stimme reagiert und sich auf das Codewort »Simsalabim« dazu herablässt, mir die Tür zu öffnen. Sollte dem Zugangssystem meine Stimme plötzlich fremd vorkommen oder sollte es beim Wort »Simsalabim« in Gelächter ausbrechen, wird mich mein Schlüsselbund retten. Ich werde keine Scheibe einschlagen und durch ein Fenster klettern müssen, um ins Haus zu gelangen.

Das widderköpfige Mädchen macht keine Anstalten zu verschwinden. Ich bleibe vor der Treppe stehen und rassele mit den Schlüsseln. Wäre ich nicht so müde, würde mir sicher etwas

Besseres einfallen, um es zu verscheuchen. Aber das Mädchen wendet den Hörnerkopf nur zur Seite und ignoriert mich. Ich will ins Bett, und das so schnell wie möglich. Also tue ich, als sei die Widderköpfige nicht da. Soll sie doch sitzen bleiben, wo sie sitzt, was stört's mich. Ich nehme die Stufen bis zur Haustür und schließe auf. Kaum ist sie offen, huscht die Widderköpfige an mir vorbei in die Diele. Ehe ich reagieren kann, ehe ich überhaupt weiß, wie ich reagieren könnte oder sollte, stürmt sie wieder ins Freie, Todesangst in den hellgelben Augen, die schwarze Balken-Pupille zu einem Querschlitz verengt. Dieser panische Blick geht mir durch und durch. Es dauert einen Moment, bis ich mich wieder gefasst habe. Dann ziehe ich die Haustür hinter mir zu. Nach und nach beruhigt sich auch mein verrücktes Herz.

Der Anblick des Braunbären, das erste Wesen, das ihr in diesem Haus begegnet ist, muss sie in die Flucht geschlagen haben. Mannshoch aufgerichtet steht er da auf seinen Hinterbeinen, seine Haltung eine Drohgebärde. Zum ersten Mal sehe ich in diesem Bären nicht das Wildtier, das Safrane großkalibrig mit einem Schuss niedergestreckt und mit einem zweiten Schuss, aufgesetzt auf die Stirn, erlegt hat. Nein, plötzlich ist mir, als habe ich einen Schamanen mit Bärenkopf vor mir, also einen Menschen, der sich in ein Tierfell gehüllt hat. Dass dieses monströse Wesen, diese nie zuvor gesehene Gestalt dem widderköpfigen Mädchen Angst und Schrecken eingejagt hat, kann ich gut nachfühlen. Es tut mir leid.

Ich schlafe ausgesprochen schlecht in den wenigen Stunden der ausklingenden Nacht, die schon nicht mehr Nacht ist. Am frühen Morgen dann ein Traum, der mich in eine heruntergekommene Hütte entführt. Er setzt mich an einen primitiven Holztisch, auf dem Holztisch eine Suppe, ein Schafsauge schwimmt darin. Etwas Unsichtbares ist im Raum. Das Unsichtbare hat Pranken.

Die legen sich eisenschwer auf meine Schultern, schmieden mich förmlich an meinen Platz. Ich muss die Suppe essen. Aufessen! Es ekelt mich. Ich ekele mich, wie ich mich im Leben noch nie geekelt habe, zugleich finde ich es merkwürdig, dass ich meinen Traum-Ekel mit meinen Ekel-Empfindungen im wachen Zustand vergleichen kann. Ich rühre in der Suppe, ein zweites Schafsauge kommt an die Oberfläche. Aufessen! Die eiserne Pranke drückt mein Gesicht über die Suppe. Ich reiße den Mund auf, will schreien, aber mein Traum hat mich um meine Stimme betrogen. Tapfer löffele ich die Suppe, sie schmeckt nach Zuckerwatte, die Schafsaugen lasse ich übrig. Zum Spielen. Stoße ich sie an, kullern sie wie Glasmurmeln umher. Ich picke eins mit Daumen und Zeigefinger aus der Suppenpfütze und werfe es unter den Tisch, wo es – ping-pong, ping-pong – wie ein Tischtennisball davonhüpft. Das andere Schafsmurmelauge versetze ich durch leichtes Kippen und Drehen des Tellers in eine Umlaufbahn. Es dauert nicht lange, bis es wie eine Kugel im Roulette-Kessel um den Tellerrand flitzt.

»Worum spielen wir eigentlich?«

Mit diesem Satz, den ich laut ausgesprochen haben muss, denn meine eigene Stimme klingt mir noch im Ohr, mit diesem Satz, einem Geschmack von Zuckerwatte im Mund und der Erinnerung an ein widderköpfiges Mädchen auf den Treppenstufen vor meinem Haus werde ich wach. Alles gelb. Es muss bereits Mittag sein.

Ich bleibe liegen und ändere die Reihenfolge meiner morgendlichen Gewohnheiten, um meinem Gedächtnis auf die Sprünge zu helfen. Vielleicht finde ich im Äther ja etwas über die Widderköpfigen. Vor langer Zeit bin ich zufällig in einen Beitrag hineingeraten, der sich mit den Hintergründen ihrer Existenz befasste. Damals langweilte er mich, nur wenige Minuten hörte ich zu, denn jene skurril gekleideten Mädchen mit den spiralig eingedrehten Hörnern interessierten mich nicht besonders. Mal hier, mal da hatte ich sie flüchtig zu Gesicht bekommen, wie verirrtes, verwirrtes, unendlich scheues Wild in einer Großstadt.

Mein erster Griff geht heute nicht gewohnheitsmäßig zu den bunten Pillen, die mich seit zwanzig Jahren wie siebzig aussehen lassen, mein erster Griff gilt heute meinen Kopfhörern, die ich neben dem Bett abgelegt habe. Gespannt und voller Ungeduld ziehe ich mir die Hörschalen über beide Ohrmuscheln. Im Äther finde ich schnell den gesuchten Kanal, und auf dem Kanal sogar mehrere Beiträge über die Widderköpfigen. Ich wähle den erstbesten, den mir das System vorschlägt. Nach meiner Erfahrung wird zu bestimmten Themen ohnehin stets dasselbe Halbwissen wiedergekäut. Der größte Unterschied liegt meist in den Stimmen, die in mehr oder weniger synthetischer Sprechweise einen Text hörbar machen.

»Hören!«

Äther macht sich bereit. Ich schließe die Augen. Ein Geräusch kriecht in mein Ohr, das ich als Blättern in einem Papiermanuskript deute. Also ein antiquarischer Text, denke ich, wie schön! Eine angenehme, vollkommen natürlich klingende Frauenstimme bestätigt sogleich meine Vermutung. Sie nennt das damals aktuelle Datum, den 27. Juli 2094, und sogar den Wochentag. Es war ein Dienstag wie der heutige 27. Juli 2151, weil der diesjährige Kalender, was Monate und Wochentage betrifft, identisch ist mit dem Kalender vor sechsundfünfzig Jahren ist. Äthers Auswahlsystem scheint nicht sonderlich fantasievoll zu sein.

Erneutes Blätterrascheln, dann Stille, und in der Stille feinste Kratzer, Unsauberkeiten wie Flecken und Streifen auf historischem Filmmaterial. Ohne Vorwarnung plötzlich ein steiler Ton, der sich zu einem Fiepen hochschraubt, so schrill, dass es wehtut. Ich will gerade aus dem Beitrag aussteigen, als ein Schwall von

Stimmen und Gelächter den Ton abwürgt, schnell gewinnt die Frauenstimme vom Anfang wieder die Oberhand. Der Geräuschpegel sinkt. Die Stimme klingt jung und frisch, dazu sehr sauber, jedes Wort ist deutlich zu verstehen.

»Mädchen mit Widderköpfen waren das Ergebnis eines letzten Versuchs, die Spezies Mensch vor dem Aussterben zu retten«, höre ich.

Gibt es keinen Titel, keine Einleitung? Möglicherweise sind sie überschrieben oder versehentlich gelöscht worden. Ist nicht schön, aber nicht zu ändern, denke ich und lausche:

»Auf der Suche nach den Ursachen der allgemeinen Unfruchtbarkeit hatte ein weltweites Screening ergeben, dass alle nach Ausbruch der Xi-Epidemie Geborenen, egal ob männlich oder weiblich, betroffen waren. Soweit es sich um Samenzellen handelte, hatte das Virus die Mehrzahl der Spermien um Kopf und Kragen gebracht, manche hatten nur den Kopf verloren, so dass der Schwanz unterhalb des Kragens ansetzte. Degeneriert, wie sie waren, schwammen sie in der Zeugungssuppe herum, ohne jede Ahnung, was sie dort sollten. Selbst jene, die über Kopf und Kragen sowie zwei Schwänze verfügten, hatten keine Aussicht, zum Erfolg zu kommen. So wild und ungestüm sie mit ihren Doppelschwänzen auch zappelten, schlackerten und peitschten, das Ergebnis ihrer Anstrengungen führte sie stets im Kreis herum, nicht aber ans Ziel. Sogar jene Spermien, die auf den ersten Blick durchs Mikroskop brauchbar erschienen, schöner Kopf, schöner Schwanz, erwiesen sich bei genauer Vermessung ihres 0,06 Millimeter winzigen Körperchens als nicht normal, weil Kopf und Schwanz in keinem ausgewogenen Verhältnis zueinander standen. War da zu viel Kopf, fehlte es am Schwanz, war der Schwanz ein Prachtstück, gab der Kopf nichts her. Selbst den normgerechtesten Exemplaren, an denen auch auf den zweiten und dritten Blick durchs Mikroskop nichts auszusetzen war, fehlte eine entscheidende Fähigkeit, die erst später erkannt wurde. Diese Samentierchen konnten nämlich den Maiglöckchenduft nicht wahrnehmen, der sie ins Ovarium lockte. Solche Blindgänger, und das war die Mehrheit, endeten und verendeten als Irrläufer. So blieben unter zig Millionen ein paar Ausnahmespermien, die mit doppelter Schwimmgeschwindigkeit die letzten Zentimeter schafften.

Das wohlduftende Objekt ihrer Begierde war die Oozyte, eine dem Follikel frisch entsprungene Eizelle. Seit Anbeginn der Menschwerdung hatten Eizellen der Ankunft aufgeregter Spermatozoen freudig entgegengesehen. Gleich würden sie da sein und um Befruchtung betteln. Doch diese Eizellen ignorierten sämtliche Bewerber. Da konnten die Ausgeschwärmten gegen die Zellmembran klopfen und hämmern, wie sie wollten, kein halber Chromosomensatz gelangte mit dem Kopf durch die Wand. Selbst eine medizintechnische Hilfestellung führte zu nichts, denn wie die weiteren Forschungsergebnisse zeigten, enthielten sowohl die Ei- als auch die Samenzellen nur Chromosomen mit vorgetäuschten, letztlich aber leeren Erbinformationen.

Da es nun schlecht bestellt war um den Fortbestand der Menschheit, griffen Wissenschaftler, Zauberer und Götter der Reproduktionsmedizin in ihre Schatzkisten und entnahmen ihnen allerfeinste Präzisionsinstrumente und wirkmächtige Hormone, um die in flüssigem Stickstoff bei minus zweihundert Grad aufbewahrten Keimzellen und Embryos zur Menschwerdung zu veranlassen. Doch es fruchtete nicht, jedes der künstlich erzeugten oder aus dem frostigen Tiefschlaf geweckten Zellgebilde, eingebracht in eine menschliche oder künstliche Gebärmutter, entwickelte sich nicht weiter oder starb ab.

Erfolgreicher verliefen Experimente, die sich Erfahrungen aus der Tierzucht zunutze machten. Menschliche Embryos wurden in die Gebärmütter von Primaten und Haustieren eingesetzt.

Erstaunlicherweise waren es nicht die nächsten Verwandten des Homo sapiens, also nicht die Orang-Utan-Weibchen, Gorilla-Frauen und Bonobo-Äffinnen, die ein Menschenbaby zur Welt brachten, sondern die Mütter unter den Schafen. Nun wurden wieder Kinder geboren, erzeugt aus anonymen Embryos, die man vor Jahrzehnten eingefroren hatte, da sie überschüssig, gespendet, vergessen oder von den biologischen Eltern verstoßen worden waren. All diese Zellhäuflein menschlichen Ursprungs wurden nun von Mutterschafen ausgetragen, machten aber die Hoffnung auf den Fortbestand der Menschheit zunichte, weil aus rätselhaften Gründen ausschließlich Mädchen geboren wurden. Auffällig war deren sonderbare Kopfform. Abwarten, hieß es, das wächst sich aus. Dachte man. Und es wuchs sich tatsächlich aus, nämlich zu Hörnern. Zunächst stießen sie als Ausstülpungen seitlich aus der Stirn in Höhe der Schläfen oberhalb der Ohrmuscheln. Je älter die Mädchen wurden, desto deutlicher entwickelten sich die Ausstülpungen zu spiralig eingedrehten Hörnern, während die Kopfform mehr und mehr der eines Schafs glich. In den frühen Kinderjahren bedeckte zarter Flaum, weiß und glatt wie das Fell eines Angorakaninchens, Gesicht und Schädel, Hals und Nacken sowie die Ohren. Bis zum vierzehnten Lebensjahr wurde aus dem Flaum kleinlockiges Fell. Im Aussehen erinnerte es jetzt an Persianer, das krause Fell neugeborener Karakullämmer, das in früheren Zeiten zu Pelzmänteln und Pelzjacken für alte Frauen, sogenannte Omis, verarbeitet wurde. Mit sechzehn war das Gehörn der Widderköpfigen voll ausgebildet, während der Körper mädchenhaft blieb, auch in späteren Jahren, und kaum weibliche Formen zeigte. Sprechen können sie nicht. Ursache ist die Anatomie ihres Kehlkopfes, gleichwohl verstehen sie unsere Sprache, da sie nicht mit Robotern, sondern von Geburt an ausschließlich mit Menschen zusammenlebten. Die zogen sie auf und dokumentierten ihre Entwicklung für Forschungszwecke.

Es war ein abgesondertes Leben in speziellen Einrichtungen. Bis heute ist unbekannt, wo sich diese befanden. Ebenfalls unbekannt sind ihre biologischen Eltern, also die Spender der Embryos beziehungsweise der Ei- und Samenzellen. Sämtliche Daten, die über Herkunft und Abstammung Auskunft geben könnten, einschließlich der Kennung des Mutterschafs, wurden gelöscht, sobald das Zellmaterial für das Nachzuchtprogramm ausgewählt und freigegeben worden war.

Auch die Einrichtungen existieren nicht mehr, seit die letzten Wissenschaftler, Mitarbeiter und Hilfskräfte, die an den Versuchen beteiligt gewesen waren, das hundertste Lebensjahr vollendet hatten. Damit waren die Mädchen sich selbst überlassen.

Heute sieht man sie einzeln oder in kleinen Gruppen durch die Städte streifen. Sie fallen auf, weil sie sich wie Puppen, Ballerinen, Theaterfiguren oder Showgirls anziehen. Ihre Kleidung besorgen sie sich vorzugsweise im Fundus der verlassenen Schauspiel- und Opernhäuser, Varieté-Theater oder Kleinkunstbühnen, wo sie inzwischen auf keine Menschen mehr treffen. Sie versuchen uns auszuweichen, so gut sie können. Der Grund mag in einer angeborenen Scheu, vielleicht sogar in einem instinktiven Abscheu vor Menschen liegen. Ihr Verhalten wirkt wie ein stummer Vorwurf an uns, die wir die Natur hintergangen haben, indem wir ihnen selbstsüchtig und rücksichtslos ein Leben aufgezwungen haben, das sie zu einem Dasein als Chimären nötigt. Nicht Tier, nicht Mensch sind sie. Wer will ausschließen, dass sie ein Bewusstsein für ihre Andersartigkeit haben und dass sie diese als Makel empfinden und sich schämen?«

Stille.

Leises Rascheln. Blättern im Manuskript?

Stille. Geht es nicht weiter?

Ein dumpfer Schlag. Etwas fällt.

Stille. Endlos.

Ich warte. Mir scheint, mein Kanal durchsucht inzwischen den Äther. Will er einen Beitrag finden, der mich aufmuntern könnte? Er soll es lassen, er wird nichts Passendes finden.

»Aus«, sage ich.

Als ich die Kopfhörer abnehme, tue ich es mit dem blödsinnigen Gefühl, dass es KopfhörNer sind. Ich lege sie neben die Bonbonniere auf dem Nachttisch. Jetzt muss ich erst einmal durchatmen, ganz tief durchatmen und mich sammeln. Der Beitrag hat mich unglaublich erschöpft und das Zuhören sehr angestrengt.

Ich wanke zum Fenster, reiße die Vorhänge auf. Mein Blick geht in den Vorgarten, in dem nichts wächst, seit Jahrzehnten nicht. Alles gelb, gelb von gelber Asche, gelbem Staub, gelbem Sand. Und mittendrin, als hätte ich es geahnt, ein widderköpfiges Mädchen. Es hat sich auf der Steinumrandung des verfallenen Springbrunnens niedergelassen und ordnet den Faltenwurf des Kleides. Ich nehme ein Fernglas zur Hand, um mir das fellbewachsene Gesicht näher anzusehen. Wie alt mag dieses Geschöpf sein? Eine mädchenhafte Figur ist kein Anhaltspunkt. Schnell lasse ich das Fernglas wieder sinken, denn auch ein mit Fell bewachsenes Gesicht verrät kein Alter.

Der Gedanke an die Kleine von gestern Nacht und jetzt das widderköpfige Mädchen hier unten im Vorgarten halten mich noch eine Weile am Fenster. Ich überschlage das ungefähre Alter:

Am 24. Juli 2094 wurde der Beitrag in den Äther gestellt, siebenundfünfzig Jahre ist das her. Zu besagtem Zeitpunkt waren die Versuchseinrichtungen bereits Vergangenheit und längst aufgelöst worden, weil keine Mediziner oder Wissenschaftler mehr am Leben waren, die das Projekt hätten fortführen können. Zum Glück waren die verwaisten Widderköpfigen inzwischen so weit entwickelt, dass sie sich in der Menschenwelt zurechtfinden und durchschlagen konnten. Einzeln oder in kleinen Gruppen vagabundieren sie bis heute durch unsere Städte. Die Jüngsten unter ihnen dürften schon älter als siebzig Jahre sein.

V

Vadim hat mich zum Russischen Roulette eingeladen. Ins alte Spielcasino Royal. Ich soll zuschauen und ihm Glück bringen. Zu gewinnen gibt es den Tod. Er ist einer von sechs Personen, die ihr Leben vor dem hundertsten Geburtstag beenden wollen. Sie wurden ausgelost und haben nun die Chance auf einen tödlichen Schuss. Kein Arzt, kein Sanitäter, kein Erste-Hilfe-Roboter wird anwesend sein. Ein Sterben wie in alten Zeiten wird garantiert.

Man spielt nach den klassischen Regeln: ein Revolver, eine einzige Patrone in den sechs Kammern der Revolvertrommel. Vor Spielbeginn wird sie mehrmals gedreht, im weiteren Spielverlauf nicht mehr. Der erste Finalist hält sich die Waffe an die Schläfe, dann drückt er ab. Gibt der Revolver nur ein klickendes Geräusch von sich, aber keinen Schuss, scheidet der Spieler aus und reicht die Waffe an den nächsten Finalisten weiter. Fällt wieder kein Schuss, ist der Nächste an der Reihe und so weiter. Spätestens beim sechsten Versuch steht der Gewinner fest, es sei denn, der Schuss löst sich auch jetzt nicht, weil ein Defekt den Mechanismus blockiert. In diesem Fall geht das Spiel mit einem anderen Revolver in die zweite Runde.

Ich wusste von der Lotterie »Endspiel«, habe mich aber nie dafür interessiert. Weder habe ich ein Finale besucht, noch bin ich jemals auf den Gedanken gekommen, mir ein Los zu besorgen. Im Gegensatz zu Vadim ödet mich mein ereignisarmes Leben nicht an. Und mich aus lauter Jux auf eine Schießerei mit dem Tod einzulassen, ist mir der Spaß nicht wert. Lieber lasse ich mich an meinem hundertsten Geburtstag schmerzfrei ins Nichts überführen.

Aber warum hat mir Vadim nichts von seiner Teilnahme an der Lotterie »Endspiel« erzählt, als ich neulich bei ihm war? Es hätte ein gutes und interessantes Gespräch werden können. Dass er nichts gesagt hat, ärgert mich ein bisschen. Mag sein, dass er abergläubisch ist und Wünsche nicht verrät, damit sie in Erfüllung gehen. Doch dann hätte er mich gestern nicht einladen dürfen, noch dazu als Glücksbringer. Ich und ein Glücksbringer! Sollte ich lachen? Hingehen werde ich natürlich, denn ich habe es versprochen. Ein Freundschaftsdienst sozusagen.

Das Casino Royal habe ich bisher nur ein einziges Mal betreten, nicht um zu spielen, sondern um den legendären Spielsaal zu besichtigen. Das Gebäude stammt noch aus einer Zeit, die man, als sie vorbei war, die »Schöne Epoche« nannte. Heute muss man schon antiquarische Bildbände über die Spielcasinos des 19. und 20. Jahrhunderts durchblättern oder sich einen der historischen 007-Filme ansehen, will man einen Eindruck von den damaligen Geschmacksverirrungen bekommen. Meine Fantasie hatte jedenfalls nicht ausgereicht, mir den in Rot und Gold gehaltenen Spielsaal vorzustellen: Marmorsäulen, Samttapeten, Kristallleuchter für eine funkelnde Atmosphäre. Von der Decke schauten satanische Figuren auf die Spieltische herab, auf Damen, Buben, Könige und all das viele schnöde Geld, das mal hierhin, mal dorthin flutete und geschoben wurde.

Die Zeiten, in denen Geld noch ein Zahlungsmittel war und eine Größenordnung, mit der sich Reichtum und Erfolg messen ließen, sind Geschichte. Seit wir kein Geld mehr brauchen, ist es sinnlos geworden, Geld gewinnen zu wollen. Wer heutzutage ins Casino geht, spielt um andere Dinge. Im Casino Omega geht es um berühmte Kunstwerke, im Casino Royal um den eigenen Tod. Gäbe es nur wenige Personen, die ihr Leben vor dem hundertsten

Geburtstag beenden möchten, bräuchte die tödliche Kugel nicht ausgelost zu werden. Mittlerweile ist jedoch der Wunsch, diesen unwirtlichen Planeten zu verlassen, zu einem Anliegen vieler geworden. Um zumindest Einzelnen den Wunsch zu erfüllen, wurde die Lotterie »Endspiel« ins Leben gerufen, im jährlichen Wechsel für Menschen weiblichen, männlichen oder beiderlei Geschlechts.

Jetzt, auf dem Weg zur Endausscheidung, bedauere ich es, Vadim mein Versprechen gegeben zu haben. Mit einem flauen Gefühl im Magen, mit all meiner Angst, meiner Furcht vorm Zuschauen und der Hoffnung, dass die Kammer des Revolvers leer ist, wenn Vadim den Lauf an seine Schläfe setzt, bin ich ins Level 7 eingestiegen.

Wir gleiten über die verlassenen Straßen der Stadt, der Nachthimmel zeigt sein dunkelgelbes, sumpfiges Gewölk. Wir gleiten lautlos und klimatisiert, und ich zittere vor innerer Kälte. Am liebsten würde ich das Gefährt umkehren lassen. Ich bin kein Glücksbringer. Mir ist übel, ich möchte Vadim nicht sterben sehen. Warum fürchte ich mich und wovor? Er will gehen, und ich verliere damit keinen Menschen, der mir nahesteht. Er ist ein alter, mir fremd gewordener Freund. Allenfalls Erinnerungen verbinden uns noch.

»Komm gegen Mitternacht. Du wirst den Raum finden, es gibt Wegweiser«, hatte mir Vadim ins Zwischennetz geschrieben. »Wegen des genauen Spielbeginns melde ich mich noch.«

Hat er aber nicht.

Wir sind da, ich steige aus. Das Gebäude macht mir Angst, schon von außen, wie es dasteht auf dem großen, weiten Platz, so abweisend, so gewaltig, so runtergekommen.

Im Foyer sind kaum Leute, und nirgends sehe ich einen Hinweis auf einen Raum oder ein Schild mit Richtungspfeil und

Uhrzeit, wo das sogenannte »Endspiel« zelebriert wird. Auf der großen Anzeigetafel steht »Spielsaal geschlossen«.

Ich sehe mich nach einem Wegweiser um. Einer, der offenbar weiß, wo es langgeht, kommt soeben auf mich zu. Mit einem Handzeichen gibt er mir zu verstehen, dass ich ihm ins Untergeschoss folgen soll.

Mein Wegweiser ist von unvorstellbarer Hässlichkeit, er besteht aus fleischähnlichem Material und ähnelt entfernt einem Menschen. Sein verfilztes Toupet sitzt schief, sein Gang ist eckig, jeden seiner abgehackten Schritte begleitet ein schnarrendes Geräusch. Diese komische Figur scheint noch aus den Anfängen zu stammen, als man versuchte, Roboter wie Menschen aussehen zu lassen. Sein künstliches Leben muss er schon vor längerer Zeit ausgehaucht haben, vermutlich in einer Abstellkammer, bevor man ihn entdeckte und den alten Platinen und Chips ein neues Programm überstülpte. Ab und zu dreht er sich um. Dann bedeute ich ihm durch kurzes Winken »ja, ich bin noch da«, worauf er seine eisblauen Glasaugen rollt und ein kaputtes Lächeln zeigt. Die Oberlippe zerrt in Richtung Ohr, die Unterlippe klemmt.

Und nun hat er sich offenbar verlaufen. Zumindest tut mein Wegweiser keinen Schritt durch die Tür, die uns soeben den Weg in eine Bar freigegeben hat. Wie es aussieht, werden die Räumlichkeiten jetzt als Lager für ausrangierte Spielautomaten genutzt. Dicht an dicht stehen sie. In einigen flackert noch Leben, hier ein Blinken, dort ein müdes Lämpchen-an-Lämpchen-aus, und über allem eine rotierende Halbkugel mit Spiegelfacetten.

Mein Wegweiser rührt sich noch immer nicht, er verharrt auf der Stelle. Seine Innereien haben einen leisen Heulton angestimmt. Wie eine gedämpfte, mit schwacher Batterie laufende Alarmsirene hört es sich an. Ich lasse ihn stehen.

Der Gang, den wir gekommen sind, führt über die Treppe, die

wir genommen haben, zurück ins Foyer. Da bin ich wieder. Am Ausgangspunkt. Mein erster Blick geht zur Zeitanzeige. Es ist 00:00:03 Uhr. Weltzeit versteht sich. Unabhängig vom Sonnenstand gilt sie jetzt überall, auf allen Kontinenten, auf der ganzen, nur noch von uns wenigen Alten bewohnten Welt.

Ich sehe mich im Foyer um. Außer mir sind da nur noch fünf weitere Personen, alles Männer, die jünger als achtzig aussehen. In einer Gruppe stehen sie zusammen und reden sehr leise miteinander. Auf mich wirken sie wie die todessüchtigen Teilnehmer, die auf die sechste Person warten. Oder bin ich zu spät und das Spiel ist bereits entschieden? Dann wären sie die Verlierer und Vadim, der glückliche Gewinner, tot.

Ich gehe auf die Gruppe zu. Noch bevor ich etwas gefragt habe, weist man auf den Eingang zum Club.

Der Club muss ein Raucherclub gewesen sein, ich betrete einen museumswürdigen Raum, alles ist tabak- und cognacfarben, bis hin zum Geruch. Decke und Wände sind schwer mit Eiche vertäfelt, ein Altherren-Ort für Rotwein und Zigarren, ein Ort, um stilvoll zu sterben.

Sechs mächtige Ledersessel stehen im Kreis, abweisend und bedrohlich wie schwarzbraune Büffel stehen sie da mit dem Rücken zur Welt. Im vorderen Sessel, keine zwei Meter entfernt: Vadim. Ich sehe ihn nur von hinten, die obere Kopfhälfte, das struppige Haar und den rechten Arm, der über der Seitenlehne hängt. Auf dem maroden Parkett eine dunkel schimmernde Pfütze. Das Licht einer niedrigen Lampe auf dem beigestellten Tisch beleuchtet die düstere Szene. In meiner Brust, unter den Rippen, da, wo ich mein Herz weiß, zerreißt etwas. Ich möchte weglaufen, zwinge mich aber zu bleiben und es auszuhalten. Ein Wort des Abschieds will ich Vadim sagen. Er wird es hören, der Sinn ihm verborgen bleiben. Die Kugel hat sein Hirn zwar abgeschaltet, die Zellen jedoch leben für eine kurze Zeit noch weiter, die Organe sogar viele Stunden. Ärzte nennen diesen Zustand ein Zwischenleben, in das ein Mensch nach seinem Hirntod eintritt. Wie auch immer sie das erforscht haben, ich will es glauben. Vadim ist tot, sein warmer Körper wird langsam erkalten. Man wird ihn in diesem Clubraum nicht liegelassen, in Kürze werden Roboter erscheinen, die ihn abholen und schließlich im Nichts versenken.

Kaum etwas hat mich in meinem langen Leben mehr Überwindung gekostet, als vor den toten Freund zu treten.

Dass ich erschrecken würde, habe ich erwartet, nicht aber, dass der Anlass eine Widderköpfige im braunen Samtkleid sein könnte. Sie kniet vor dem Sessel und hat die Arme um Vadims Beine geschlungen, ihr Kopf ruht in seinem Schoß. Ich gehe näher, sie sieht mich an, richtet den Oberkörper auf, bewegt die Schafslippen. Ihre Zähne sind geschwärzt. Gequälte Laute stoßen aus ihrem Maul. Ich spüre ihr Bemühen um Worte, spüre ihre Verzweiflung, sich nicht in Menschensprache verständlich machen zu können. In einem Anflug von Mitleid will ich sie trösten. Wie? Ich mag sie nicht berühren. Woher kommt mein Ekel vor diesen Wesen, die aus Versuchen mit eingefrorenen Embryos hervorgegangen sind? Nie habe ich mich hilfloser gefühlt. Ich wende mich ab, stumm, denn ich weiß kein letztes Wort für Vadim.

VI

Gestern zeigte sich am Abendhimmel ein violettes Glänzen.
Wie die Zunge eines Pestkranken, dachte ich. Kein schlechtes
Zeichen. Und tatsächlich ließ der heutige Morgen auf einen angenehm milden Tag hoffen. Da war nur ein pulvriger, sehr feiner
Staubschleier in großer Höhe, der den Himmel blassgelb wie
Puddingpulver färbte. Im Laufe des Vormittags ging der Vanille-
ton mehr und mehr ins Gelbe über, bis er die grässliche Brief-
kastenfarbe aus der Postkutschenzeit hatte, nur schriller und
greller. Ich schickte meinen Blick nicht mehr nach oben. Es tat
weh, in diesen Himmel zu schauen, er setzte meinen Augen zu
wie das hohe C den Ohren, wenn sich eine Opernsängerin an
diesem Ton vergeht.

Inzwischen neigt sich der Tag. Aus meinem Augenschmerz ist
Herzschmerz geworden, Trauer ist hinzugekommen, und Wut,
und eine übermächtige Sehnsucht nach Blau.

Zu lange wurden unfassbare Mengen CO_2-absorbierender
und das Ozonloch stopfender Chemikalien in der Atmosphäre
ausgebracht. Das sollte die Erderwärmung stoppen und die ag-
gressive UV-Strahlung abschirmen. Es brauchte lange, zu lange
brauchte es, bis die Zusammenhänge mit dem Verschwinden des
natürlichen Himmels wissenschaftlich bewiesen wurden und von
niemandem mehr geleugnet, schöngeredet und unbekannten kos-
mischen Mächten untergeschoben werden konnten. Geblieben
ist uns ein Himmel, der in allen Schattierungen und Abstufungen
von Gelb Tag für Tag über uns kommt, geblieben ist ein Himmel, der die Nächte morastig, mitunter schmierig wie Schweröl

oder klebrig wie Kunsthonig macht. Am schlimmsten sind jene Nächte, in denen uns eine rostblutige Finsternis heimsucht. Der Nachthimmel dann wie entzündet, nicht wirklich dunkel, keine Sterne. Ich fühle Ludwigs schlafenden Körper an meinem Rücken, sein Arm hält mich in der Taille umschlungen. So ist es gut, so fürchte ich mich nicht. Seine regelmäßigen Atemzüge wehen in meinen Nacken, ich spüre seine Brust, seinen warmen Bauch, der sich in meinen Rücken wölbt, seinen entspannten Schoß an meinem Gesäß, seine Schenkel, Beine, die kühlen Fußrücken an meinen Sohlen. Ich liege hellwach. Das Gefühl, jemand stehe im Zimmer, hat mich aus dem Schlaf geholt. Es ist Neumond und die erste rostblutige Nacht, an die ich mich jetzt erinnere. Damals glaubten alle an ein seltenes Naturschauspiel, niemand nahm es als Vorzeichen. Ich hatte Angst und mich in Ludwigs Zimmer gerettet, zu ihm ins Bett. So sehr ich meine Augen auch anstrengte, sie ließen mich in der blutrostigen Finsternis nichts sehen. Ich schloss sie wieder und stellte mein Gehör scharf. Doch mein Herz randalierte so laut, dass ich kein anderes Geräusch wahrnahm. Aber da war jemand ins Zimmer gekommen. Ich rührte mich nicht. Ludwig im Tiefschlaf, sein Arm hielt mich.

»Wie lange geht das schon?«, fragte unser Vater am anderen Morgen. Wir frühstückten ausnahmsweise in der Küche, weil der Montag Marijas freier Tag war und ich weder Zeit noch Lust hatte, vor Schulbeginn den Tisch im Esszimmer zu decken. Wollte er wirklich eine Antwort? Ludwig und ich gingen über seine Frage hinweg. Und er wiederholte sie nicht.

Merkwürdig, wie die Gedanken so laufen, sie springen nur scheinbar, in Wahrheit aber bewegen sie sich in einem geheimnisvollen Netzwerk auf mehr oder weniger ausgetretenen Pfaden. Mir scheint, zwischen Frühstück und Kühlschrank besteht gedanklich eine innige Verbindung. Wie sonst wäre es zu erklären, dass ich von jenem Frühstück in grauer Vorzeit auf meinen leeren Kühlschrank gekommen bin? Jedenfalls muss ich mich um Nachschub kümmern. Zwar habe ich vor wenigen Tagen erst die S-Box vorgefunden, die jedem ungefragt und ohne jede Chance auf Widerspruch vor die Tür gestellt wird, doch sie enthielt wie in den Wochen zuvor nur unbekömmliches Zeugs: Pfefferminzdrops, eingeschweißte Schweinebacken und Erdnuss-Flips. Mir scheint, das gutgemeinte System, das uns Alten den Einkauf ersparen will, funktioniert nicht mehr richtig. Früher fanden sich jedenfalls dem Alter zuträgliche Lebensmittel wie Apfelmus und Grießbrei darin. Ich denke, Omega hat die verantwortliche KI mit den gesammelten Daten überfüttert; S-Box wird sich schlichtweg daran verschluckt haben. Und wie immer ist niemand mehr da, der sich mit dem System auskennt und ihm begreiflich machen kann, dass wir mit Pfefferminzdrops, Schweinebacken und Erdnuss-Flips nicht weiterkommen. Für mich heißt das, dass ich mir jetzt die Cy-Glocke überstülpen muss, dass ich für die nächste halbe Stunde wie jemand von einem anderen Stern aussehen werde und selbst einkaufen muss. Zum Glück muss ich mich dazu nicht mehr nach draußen begeben, sondern kann es bequem vom Sessel aus erledigen.

Mein bevorzugter Einkaufs-Modus ist »schwerelos«. Es gefällt mir außerordentlich gut, durch das Angebot der essbaren Dinge zu schweben. Körperlos und virtuell luftig treiben sie mir entgegen, während ich mir dabei vorstelle, in einer Raumstation mit einer Handvoll anderer alter Frauen im Orbit um unsere Erde zu kreisen. Dass wir auf dem Weg zu einem entfernten, erdähnlichen Planeten sind, ist mir nie in den Sinn gekommen. Ich hänge an unserer guten, alten Erde mit all meiner Trauer um sie und der Sehnsucht nach dem Paradies, das sie einmal war. Bald schon wird sie sich ohne uns weiterdrehen: um sich selbst, um die Sonne und mit der Sonne um eine unverstandene, unbegreifliche Mitte von unfassbarer Schwere im Zentrum unserer Galaxis.

Unter der Cy-Glocke, entspannt im Sessel sitzend und hingegeben an eine simulierte Schwerelosigkeit, so kaufe ich gerne ein. Alles, was ich brauche, bekomme ich, selbst frisches Obst und Gemüse. Es wird in den Vegetationsmodulen meiner imaginären Raumstation von Robotern produziert. Diese Vorstellung habe ich der Realität entnommen, wo in geschützten Vegetationswelten Pflanzen unter besten Bedingungen blühen, wachsen und gedeihen; sie tragen Früchte und bilden Samen wie früher in freier Natur. Zuständig für ihre Pflege sind die vielen grünen Daumen fleißig gärtnernder Roboter. Als Lsetztes wähle ich eine reife Ananas und lege sie in meine virtuelle Einkaufstasche. Obwohl die Ananas nur als Muster dient und nicht wirklich existiert, fühlt es sich vollkommen echt an, sie in die Hand zu nehmen, ihr Gewicht zu spüren und an ihr zu schnuppern. Ja, sie ist reif und duftet wunderbar, zumindest das, was mir von der Cy-Glocke vorgegaukelt wird.

Morgen früh wird mir alles geliefert. Ein Level7-Kurierfahrzeug wird an der Straße halten und einen Transportbehälter absetzen. Der wird sodann selbstständig Kurs auf mein Haus nehmen, vor der Treppe wird er statt der Rollen seine Steighilfen einsetzen, um die Stufen zu überwinden, und lauthals tröten, wenn er oben angekommen ist. Ich werde öffnen, er wird durch die Diele, unbeirrt vom Bären, in die Küche weiterrollen, wird dort seine teleskopartigen Arme mit den drehbaren Gelenken und fingerartigen Greifern ausfahren und alles falsch einräumen, wenn ich nicht aufpasse.

VII

Stille beruhigt mich. Ist es vollkommen still, steht auch die Zeit
still. Er zieht sich aus. Wie leichtsinnig! Ich fröstele bereits beim
Zusehen. Es ist später Nachmittag. Wir sind erschöpft vom
starken Gegenwind und brauchen eine Pause. Unsere Fahrräder
haben wir ins Gras gelegt. Im Grunde ist es kein Ausflugswetter.
Doch es ist Sommer und es sind Schulferien. Also sind wir heute
Vormittag von unserem Ferienhaus los und immer weiter nach
Norden, fünfzig, sechzig, siebzig Kilometer, was weiß ich, und
der Wind ist zunehmend stärker geworden. Zum Glück hat er
inzwischen nachgelassen.

Auf dieser Seite des Sees gibt es kaum Bäume, das gegenüber-
liegende Ufer ist bewaldet. Hier sehe ich nur einzelne Birken,
ansonsten Gras und Wiesen; ein schmaler Streifen Sand säumt
das Ufer, dahinter der Schilfgürtel, der sich rund um den See
zieht.

Während Ludwig mit nacktem Oberkörper dasteht und sich
anschickt, aus seiner Jeans zu steigen, suche ich nach einem Platz,
wo ich unsere Handtücher ausbreiten kann. Man muss aufpassen,
wo man hintritt und sich hinsetzt. Offenbar ist hier kürzlich eine
Schafherde durchgezogen, überall liegen Köttel rum, hart und
glänzend wie Lakritz. Als ich endlich eine Stelle gefunden habe,
wo es nicht nach Schaf und Urin stinkt, lege ich unsere Handtücher nebeneinander. Dann hocke ich mich darauf und ziehe
die Beine eng an den Körper, nicht weil ich friere, sondern weil
Ludwig jetzt vollständig nackt ist. Er steht vor dem Holzsteg,
der durch das Schilf ins Wasser führt, vielleicht auch zu einem

Ruderboot, das man von hier aus nicht sehen kann. Ludwig will mich zum Schwimmen animieren.

»Stell dich nicht so an«, ruft er mir zu.

Ich schüttele entschlossen den Kopf. Nein, ich habe keine Lust auf ein eiskaltes Bad.

Ludwig dreht sich um und rennt, in einem Affenzahn rennt er den Holzsteg entlang und stürzt sich kopfüber in den See. Angeber, denke ich, Blödmann, denke ich; dass er ein guter Sportler und ausgezeichneter Schwimmer ist, braucht er mir nicht vorzuführen. Dennoch stehe ich auf, um ihm vom Steg aus zuzusehen. Wie ein Weltmeister pflügt er durchs Wasser. Tiefblau erscheint es, so tiefblau und abgründig, wie der Himmel nur hier im Norden ist. Zumindest erinnere ich ihn so, dazu Wolken, weiß und schräg in den Himmel gehängt, als befänden sie sich im Steigflug. Ludwig ist jetzt in der Mitte des Sees. Offenbar reicht ihm das noch nicht. Wie es aussieht, will er das andere Ufer erreichen. Ich gehe zurück und setze mich wieder aufs Handtuch. Eine Böe fegt ins Schilf, das Röhricht rauscht auf und schlägt um sich, der Vorhang zerreißt und gibt den Blick auf den See und einen Schwimmer frei.

Eine halbe Stunde später steht Ludwig tropfnass vor mir. Der Wind hat ihm eine Gänsehaut angezogen. Meine Laune ist inzwischen auf drei Grad minus gesunken. Wir haben noch den Heimweg vor uns, also fünfzig, sechzig, meinetwegen auch siebzig Kilometer, Freude kommt bei dem Gedanken nicht auf. Wir werden in die Dämmerung hineinfahren müssen und erst spät in der Nacht zu Hause sein, genauer: im Ferienhaus. Unser Vater wird uns mit Vorwürfen empfangen. Mürrisch reiche ich Ludwig sein Handtuch, damit er seinen Heldenkörper abtrocknen kann. Er tut es ungeniert, fast provozierend, protzt mit seinem durchtrainierten Leib, braucht für mein Empfinden viel zu lange, bis er das luxuriöse Spielzeug zwischen seinen Beinen endlich trockengerubbelt hat. Ich drehe mich auf den Bauch und betrachte unsere Fahrräder, wie sie da schlafend im Gras liegen. Ein langweiliger Moment. Als ich mich wieder umdrehe, ist Ludwig angezogen.

Wir sind uns rasch einig, dass wir erst morgen zurückfahren. In dieser gottverlassenen Gegend werden wir schon irgendeinen Gasthof, eine Pension, zumindest eine Scheune auftun, wo wir übernachten können, und falls es tatsächlich eine Scheune werden sollte, hätten wir sogar noch zwei belegte Brote und einen Apfel dabei. Verhungern würden wir also nicht, eher vor Durst sterben, weil wir die mitgenommenen Flaschen Mineralwasser fast ausgetrunken haben.

»Wir müssen Vater noch Bescheid sagen«, bemerkt Ludwig.

»Wer ruft an?«

»Du hast die schönere Stimme, Alma.«

»Feigling! Und was sage ich?«

»Die Wahrheit.«

»Die wäre?«

»Dass wir uns verfahren haben und an einem See ein Schlosshotel entdeckt haben, in dem wir den Rest der Sommerferien verbringen wollen. Er soll sich keine Sorgen um dich machen, mit vierzehn Jahren bist du schließlich kein Kind mehr, außerdem hast du ja deinen großen Bruder dabei, der gut aufpasst.«

»Ph!«, mache ich schnippisch. »Na dann pass mal gut auf mich auf.«

Ludwig grinst, grinst noch, während er die Routenkarte aus der Fahrradtasche kramt. Derweil versuche ich, unseren Vater zu erreichen.

»Tut mir leid, Ludwig, ich finde kein Netz.«

»Schicksal, unser Alter wird es verkraften.«

»Wo sind wir eigentlich?«

Die Routenkarte weiß es auch nicht. Ihre Kenntnis reicht bis zum Kartenrand und keinen Kilometer weiter. Also umkehren und irgendwie aus dem Ungefähr auf die Karte zurückfinden. Ich vertraue auf Ludwigs Orientierungssinn, er fährt voraus, und ich folge ihm ergeben.

Nach einer Stunde kommen wir tatsächlich an einem bekannten Punkt vorbei, einem ausgebrannten Backsteingebäude mit eingestürztem, rußgeschwärztem Dachstuhl, das auf unserer Karte als Fabrik eingezeichnet ist. Nach weiteren zwanzig Minuten radeln wir durch ein Dorf, das auf der Hinfahrt noch nicht an der Strecke lag. Es scheint nur diese eine Straße zu geben. Sie führt hinein ins Dorf und wieder hinaus. Wir radeln langsam, wir sind müde, und es dämmert bereits. Ich mag nicht mehr, ich will nicht mehr, ich möchte etwas essen, trinken, in ein Bett fallen, schlafen. Resignation fällt mich an. Einen Gasthof werden wir hier nicht finden, auf der Straße kein Mensch, die Häuser wie tot, nirgends Licht hinter einem Fenster. Mir kommt der Gedanke, die Bewohner könnten Haus und Hof, Hab und Gut, könnten ihr Dorf verlassen haben. Die Böden verseucht, das Wasser kontaminiert, die Atemluft verpestet.

»Zimmer frei!« Ich schreie.

Ludwig muss das Schild übersehen haben.

»Halt an, Ludwig, Zimmer frei!«

Jetzt, in der vollkommenen Stille meiner Erinnerung, in der stillstehenden Zeit, bin ich mir plötzlich nicht mehr sicher, ob jenes Dorf wirklich menschenleer war. Nicht einmal sicher bin ich, ob es überhaupt ein Dorf war, vielleicht handelte es sich nur um ein paar einzelne Häuser außerhalb einer geschlossenen Ortschaft. Meine größten Zweifel betreffen das Haus, in dem wir die Nacht verbrachten, in einem altertümlichen Ehebett aus massivem Holz. Federbetten, frisch mit weißem Leinen bezogen, türmten sich um uns wie Berge von Schlagsahne. Wir glitten hinein und versanken. Zu dieser Erinnerung fehlen mir die Wirtsleute. Aber es muss sie gegeben haben, die Menschen, die uns beherbergten, die uns das Zimmer für die Nacht vermieteten oder sogar kostenfrei überließen. In der Rückschau werden sie zu Geistern, wesenlos und schattenhaft. Uns sehe ich überdeutlich: Wir klingelten und klopften, wir riefen laut und lauter, bis wir feststellten, dass die Haustür unverschlossen war. Wir traten ein. »Keiner da?«

VIII

Weiße Flocken treiben plötzlich durch die Luft. Schnee kann es nicht sein, jedenfalls nicht bei diesen hochsommerlichen Temperaturen. Auch ihre Form spricht gegen Schnee, eher für Zuckerwatte, so bizarr, so zerfleddert, wie sie aussehen, auf jeden Fall scheinen sie aus einer flauschigen Substanz zu sein. Sie fallen und fallen, wirbeln vom Himmel hernieder und umher, besetzen das alte Steinpflaster der Straße, bleiben im kahlen Geäst der toten Bäume am Straßenrand hängen. Mich springt der Gedanke an, dass dieses Zeugs nicht wegtaut wie Schnee und sich auch nicht auf andere Weise verflüchtigt, sondern bis zum Ende meiner Tage überall liegen- und hängenbleibt. Nein, oh nein, ich mag es mir nicht vorstellen, dass dieses Geflocke kein Ende nimmt und alles in Flausch und Zuckerwatte versinkt. Was könnte es sein? Vielleicht die Ausflockung der Chemikalien, die zur Abschirmung der UV-Strahlung in der Atmosphäre ausgebracht wurden?

Was für ein Blödsinn einem im Alter so durch den Kopf geht. Aber langsam werde ich ruhiger, denn das Flockentreiben hat nachgelassen, schon zeigt sich das erste Gelb am Himmel. Ich löse mich vom Fenster ohne jedes Gefühl für die Zeit, die ich hier zugebracht habe.

Ja, sie verschwindet, die Zeit, und mit ihr das Gefühl für ihre Dauer. Die fehlenden Jahreszeiten werden zum Verlust meines Zeitempfindens beigetragen haben. Inzwischen leben wir in einem nicht enden wollenden Sommer. Doch die Zeiten, als anhaltende Trockenheit und heftige Regenperioden einander abwechselten, waren für mich noch unerträglicher. Die Wolken brachen, die Luft explodierte, allmächtige Güsse stürzten vom Himmel und die Welt verschwand hinter Wänden aus Wasser. Hunde und Katzen regnete es. Was für ein Trommeln auf allen Dächern. Und plötzlich Schluss. Und aus heiterem Himmel wieder Sonne. Wie eine Verhöhnung.

Obwohl damals beste Wachstumsbedingungen herrschten, brachte die Natur nichts mehr hervor. Landschaften verödeten. Allein die Puristen konnten dem Verschwinden der Natur eine besondere Ästhetik abgewinnen. In ihren Augen war eine auf die nackte Geologie reduzierte Landschaft von zeitloser, ja überirdischer Schönheit. So gesehen gehörte auch ich zu den Puristen. Seit jeher haben mich Sand- und Eiswüsten, Lavastrände, Sümpfe, Geröllebenen und schroffe Felsformationen tiefer berührt und mehr ergriffen als grüne Landstriche. Doch als sie verschwand, die lebendige Natur, erst unbemerkt, dann unübersehbar, als sie im Koma lag und uns unter den Händen buchstäblich wegstarb, retteten wir sie nicht, sondern erfanden künstliche Vegetationswelten, in denen Roboter Obst und Gemüse, sogar Getreide anbauten.

Anfangs vermisste ich es sehr, das Grün, das uns einst so selbstverständlich und verlässlich umgeben hatte. Doch schneller als gedacht, gewöhnte ich mich an diese farb-, blatt- und blütenlose Natur, die ganzjährig Winterschlaf zu halten schien. Was wir alle nicht sahen oder nicht wahrhaben wollten, weil es uns zutiefst erschreckte: Das tote, unfruchtbare Land war ein Menetekel, das uns den eigenen Tod ankündigte. Wir waren gezählt, gewogen und für zu leicht befunden worden. Ein Muster ohne Wert waren wir, ein Versehen, ein Fehlversuch, ein Irrtum der Natur.

Jetzt, nachdem das Fallen und Treiben der merkwürdigen Flocken ein Ende gefunden hat, will ich sie mir ansehen. Die Haustür werde ich vorsichtshalber nur einen Spalt weit aufmachen.

Man kann ja nie wissen. Der Wind ist unberechenbar, er könnte mir den Eingang zugeschüttet haben und darauf lauern, mir die Flocken ins Gesicht und weiter in die Diele zu blasen. Wer weiß, woraus sie sind. Sollte es tatsächlich Zuckerwatte sein, würden sie sich auch im Fell des Braunbären verfangen. Wie aber kriegt man Zuckerwatte aus einem Bärenpelz? Zum Glück leben auf dieser Welt ja keine Insekten mehr, die sich in den gezuckerten Haaren einnisten könnten, um dort friedlich ihre Eier abzulegen, aus denen schon wenige Tage später kleine, weiße Würmer kriechen und durchs ganze Haus wimmeln würden.

Ich bin noch auf der Treppe nach unten, da summt es in der Tasche meines Hausmantels. Es ist Tilla. Ich nehme sie ans Ohr.

»Hallo Alma, hast du schon gesehen?«, fragt sie.

»Was gesehen?«, frage ich zurück.

Es war eine ungeschickte Frage, denn nun beschreibt mir Tilla in allen Einzelheiten, dass sie von der Außenwelt abgeschnitten sei, dass sich rund ums Haus meterhoch weißes, flusiges Zeugs türme. Und dass sie schon aktiv geworden sei, sagt sie, und etwas unternommen habe, zumindest habe sie es versucht. Ans Große Omega habe sie sich gewandt, um etwas über die Ursache in Erfahrung zu bringen und schnellste Beseitigung zu fordern. Aber jetzt komme das Erschreckende, sagt sie und holt hörbar tief Luft. Der Ankündigung folgt nichts Erschreckendes, nur ein ausgedehntes Schweigen. Ich warte, ziehe derweil die Haustür vorsichtig Zentimeter um Zentimeter auf und erkundige mich nach einer angemessenen Pause bei Tilla, ob es ihr die Sprache verschlagen habe.

»So ähnlich«, stößt sie mit bebend bleicher Stimme hervor, »das Große Omega antwortet nicht, die heiße Leitung ist tot, mausetot. Kein Signal. Keine Ansage. Keine Endlosmusik. Kein Rückruf. Was machen wir? Sieh nur mal nach draußen.«

»Das tue ich gerade.«

Die Haustür ist jetzt so weit offen, dass ich den Kopf raus-strecken kann.

»Ich sehe nichts, jedenfalls nichts Weißes«, sage ich.

Und das entspricht voll und ganz der Wahrheit.

IX

Ich hänge Papst Innozenz X ab. Nicht ohne schlechtes Gewissen. Safrane war besessen von diesem Gemälde, ein Original von Francis Bacon. Eine ganze Nacht hatte sie im Casino Omega, einem futuristischen Neubau, darum gespielt, mit all der Leidenschaft, zu der sie fähig war. Im Casino Omega spielt man nicht um den Tod wie im Casino Royal, im Casino Omega geht es um weltberühmte Kunstwerke. Gäbe es nur eine einzige Person, die ein Interesse an einem Original von Rang und Genie hätte, könnte sie es sich aneignen und sich daran in den eigenen vier Wänden erfreuen. Da Einmaliges von vielen begehrt wird, muss darum gespielt werden. Zunächst wie für das »Endspiel« in einer Lotterie, in der die Teilnehmer für die Endrunde ausgelost werden, dann am Roulette-Tisch. Die antiquarischen Elfenbein-Jetons stammen noch aus der Frühzeit des Glücksspiels. Zu Beginn des Spiels erhält sie jeder Teilnehmer in gleicher Höhe zugeteilt. Das Kunstwerk hat gewonnen, wer bei Schließung des Spielsaals über die größte Summe verfügt.

Safrane muss um Papst Innozenz X gespielt haben wie um die Trophäe ihres Lebens. Ich war nicht dabei, ich weiß nur, was sie erzählt hat, und, oh ja, ich kenne das Herz der Großwildjägerin. Dass sich außer ihr überhaupt noch jemand um das Gemälde bemüht hatte, ist mir ein Rätsel. Das Bild ist grässlich, es ist nicht auszuhalten, dieser in Öl auf eine Leinwand gebrachte Papst und sein Nervenzusammenbruch. Es ist ein anhaltender Schrei, der aus seinem Innersten bricht und sich entlädt. Animalisch, schamlos, geradezu obszön fährt der Schrei aus seinem glitzernden, zahnbesetzten Schlund wie aus einer schwarzen Höhle.

Wir gaben seiner Heiligkeit den Platz des Vorgängerbildes im Gesellschaftszimmer. Die *Schindung des Marsyas* findet seitdem auf dem Dachboden statt. In diesem Fall hatte sich Safrane mit einem Kunstdruck, Öl auf Leinwand imitierend, zufriedengeben müssen, denn das Original von Filippo Vitale wäre wegen seiner enormen Größe nicht infrage gekommen. Da der alte Bilder-rahmen auf der Tapete Ränder hinterlassen hatte, ließen wir die Wand neu mit Seide bespannen, und zwar im liturgischen Lila der Fastenzeit, wie es sich in der Kappe und im Schulterumhang des Papstes findet.

Ich mochte das Bild zwar nicht, hatte mich aber Safrane zuliebe mit diesem Papst arrangiert, der sich an den Armlehnen seines Zeremonienstuhls festkrallt und schreit, als habe ihm der Satan persönlich Feuer, Höllenfeuer, unter dem Hintern gemacht. Ich spottete gerne über Safranes hart erkämpfte Trophäe, was sie, Atheistin durch und durch wie ich, stets amüsierte.

Der schlichte, mattgoldene Rahmen hängt nur mit einem Bilderdraht am Wandhaken. So lässt sich das Gemälde problem-los abnehmen, dazu brauche ich nicht einmal eine Leiter, es reicht, den Rahmen etwas anzuheben.

Ich bin erstaunt, wie leicht ein so großes Bild sein kann. Ich stelle es auf den Boden, Innozenz mit dem Gesicht und dem Schrei zur Wand. An dieses Bild wird mich künftig, wenn überhaupt, ein großes Rechteck in kräftigem Lila auf der aus-gebleichten lila Wandbespannung erinnern. Es stört mich nicht, es wird verblassen, auf keinen Fall aber werde ich mich auf die Suche nach einem Ersatz machen, der das Rechteck überdeckt, nein, in meinem letzten Lebensjahr habe ich Wichtigeres vor.

Würde in diesem Moment jemand einen Blick zur Treppe schi-cken, er würde nicht mich sehen, sondern ein großformatiges Öl-gemälde, das sich Stufe für Stufe nach oben bewegt. Die Treppe vom Erd- ins Obergeschoss bewältige ich mit einigen Pausen, schwierig wird es auf der engen Stiege, die vom Obergeschoss auf den Dachboden führt. Mir bleibt die Luft weg.

Atme, atme, du musst atmen, Alma!

Also gönne ich mir eine Pause, dann weiter, ein paar letzte Stufen noch, es ist eine einzige Quälerei mit diesem Bild.

Ich war lange nicht auf dem Dachboden. Von anderen Dachböden dürfte sich dieser in der Art des gehorteten Gerümpels wesentlich unterscheiden. Gäbe es noch wilde Tiere zu jagen, gäbe es noch Dschungel und Savannen zu durchstreifen oder irgendwo ein Stück Natur zu entdecken, wäre dieser Dachboden ein gut sortierter Flohmarkt. Weltenbummler, Abenteurer, Romantiker, Freischärler, Verlierer und Versager würden hier fündig werden. Alles da: Zelte, Moskitonetze, Ruck- und Schlafsäcke, Seile, Kordeln, Knoten, wasserdichte Stiefel, dornenabweisende Stiefel, schlangenbissfeste Stiefel, Tropenhelme, Legionärskappen, Nachtsichtgeräte, Leuchtraketen, Nadel und Faden, Hammer und Sichel, Kochgeräte, Degen, Dolche, Desinfektionsmittel und Reiseapotheken mit überlagertem, eingetrocknetem, ausgelaufenem, unbrauchbarem Inhalt. Alles ist vorhanden, alles ist sinn- und zwecklos, alles museumsreif, da die Dinge noch aus Safranes Jungfrauenjahren stammen.

Wohin mit Papst Innozenz X in dieser Enge? Im Dämmer der Dachschräge entdecke ich seinen Vorgänger, den Gott Apoll bei der Schindung des Marsyas. Das Bild zierte lange dieselbe Wand im Gesellschaftszimmer. Der Begriff »zieren« ist natürlich der denkbar unpassendste, denn das schändliche Tun des Gottes, das Abziehen der Haut von einem lebendigen Leib, war eigentlich die Arbeit von Folterknechten.

Ich lehne das Papstbild gegen eine Truhe, in der sich wer weiß was befindet, um mir das barocke Werk noch einmal anzusehen.

Wer nichts weiß, sieht nichts, heißt es. Wie wahr! Ziemlich ratlos betrachtete ich das Bild, als ich das erste Mal davorstand. Die beiden männlichen Figuren gaben mir Rätsel auf. Der eine, ein schöner Jüngling, sein nackter, muskulöser Körper knapp verhüllt von Tüchern, in denen sich der Wind dekorativ verfangen hatte, der andere ein gefesselter, bocksbeiniger Satyr, der sich auf dem Erdboden wälzt. Der Jüngling stemmt ihm ein Bein in den Unterleib, zugleich reißt er mit ganzer Kraft ... Was ist es, was er mit der rechten Hand gefasst hält und in die Länge zieht? Es sieht aus wie ein breites Band, auch ein dunkler Streifen Stoff könnte es sein oder ein langes Stück Rinde, das er von dem armdicken Knüppel in seiner anderen Hand abschält. Safrane tritt von hinten an mich heran und legt mir eine Hand auf die Schulter. »Na«, sagt sie, halb Frage, halb Aufforderung, ich möge doch etwas zu dem Bild sagen. In jenem Moment geht es mir wie zu Schulzeiten, wenn uns im Kunstunterricht ein Werk nahegebracht werden sollte und der Lehrer die Frage in die Runde warf: »Was will uns der Künstler damit sagen?« Hätte ich in der Schule geantwortet, was ich Safrane antworte, nämlich, dass die Landschaft, die üppig grüne Natur, der friedliche Abendhimmel ja ganz niedlich sei, für meinen Geschmack aber zu barock, und dass mir das Bild nichts sage, hätte ich vom Lehrer wohl zu hören bekommen: »Wer nichts weiß, der sieht nichts.« Safrane macht es anders, sie erzählt mir, was ich nicht weiß. Und hinterher lieber nicht gewusst hätte.

Es sei eine Szene aus der griechischen Mythologie, sagt sie. Der Schöne mit dem Olivenzweig im Haar sei Apoll, der Hässliche der Satyr Marsyas, ein Faun. Der habe den Gott zu einem Wettstreit herausgefordert, weil er meinte, er könnte besser auf seiner Flöte spielen als Apoll auf seiner Leier. Und tatsächlich habe den Musen, die als Schiedsrichterinnen anwesend waren, das Flötenspiel des Fauns besser gefallen als das, was Apoll auf seiner alten Leier zu bieten hatte. Aber Götter seien bekanntlich schlechte Verlierer, besonders dann, wenn ein Sterblicher sie herausgefordert hat. Dann reagierten sie bösartig. Apoll fesselte Marsyas und zog ihm die Haut vom Fleisch zur Strafe für seine Anmaßung, sich über einen Gott erheben zu wollen.

Ich sage zu Safrane, dass ich niemals auf die Idee gekommen wäre, bei der dargestellten Szene könnte es sich um eine Häutung handeln, Apoll wirke so emotionslos, als übe er ein Handwerk aus, das ihn langweile.

Ein Handwerk sei das Schinden, das Enthäuten, tatsächlich einmal gewesen, sagt sie und ergänzt, dass nicht nur tote Tiere enthäutet wurden, sondern auch lebende Menschen. Feinden, Verrätern, Ungläubigen schälte man die Haut am ganzen Körper ab, möglichst im Ganzen, damit man sie als Trophäe vorzeigen und im Triumpf heimbringen oder zur Warnung und Abschreckung aushängen konnte. Bereits im Altertum habe man gewusst, wie man dabei vorgehen musste. Im Alten Orient, im Reich der Azteken, vom antiken Rom über den Dreißigjährigen Krieg bis ins 20. Jahrhundert hinein, also bis in die Zeit der Menschenrechte, waren die zu setzenden Schnitte bekannt. Anstrengend müsse es gewesen sein, sagt sie, denn das Wort »schinden« habe sich in übertragener Bedeutung ja erhalten. Es strengt an, Eindruck zu schinden, Zeit zu schinden. Und wer sich zu Tode schindet, opfert sich auf.

Safrane sagte das alles ganz ruhig, ganz sachlich, als hielte sie mir einen Vortrag. Ihre Hand ruhte die ganze Zeit leise auf meiner Schulter. Ich hörte gebannt zu, ohne den Blick von dem Bild abzuwenden.

Endlich nehme ich das an die Truhe gelehnte Papstbild und trage es ein paar Meter weiter. Das Format ist groß genug, um Apoll und Marsyas zu verdecken. Ich stelle es davor.

Auf dem Weg vom Dachboden nach unten muss ich an den Grund meines damaligen Besuchs bei Safrane denken. Ich war auf der Flucht vor Laura und Tilla, Ludwigs Frauen, die in unser

Elternhaus eingezogen waren und mich um den Schlaf brachten. Safrane, meine beste Freundin, zwanzig Jahre ältere als ich, gewährte mir großzügig Asyl. Wir fühlten uns wohl miteinander, fühlten uns niemals einsam im Nebeneinander oder verlassen im Alleinsein. Unsere Seelen waren einander zugeneigt, ruhig und verlässlich lebten wir, ohne Geschwätz und Geplapper.

Allerdings brauchte es einige Zeit, bis ich mich mit ihrem Geschmack abgefunden hatte. Das betraf sowohl die allgegenwärtigen Jagdtrophäen als auch die Einrichtung. Sie bevorzugte skandinavische Möbel aus dem 20. Jahrhundert, entworfen von berühmten Designern. Die Stücke waren um die zweihundert Jahre alt, galten landläufig als antiquarisch, waren aber frei von dem Schwulst und der Behäbigkeit vorausgegangener Epochen. Sie beschwerten die Atemluft nicht, sagte Safrane. Gleichwohl fand ich diesen Stil, höflich ausgedrückt, fürchterlich.

Star im Gesellschaftszimmer war zum Beispiel ein Finn-Juhl-Sofa namens *Baker*. Dass es berühmt war, wusste ich anfangs nicht, und warum es *schön* war, verstand ich nicht. Bereits die Farbkombination machte es mir schwer, Baker liebzugewinnen: Der Korpus blaurotlila wie Brombeerkonfitüre, lindgrün die mit nachhaltigen Gänsedaunen gefüllte Polsterauflage. Das geschwungene Rückenteil hatte ein Unten und ein wie schwebend aufgesetztes Oben. Das Unten reichte bis zu den Schultern, wenn man saß, das aufgesetzte Oben bis über den Scheitel. Ein solches Sofa bewundert man, mag sich aber nicht vorstellen, damit zu leben, es sei denn, man gesteht ihm ausgezeichneten Sitzkomfort zu. Das musste ich, sehr schnell sogar. Denn es war und ist unendlich angenehm, auf *Baker* Platz zu nehmen. Man schmiegt sich in die schöne Form und das hohe Rückenteil stützt zärtlich den Kopf, wenn einem in Gegenwart von Papst Innozenz X oder dem schönen Apoll vor lauter Gemütlichkeit und Langeweile die Augen zufallen.

Mein schlechtes Gewissen zieht mich nach meiner Rückkehr vom Dachboden wieder ins Gesellschaftszimmer. Wie den Verbrecher zum Tatort, denke ich. Das ist natürlich übertrieben, denn mein schlechtes Gewissen Safrane gegenüber ist nicht mit jenem schuldbeladenen Gewissen zu vergleichen, das mich und Ludwig nach dem Tod unseres Vaters gepackt hielt. Es verfolgte uns mit der Tatsache, dass wir, Ludwig und ich, ungerührt zugesehen hatten, als er sich umbrachte. Das Gewissen gab keine Ruhe, es blieb uns auf den Fersen, lauerte uns nachts in den Träumen auf und drückte uns die Kehle zu. Doch die Umstände des Todes interessierten niemanden. Keine Institution verlangte Rechenschaft. Das Omega-System hatte damals noch nicht alle Bereiche erfasst. Sterben und Sterben-Wollen lag noch in den Händen der Natur, des Menschen und der Zufälle.

Das alles ist lange her, fast achtzig Jahre. Gefühlte Schuld, so scheint mir, scheint zu verjähren. Irgendwann spürten wir sie nicht mehr. Was geschehen war, wurde zu einer fernen Erinnerung ohne besonderen Gefühlswert.

Der Gedanke an ein Jüngstes Gericht, das meine Seele ewiger Verdammnis überantwortet, ist mir so fremd wie der Glaube, der diese Vorstellung in die Welt gesetzt hat. Was könnte eine solche Verdammnis einem substanzlosen Gebilde ohne Leib und Bewusstsein, das wir Seele nennen und für unsterblich halten, überhaupt anhaben? Es übersteigt meine Fantasie, mir Qualen auszudenken, die ein Gedankenkonstrukt, ein Wort, eine Lautkombination wie *Seele* überhaupt erleiden könnte.

Ich weiß nicht, wie lange ich hier schon sitze und das leere Rechteck auf der lila Wand anstarre. Meine Hand streicht mechanisch über *Bakers* soliden Bezugsstoff. Ich bin eine schweigsame, in Gedanken und Erinnerungen verlorene Frau geworden. Alt bin ich, umgeben von Stille. Viel Zeit bleibt mir nicht bis zu meinem Verschwinden im Nichts. Keine Wiederkehr. Ein paar wenige Dinge habe ich mir allerdings noch vorgenommen für mein letztes Jahr.

X

Tilla ruft an. Nicht schon wieder, denke ich. Bevor ich sie mir ans Ohr hole, werfe ich vorsichtshalber einen Blick nach draußen, um vorbereitet zu sein, falls heute zur Abwechselung zerfledderte Zuckerwatte in Pastelltönen oder Flocken unbekannter Herkunft durch die Luft schwirren sollten. Nein, da treibt sich nichts unter dem Himmel herum. Der hängt großporig und ockergelb wie ein Badeschwamm über der Welt.

»Hallo Tilla«, sage ich und hoffe, dass es einigermaßen freundlich klingt.

»Stell dir vor«, sagt sie weinerlich, »mein Huhn ist kaputt.«

»Dein Huhn?«, seufze ich übertrieben mitleidig, »was für eine Tragödie. Wo klemmt's denn, bei den rohen oder den gekochten Eiern?«

»Aus dem blöden Ding kommt überhaupt nichts mehr raus, und die heiße Leitung ins Omega ist nach wie vor tot, keine Reparatur, kein Huhn-Austausch in Sicht.«

»Versuch's doch mal mit Rühreipulver«, schlage ich vor, »das gibt es mit Trockenschnittlauch oder Speckersatz. Ich habe es vor längerer Zeit mal ausprobiert. Die Masse war fluffig, sah dottergelb aus und schmeckte so grauenhaft wie Hotel-Rührei.«

»Hm ...«

Tilla schweigt. Ich höre sie denken, im Hintergrund läuft leise Musik.

»Funktioniert dein Huhn?«, fragt sie nach einer Weile.

»Weiß nicht, habe mir schon ewig keine Eier mehr ausdrucken lassen. Du kannst das Ding haben und abholen, wenn du willst. Oder soll ich es dir rüberschicken?«

Kaum habe ich Tilla meinen *Huhn* angeboten, ärgere ich mich auch schon. Das Ding habe ich nämlich vor längerer Zeit weggeräumt. Wohin, das weiß ich nicht mehr. Ich müsste also auf die Suche gehen, wozu ich nicht die geringste Lust habe, noch weniger Lust habe ich auf Tillas Besuch, falls sie den Drucker abholen will. Ich möchte allein sein und mit den Letzten Dingen beginnen. Das sind natürlich andere als jene, die uns nach christlichem Glauben am Ende des Lebens bevorstehen: Tod, Jüngstes Gericht, Himmel oder Hölle je nach Lebensführung. Zu meinen letzten Dingen wird das Erinnern gehören. Ich will noch einmal an den Ort unseres geschwisterlichen Verbrechens zurückkehren, ich will ein letztes Mal am Meer sein, um es zu beweinen, und ich will mir meine Liebhaber in Erinnerung rufen. Ob mir ihre Namen noch einfallen, wird sich zeigen. Jene, die jünger waren als ich, dürften sogar noch leben. Ja, ich will mich erinnern, will dem Echo meines Herzschlags nachspüren und der Versuchung widerstehen, den einen oder anderen sehen zu wollen, ich will ...

Nun wieder Tillas Stimme: »Danke dir, Alma, mit so viel Entgegenkommen habe ich gar nicht gerechnet. Die Sache eilt nicht, ich komme auch ohne Eier aus.«

»Eine gesunde Einstellung«, sage ich, dankbar, dass unser Gespräch sein Ende gefunden hat. Offenbar nicht für Tilla. Statt »Tschüss« zu sagen, drängt sie sich weiter meinem Ohr auf.

»Was werden wir eigentlich tun«, fragt sie, »wenn Omega sich weiterhin totstellt? Ich mache mir Sorgen. Könnte es nicht sein, dass es kollabiert ist oder sich aus einem fatalen letalen Fehler heraus selbst eliminiert und in den Orkus geschossen hat? Dann wären wir doch verloren, wir müssten mitansehen, wie über kurz die Grundlagen unserer Existenz nicht mehr funktionieren, weder die lebenswichtigen noch die, die uns das Leben angenehm machen. Ich fürchte, dass die Nichterreichbarkeit erst der Anfang ist. Für eine gewisse Zeit werden diese undurchschaubaren

Systeme noch arbeiten, doch irgendwann werden sie das nicht mehr tun, sie werden Fehler machen, und die Fehler werden uns ins Chaos stürzen. Jeder weiß, dass die Abläufe von niemandem verändert werden können, selbst von Omega nicht, alles ist ja verschlüsselt und durch Ewigkeitscodes gesichert. Was einst im Hinblick auf unser bevorstehendes Aussterben als ideale Regierungsform galt, die allen bisherigen überlegen ist, weil sie frei von menschlichen Untugenden, Unzulänglichkeiten und Eigeninteressen nur ihren eigenen, seelenlosen Algorithmen folgt, wird sich gegen uns wenden. Dass Omega sich durch Fehler selbst zerstören könnte, war entweder ausgeschlossen worden, oder es wurde außer Acht gelassen, weil festzustehen schien, dass die Systeme uns überdauern würden. Daran glaube ich nicht mehr. Hast du dir mal Gedanken gemacht, wie sich unsere Zukunft unter solchen Vorzeichen gestalten würde?«

»Nein, habe ich nicht, das gebe ich zu, Tilla, aber wenn ich es getan hätte, was hätte es bewirkt? Und ob deine Befürchtungen eintreten werden, bleibt dahingestellt. Ich habe noch ein Jahr, du und Laura, ihr habt noch ein paar mehr. Was mich betrifft, so sehe ich dem, was dich umtreibt und dir Sorgen macht, gelassen entgegen.«

»Ach so?«

»Ja, Tilla.«

Sie kappt die Verbindung. Gut so, denke ich und beschließe, mir ein Stück Fleisch zu braten.

Ich liebe es blutig, ein wenig rote Flüssigkeit sollte beim Schneiden unbedingt auf den Teller sickern. Natürlich ist das, was wie Blut aussieht, nur künstlicher Fleischsaft. Und natürlich stammt das Stück, das sich im Mund wie allerzartestes, allersaftigstes Rinderfilet benimmt, genauso schmeckt und meinen Verdauungstrakt wie Rinderfilet passiert, nicht von einem Weideochsen. Unsere Roboter, so KI-begabt sie auch sind, als Viehzüchter sind sie nicht zu gebrauchen. Weideochsen lassen sich nun mal weder züchten noch klonen. Diese Erkenntnis optimierte sämtliche Fleisch-Imitate. Woraus auch immer sie sind und welches Chemie-Simsalabim dahintersteckt, es soll mir egal sein. Künstliches Fleisch muss schmecken! Zwar lagert in Omegas Kühlbunkern containerweise Tiefgefrorenes von Weideochsen und anderem Getier, doch ich persönlich ziehe frische Steak-Imitate jahrzehntealtem Echtfleisch vor.

Heute werde ich auf der Veranda essen. Salzstreuer, Pfeffermühle, Brot, ein Teller, eine Gabel und das Steakmesser. Was fehlt? Ein Glas! Alles kommt aufs Tablett, bevor ich mir den Salat aus den Vegetationswelten mache. Ich reiße die Tüte auf und lasse die erbsengroßen Kügelchen in die Porzellanschüssel prasseln. Eine Tasse Wasser kommt dazu, lauwarm muss es sein, und schon gehen die Kügelchen auf. Im Zeitraffertempo verwandeln sie sich in Salatblätter, Sprossen, Kresse und Babyspinat. Das Wunder von Jericho dauert keine fünf Minuten, dann ist die Schüssel randvoll mit dem denkbar knackigsten Salat, waschen nicht nötig. Die Vinaigrette lasse ich weg, mir ist nach Natur. Ich stelle die Schüssel zu den anderen Sachen aufs Tablett, lege das warmgehaltene Stück Fleisch auf den Teller und trage alles hinaus in meinen Abend auf der Veranda.

Manchmal habe ich Zweifel, ob der Himmel tatsächlich so schlammig gelb und so verrottet aussieht, wie er mir erscheint. Oder ist es mein Alter, das ihn mit Hässlichkeit färbt? In diesem Moment gleicht er rostigem Blech. Ich stelle das Tablett auf dem Tisch ab und stütze meine Arme auf die hölzerne Brüstung der Veranda. Das Nachbarhaus ist eine respektable Villa wie die meisten in diesem Viertel. Sie steht da wie vor langer Zeit verlassen, der Swimmingpool ohne Wasser, sämtliche Bäume abgestorben.

Ich könnte hinübergehen wie neulich, könnte das Grundstück durch die hintere, stets unverschlossene Gartenpforte betreten und im verödeten Garten umhergehen, ich könnte am Rand des Schwimmbeckens das Wellen- und Rippenmuster aus hineingewehtem Sand betrachten und das Grundstück zur Straßenseite wieder verlassen, ohne jemandem begegnet zu sein. Auch im Weitergehen würde ich auf keinen Menschen treffen, ich würde durch eine heiße, staubige Geisterstadt wandeln, und die Villen, die Architektenhäuser, die schlossähnlichen Bauwerke undefinierbarer Stile, sie alle kämen mir wie Kulissen vor. Nach etwa zwanzig Minuten würde ich an einen Abzweig gelangen und umkehren. Hundert Schritte weiter wäre ich auf unser Elternaus gestoßen, dessen einzige Bewohnerin jetzt Laura ist. Ein Jahr bleibt mir noch, um diesen Ort aufzusuchen, fest vorgenommen habe ich es mir.

Ich löse mich von der Verandabrüstung, ohne dem inzwischen braun gewordenen Himmel weiter Beachtung zu schenken.

Das Fleisch ist kalt geworden, der Salat hat seinen knackigen Biss verloren. Ich esse ohne Genuss, während sich A-Punkt-F-Punkt plötzlich und ungerufen in meinem Kopf herumtreibt.

Er war das Mittel gegen meinen Phantomschmerz, der mich seit Ludwigs Hochzeit mit Laura und Tilla heimsuchte, er war ein Spiel-mit-mir, ein Nimm-mich-aber-wünsche-dir-nichts; ein Serve-and-Volley mit wechselndem Aufschlag war er und das geheime Zeichen, das ich mit Wasser auf den brennenden Stein schrieb.

Mitte zwanzig waren wir und besuchten ein Seminar. Es ging um Omega und ein Gesellschaftsmodell angesichts unseres absehbaren Aussterbens. Mitte zwanzig waren wir und dem Ansturm unserer Hormone schutz- und nutzlos ausgeliefert. Ja, Mitte zwanzig waren wir. Dass wir vergessen hatten, uns zu küssen, fiel uns erst auf, als er mich auf den Deckel einer Abfalltonne hob. Wir waren vor dem gemeinsamen Abendessen mit den anderen Seminarteilnehmern geflüchtet und am offenen Tor eines nächtlichen Gartengrundstücks vorbeigekommen. A-Punkt-F-Punkt hatte das perfekte Auge, selbst bei Dunkelheit, und die Abfalltonne hinter dem Geräteschuppen hatte die perfekte Höhe.

»Sollten wir uns vor lauter Leben irgendwann aus den Augen verlieren«, flüsterte er, hauchte er in mein Haar, »werde ich dich auf der ganzen Welt suchen.«

»Eine Nadel im Heuhaufen werde ich sein«, gab ich ihm zu bedenken.

»Das soll mich nicht hindern.«

Ich schob die Mitte meines Schlüpfers zur Seite, um das Hindernis zu beseitigen.

»Und dann, wenn du mich gefunden hast?«

»Dann gehörst du zu mir.«

Sein Atem stieß warm und feucht an mein Ohr. Sterne gingen auf. Und fielen. So fallen Engel. Federleicht und ungeküsst.

»Puh«, machte ich hinterher, bugsierte sein vom heftigen Galopp erschöpftes Pferd zurück in den Hosenstall. Auweia, auweia, wie soll das enden!

Es endete gar nicht. Nach der Seminarwoche haben wir uns nie wiedergesehen. Gefunden hat er mich nicht. Ich denke, dass er im Heuhaufen dieser Welt nicht jeden Halm umgedreht hat, und statt Himmel und Hölle in Bewegung zu setzen, hat er es wohl nach einem Abstecher dorthin gut sein lassen.

A-Punkt-F-Punkt gibt es nicht mehr, nicht einmal im Nichts. Vor nicht allzu langer Zeit muss er hundert geworden sein. Soweit ich mich erinnere, war er drei oder vier Jahre älter als ich. Sicher wäre er mir unbemerkt aus dem Gedächtnis gefallen, hätte ich in der letzten Zeit nicht wieder und wieder an jenes Seminar denken müssen. Seine Person, sein Auftreten, seine angenehme Art und eine Stimme, die, sobald das erste Wort gesprochen war, den Geräuschpegel im Raum augenblicklich dimmte, all das muss es gewesen sein, was ihn in den Vordergrund meiner

Seminar-Erinnerung rückte. Dagegen erinnere ich mich nur noch lückenhaft an Einzelheiten unseres Diskurses über eine Gesellschaft, deren Untergang feststeht. Dass die Menschheit im Sturzflug auf ihr Verschwinden zurast, war bekannt und bedurfte keiner weiteren Diskussion. Sogar der Zeitpunkt stand ja fest: Mit Ablauf des Jahres 2178 würde auch die Existenz der letzten Hundertjährigen im Nichts enden. Aber unsere Zukunft, die keine Zukunft war, sondern eine absehbare Zeitspanne, warf Fragen auf, ebenso das Mysterium unseres Übertritts in ein künftiges Nichtsein.

Schon damals lebten wir in einem Omega. Lautlos und ungehindert hatten wir es in unser Leben eingelassen. Heute gibt es keine Regierungen mehr und keine Nationalstaaten. Wir sind uns selbst überlassen. Künstliche Intelligenzen lenken unser Leben, Roboter aller Art, die auf unsere Bedürfnisse abgerichtet sind, stehen uns zu Diensten. Auf sie haben wir die schweren und lästigen, die unangenehmen und gefährlichen Arbeiten abgewälzt. Roboter sind unsere Sklaven. Sie schuften für uns, als sei es ihnen eine Herzensangelegenheit, sie sind perfekt, sie reparieren und operieren, bewirtschaften unsere Vegetationswelten und halten die Infrastruktur in Gang. Das Einzige, woran sie trotz ihrer künstlichen Intelligenz bis heute gescheitert sind: die Zerstörungen in der Umwelt, die zunehmende Hitze und unsere Unfruchtbarkeit rückgängig zu machen.

Damit diese hochgradig KI-begabten Systeme eines Tages nicht die Idee entwickeln, sich gegen uns zu erheben, uns zu unterwerfen und uns beherrschen zu wollen, sind ihnen Leerstellen implantiert worden, die im Zuge ihrer Lernprozesse unbeschrieben bleiben. Das macht sie blind für menschliche Eigenschaften, zu denen auch der Wille zur Macht gehört. Eine Vorsichtsmaßnahme.

Was aber, frage ich mich, was hätten Roboter davon, andere

zu beherrschen? Sie sind aus Materialien gemacht, die nichts empfinden, sie haben keine Gefühle, kein Bewusstsein, keine Erwartungen. Was also sollte sie zur Macht treiben? Die Unterwerfung anderer hätte für sie keine Bedeutung. Weder Triumph noch Befriedigung würden sie dabei empfinden. Sieg oder Niederlage wären ihnen eins.

Ich denke, dass wir von Robotern nichts zu befürchten haben. Warum sollten sie sich gegen uns erheben? Sie reflektieren ihr sklavenhaftes Dasein nicht, weder als bedrückend noch als ausbeuterisch können sie es empfinden. Da sie den Willen zur Macht nicht kennen, erscheint mir die Idee absurd, dass sie uns beherrschen und Macht über uns erlangen wollten. Und was hätten sie zu gewinnen? Übermorgen gibt es uns nicht mehr.

Allerdings, und mit diesem Gedanken jongliere ich gerne, allerdings könnte es gefährlich für uns werden, wenn »Unterwerfung des Menschen« ein Spiel für KI-begabte Roboter wäre, das sie in der realen Welt mit uns spielen. Vorbilder fänden sich in dem historischen Wissen, das sie sich angeeignet oder das in ihren künstlichen Hirnen abgelegt wurde. Sie bräuchten nur die Rollen von Herrschern und Beherrschten zu tauschen.

Doch wann wäre das Spiel zu Ende? Ich will mir vorstellen, dass die Tatsache unseres Untergangs darin nicht vorgesehen ist. Das Spiel würde weitergehen, sie würden sich neuartige Strategien ausdenken, um die Oberhand zu gewinnen, obwohl wir längst von der Bildfläche verschwunden sind. Das wäre natürlich absurd, doch nicht absurd genug, um einen Schlussstrich unter ihr Spiel zu setzen. Wie Sisyphos in der griechischen Mythologie würden sie mit ihrem Tun fortfahren. Sisyphos rollte den Felsstein immer wieder vom Fuß des Berges zum Gipfel, wo der Felsstein sich sogleich wieder Richtung Tal in Bewegung setzte. Die Roboter aber würden weiterspielen und nicht aufhören können, sie würden spielen und spielen. Ohne Sinn, ohne Zweck, ohne Verstand.

Seltsam, wohin die Gedanken treiben, wenn man sie ziehen lässt. Ich sollte besser den Tisch abräumen und mich zur Ruhe begeben. Morgen werde ich dann einen Serviceroboter ordern, der in der Küche Ordnung schafft. Und alle Fenster soll er mir putzen. In den letzten Tagen hat sich auf den Scheiben ein merkwürdiger Belag abgesetzt. Er ist gelb und stumpf wie Schmirgelpapier und verzerrt den Blick ins Freie.

Man wird bequem mit der Zeit. Das ist der Nachteil an diesen autonom agierenden, multifunktionalen Helfern. Und Bequemlichkeit führt in die Unordnung. Auch bei mir. Zwar liege ich noch nicht mit einer Opiumpfeife auf einem Lumpenlager und jage den Drachen, aber ich bin auf dem besten Weg, einem unaufgeräumten Haus den Reiz einer Ausgrabungsstätte abzugewinnen. Ungeahnte Schätze schlummern im Verborgenen. So finde ich, wenn ich nichts mehr finde, längst vergessene Dinge, oder es zerrt ein Serviceroboter etwas, das ich noch nicht vermisst habe, plötzlich ans Tageslicht.

Leider kann man sich keinen dieser Alleskönner aussuchen. Man muss jeden nehmen, der kommt. Mitunter werden einem museumsreife Exemplare ins Haus geschickt, Frühformen humanoider Androide. Manche haben im Laufe ihres Roboter-Daseins ganze Körperteile eingebüßt: Oberschenkel, Unterkiefer, Mittelfuß und anderes. Manche sehen aus, als würden sie die zerstörten Teile in Eigenarbeit reparieren. Nichts passt zusammen. Entweder erfinden sie mechanische Konstruktionen, die sie hinterher wie Mischwesen aus Mensch und Maschine aussehen lassen, oder sie zerlegen einen ausgemusterten Kollegen, um ihm Ersatzteile zu entnehmen oder an verwertbares Material zu kommen. Was bleibt ihnen anderes übrig als Kannibalismus? An ihre Designer und Konstrukteure können sie sich nicht mehr wenden. Die weilen im Nichts und wissen von nichts. Doch die künstlichen Intelligenzen haben dazugelernt und aus ihrer Not zwar noch keine Tugend, aber zumindest einen Notbehelf gemacht.

Ich habe keine Probleme mit Haushaltshelfern, die geflickt und entstellt daherkommen. Es ist ja nur äußerlich und ein ästhetischer Mangel, Hauptsache, sie funktionieren. Ob sie in Ordnung sind, merkt man sofort: Sie nuscheln nicht und bringen korrekte Sätze hervor, sie geben einem die Hand wie wohlerzogene Kinder, sagen »Guten Tag« und »Auf Wiedersehen«, manche umarmen einen sogar beim Abschied, andere halten die Hand in Erwartung eines Trinkgeldes auf. Eine symbolische Geste, die ich mit einem symbolischen Taler beantworte. Oder einem Kronkorken. Meist lächeln sie schief.

XI

Es muss ein Ende haben. Dieser Gedanke trifft mich wie aus schwefelgelbem Himmel. Beim Haarewaschen. Jetzt. Kopfüber hänge ich über dem Waschbecken und lasse seit Minuten eiskaltes Wasser über meinen Kopf laufen. Die ungewohnte Temperatur muss mir Alma ins Bewusstsein gespült haben, zusammen mit tausend Gewissensbissen. Ja, ich habe ihr ein langweiliges Dasein zugemutet. Das konnte ich natürlich nicht ahnen, als ich sie auf dem Planeten Trapist 1-c aussetzte. Es war so langweilig dort, dass ich sie immer seltener kontaktierte. Schließlich bewegte ich sie kaum noch, um den Planeten zu erkunden oder an Events teilzunehmen, sondern setzte sie in das einzige Bistro, das es dort gibt. Und vergaß sie.

Einundvierzig Lichtjahre trennen mich von Alma, meiner Avatara. Ich habe ihr meinen Namen gegeben, mein Alter und mein Aussehen. Alma gehört wie ich dem weiblichen Geschlecht an. Einundvierzig Lichtjahre sind keine Entfernung, fürwahr, ein Katzensprung ist es, ein Wimpernschlag nach dem Einloggen.

Das Handtuch hängt griffbereit neben dem Waschbecken. Rechts. Ich ertaste es mit zugekniffenen Augen und wickele es irgendwie, damit es hält, um mein tropfnasses Haar. Dann hoch und Blick in den Spiegel. Der erkennt mich. Und hat sofort eine Meinung. Er findet, dass ich mit einem grasgrünen Frottee-Turban besser aussehe als mit weißem kurzgeschorenem Haar. Das erinnere zu sehr an Tiere, die es nicht mehr gibt. Welche das denn sein sollten, frage ich mich und den Spiegel.

Hermelin? Möglich.

Laborratte? Unmöglich.

Egal, denke ich. Ob grasgrün oder laborrattenweiß, ich begegne eh kaum einem Menschen. Dann löse ich den Turban und beginne, mein Haar trocken zu rubbeln. Wie die Erde um die Sonne kreist, kreist Trappist1-c sowohl im realen als auch im virtuellen Universum um den Braunen Zwergstern Trappist. Bei der Namensvergabe haben die Astronomen vermutlich eine Ähnlichkeit zu den schweigsamen, in Abgeschiedenheit lebenden Mönchen des Trappisten-Ordens gesehen. Wie man nachlesen kann, haben sich jene Männer im 19. Jahrhundert um die Verfeinerung des Essens verdient gemacht. Nach dem Trappistenbier haben sie den Trappistenkäse erfunden. Den gibt es bis heute. Im Gegensatz zu den Mönchen, die es nicht mehr gibt. Und weil es auch keine Kühe mehr gibt, ist die Herstellung von Trappistenkäse mittlerweile ein Kunststück. Oder etwa nicht, wenn Roboter Kunstmilch aus Kunsteutern zapfen, um in einem kreativen Akt ein Kunstwerk wie Trappistenkäse entstehen zu lassen? Mein Haar ist nun beinahe trocken. Ich befühle es und habe tatsächlich das Empfinden, einem Hermelin oder einer Laborratte über das Fell zu streichen. Ein Kamm aus grau-braun-schwarz-meliertem Büffelhorn, ein Andenken an Safrane, bringt es in Form. Ob der erlegte Spender auf ihr Konto geht, wissen allein die afrikanischen Götter. Der reale Trappist1-c dreht sich auf seiner Umlaufbahn nicht wie unsere Erde um die eigene Achse, sondern wendet seinem Braunen Zentralstern stets dieselbe Seite zu, was bekanntermaßen auch unser Mond in Bezug auf die Erde tut. Da jener Braune im All altersbedingt nur noch wenig Energie besitzt und keine nennenswerte Ausstrahlung mehr hat, wird es auf der Tagesseite von Trappist1-c nur etwa 120 Grad heiß. Dennoch gilt er als ein Planet, den Menschen bewohnen könnten, und zwar in der Übergangszone zwischen Tag- und Nachtseite. Hier dürften nach den Berechnungen der Astronomen ähnliche Temperaturen herrschen wie in den subtropischen Regionen der Erde. Jene Zone spannt sich wie ein 500 Kilometer breiter Gürtel rund um den Planeten. Diese Übergangszone ist eine Dämmerungszone. Kein Sonnenaufgang, kein Sonnenuntergang, keine Jahreszeiten, keine Wiederkehr. Das matte Licht nimmt von der Tag- zur Nachtseite mehr und mehr ab, ebenso die Temperatur, bis sich das letzte Licht in Schwärze und alle Wärme in Eiseskälte verliert. Auch Wasser soll es auf Trappist 1-c geben und Sauerstoff in der Atmosphäre, und die Schwerkraft ist nur unwesentlich höher als die der Erde. Damit könnten sich Menschen auf Trappist 1-c unter erdgleichen Bedingungen bewegen. Das alles will man anhand astronomischer Beobachtungsdaten errechnet haben. Ich könnte nachrechnen. Wenn ich es denn könnte. Nein, da staune ich lieber und will es glauben.

LOGIN

Ein bombastisches Orchesterwerk, Trompeten und der anschwellende Donner von großen Kesselpauken begleiten meinen Anflug auf die virtuelle Welt des Planeten Trappist 1-c. Wie in einem irrwitzigen Zoom rase ich auf ihn zu. Dass mich keine Mondlandschaft erwartet, kein zerklüftetes Felsengebirge aus rotem Marsgestein mit nadelspitzen Zinnen und keine Hyper-Metropole nach arabischen oder asiatischen Vorbildern des einundzwanzigsten Jahrhunderts, enttäuschte mich bereits bei meinem ersten Besuch. Die Designer dieser Cyberwelt hatten mit schwächelnder Phantasie eine Art von Ferienparadies kreiert, wie es der Geschmack der um die Welt reisenden Massen verlangte. Geschmack und Tourismus haben sich überlebt. Man hat den Affen Zucker gegeben, so viel sie wollten. Bis zum Erbrechen. Bis die Paradiese verschwunden waren.

Willkommen auf Trappist 1-c. Mit dem Schlussakkord von »Also sprach Z...« ist auch das Intro zur Einstimmung zu Ende. Die Bilder wechseln, und mit den Bildern wechselt die Musik.

Im Hintergrund höre ich jetzt eine Gitarre spielen. Das mir unbekannte Stück ist sehr leise und begleitet einen simulierten Kameraflug durch dämmrige Landschaften. Ich bin erstaunt, wie realistisch die Darstellung inzwischen ist. Ähnelte die Welt auf Trappist1-c früher einem bebilderten Kinderbuch, flach, schablonenhaft, ohne Räumlichkeit und Perspektive, wirkt sie nun recht gefällig, nicht perfekt, nicht wie gefilmt, nein, das nicht, aber doch einigermaßen realistisch. Das Bistro, in dem ich Alma habe sitzen lassen, ist neuerdings umgeben von tropischer Vegetation. Hoppla, denke ich, die primitive Bude ist ja zu einem Pavillon umgebaut worden. Drinnen hat sich nichts verändert. Niemand ist da. Außer Alma. Sie wirkt schläfrig. Das Glas mit der tintenblauen Flüssigkeit steht unberührt vor ihr auf dem Tisch. Ich vergrößere diesen Ausschnitt, um Alma aus der Nähe zu betrachten. Das weckt sie. Meine Avatara setzt sich aufrecht und lächelt mir entgegen. Nachsichtig. So lächelt man einer guten Freundin zu, die sich mal wieder verspätet hat.

Das mit der Nachsicht ist natürlich meine Zutat. Avatare fühlen ja nichts. Ich bin es, die fühlt, wenn ich mich in Alma hineinversetze. In diesem Moment ist das nicht möglich, weil ich nicht weiß, mir nicht einmal vorstellen kann, wie man einer Freundin begegnet, die einen aus dem Spiel nehmen wird.

»Tut nicht weh«, flüstere ich und betätige die Löschtaste, doch das System verweigert die Ausführung, was nur bedeuten kann, dass man seinen Avatar nicht auf eine so simple kaltherzige Todesart beseitigen kann.

Ich versuche es verbal: »Avatar löschen!«

Keine Reaktion. Ich warte.

»Willst du Trappist1-c wirklich verlassen?«, fragt mich das System nach einer Weile, seine Stimme klingt beleidigt.

»Ja«, antworte ich laut und vernehmlich.

Wieder schweigen. Es dauert. Aber dann werden mir

unerwartet gleich drei Möglichkeiten angeboten, jede mit einer kurzen Erläuterung.

Archiv

Grab

Whiteout

Die Entscheidung fällt mir leicht. Archiv kommt nicht infrage. Im Archiv würde meine Alma mit anderen Avataren in einer Art von Ahnengalerie aufbewahrt werden. Es wäre ein Tod mit Verfallsdatum und Auferstehungsoption. Ich könnte sie jederzeit wiederbeleben, und nach zehn Jahren, als unterliege ein Avatar dem Gebrauchsmusterschutz, könnte es jeder andere, der Lust auf sie hat. Sofern es dann überhaupt noch jemanden gibt, der Lust auf irgendwas hat, füge ich in Gedanken hinzu.

Alma in einem Grab zu versenken, das ist für mich ebenfalls ausgeschlossen. Ihr Name und ihre virtuelle Lebenszeit würden auf einem körperlosen Stein festgehalten. Nein, sie und mein Name sollen auf Trappist 1-c für alle Zeit verschwinden.

Bei Whiteout muss ein Spaßvogel oder ein Verräter am Werk gewesen sein. Mir kommt es vor, als habe jemand das Geschehen vorweggenommen, das jedem von uns mit Vollendung des Hundertsten bevorsteht, nämlich der Übertritt ins Nichts. Jedenfalls erinnert mich der Begriff Whiteout fatal an diverse Gerüchte und Geschichten, die um jenen Vorgang gewoben werden. Obwohl er ein Relikt aus den Zeiten der Überbevölkerung ist, gesichert durch einen Ewigkeitscode und damit wirksam bis in die Gegenwart, weiß niemand etwas Genaues.

Ich lehne mich zurück und denke an das Alte Japan, wo man sich der Alten angeblich auf besondere Art und Weise entledigte. In der schneereichen Region um den Berg Narayana soll bis ins 19. Jahrhundert hinein die Tradition des Ubasute gepflegt worden sein. Hatte jemand das siebzigste Lebensjahr erreicht, erwartete die Dorfgemeinschaft von ihm, dass er sich im Winter, wenn die Nahrungsvorräte knapp wurden, auf den Berg begab, um dort zu erfrieren. Wer den Aufstieg aus eigenen Kräften bewältigen konnte, trat den Weg einsam und alleine an. Gebrechliche wurden von einem Familienmitglied, meist dem ältesten Sohn, hinaufgetragen. Ich frage mich, ob die Alten damit einverstanden waren. Aus Einsicht in eine Notwendigkeit? Oder fügten sie sich? Interessant wäre, ob es auch rebellische Alte gab, die sich gegen die Sitte stemmten.

Ich hefte den Blick auf Alma und ziehe sie mit den Augen in Richtung Tür. Folgsam und ohne Protest verlässt meine Figur den Pavillon. Auf dem Vorplatz ein Wegweiser, der vorhin noch nicht da war oder von mir übersehen wurde. Der Richtungspfeil zeigt geradeaus: Whiteout. Meine Augenbewegung zeigt Alma, dass sie diesen Weg gehen soll. Sie folgt ihm wie ferngesteuert, ich brauche nichts weiter zu tun.

Nach wenigen Schritten verändert sich die Vegetation, die tropische Üppigkeit geht in Grasland über, das Grasland in Steppe, die Steppe in eine Geröllebene. Das Land wird karger, eisiger. Die Kälte kann ich zwar nicht am eigenen Körper spüren, kann sie jedoch nachempfinden anhand der Bilder, des allmählichen Verblassens und Vergrauens der Farben. Almas Schatten wird länger, die Dämmerung wächst. In der Dämmerung ein See, stumpf und bleigrau unter seinem Eispanzer. Alma bleibt stehen, verharrt am Ufer. Ich sehe, was sie sieht: ein Pferd, das bis zu den Schultern im Eis eingefroren ist, Körper und Mähne wie aus weißem Marmor. Merkwürdig, dass der Atem des Tiers noch dampft. Mir scheint, es ist eine vom System generierte Zutat, damit die Kälte deutlich wird. Oder ist das Pferd etwa ein Avatar, der zeitgleich mit Alma ins Whiteout geschickt wird?

Dunkles Gewölk jagt über den virtuellen Himmel des virtuellen Planeten Trappist1-c. Alma fröstelt, ich fühle es, während sie weitergeht, mehr und mehr entschwindet. Schon ist sie kaum mehr zu erkennen. Auch der Weg nicht, der hinter dem Horizont, dem Bildschirm, zu Ende ist.

FLASH

Grellweißes Licht schlägt mit entgegen. Weißer als weiß. Ein Blitz. Die Blendung ist absolut, meine Augen haben sich reflexhaft geschlossen. Gleichwohl nehme ich wahr, dass plötzlich ringsum Nacht herrscht. Stromausfall, denke ich. Noch nie vorgekommen. Ein unbekannter Geruch macht sich breit, nicht brenzlig wie nach einem Kurzschluss oder einem durchgeschmorten Aggregat, eher chemisch, dunkelviolett, ein Geruch wie Bittermandel. Ich öffne die Augen. Der Bildschirm weiß, das Zimmer geisterhaft erhellt.

XII

H-Punkt-Z-Punkt   *T-Punkt-E-Punkt*

N-Punkt-N-Punkt

M-Punkt-B-Punkt

U-Punkt-G-Punkt

H-Punkt-M-Punkt   **J-Punkt-S-Punkt**

W-Punkt-H-Punkt   J-Punkt-H-Punkt

R-Punkt-M-Punkt

N-Punkt-M-Punkt   R-Punkt-S-Punkt

R-Punkt-H-Punkt

A-Punkt-F-Punkt   J-Punkt-F-Punkt   J-Punkt-T-Punkt

É-Punkt-S-Punkt

B-Punkt-S-Punkt

H-Punkt-R-Punkt

(...)

Ach, ...

... ihr Kannibalen, ihr Kopf- und Schwanzlosen, ihr Bittsteller, ihr Zärtlichen, ihr Schwadroneure, ihr Übeltäter, ihr Tröster, ihr Betrüger, ihr Traumtänzer, ihr Aufschneider, Schmeichler, Angeber und Versager, ihr Verweigerer, ihr Beschnittenen und ihr Unwiderstehlichen, Unausstehlichen, Unaussprechlichen, und auch du aus Japan, und du Heiliger, und du Kavalier alter Schule, du Schlangenbeschwörer, du ...

Auf dem Papier, das ich vor mir liegen habe, stehen nun ihre Anfangsbuchstaben. Diesen oder jenen meiner Liebhaber werde ich wohl vergessen haben, andere habe ich vielleicht doppelt aufgeführt. Viele Namen ähneln sich, manche verschwinden, Gesichter verschwimmen. Nachzählen würde nicht weiterhelfen. Auf mein Zahlengedächtnis ist nämlich kein Verlass. Zwar liebe ich die Mathematik, doch das hat nicht zwangsläufig zur Folge, dass ich mir die Anzahl meiner Liebhaber gemerkt hätte. Im Gegenteil: in der höheren Mathematik gibt man sich bevorzugt mit Unbekannten ab. So sei jene Zahl eine Geheimzahl, zusammengesetzt aus Chiffren, deren Summe ein Näherungswert ist. Er misst den Abstand zu jenem Mysterium, das wir mit Begriffen wie Liebe, Begehren, Leidenschaft, Hingabe, Schmerz und Wahnsinn zu fassen versuchen. Und es nicht vermögen.

Während ich im Nebel meiner Erinnerung nach Vor- und Nachnamen getastet habe, ist mein Stift auf dem Papier eigene Wege gegangen. Er hat Buchstaben ausgemalt oder aus Buchstaben Bildchen gemacht. Dem R-Punkt-H-Punkt hat er Fühler und Krähenfüße angedichtet, T-Punkt-E-Punkt schmückt eine Krone und U-Punkt-G-Punkt wird von einer Girlande umschlungen. Zzzzzzzzzzz macht das Z von H-Punkt-Z-Punkt. Da mein Stift eigenmächtig tätig war und ich ihn habe machen lassen, kommt den Kritzeleien keine tiefere Bedeutung zu.

Inzwischen habe ich leise Zweifel am Sinn und Zweck meines Vorhabens. Aber versuchen will ich es und mich bei jedem an ein Wann, Wo und Wie erinnern.

Ich strecke und recke mich. Spät ist es geworden. Mein Nacken fühlt sich steif an. Ein paar liegende Achten, mit der Nase in die Luft gemalt, lockern die Muskulatur, wie man weiß. Die Halswirbel lassen ein feines Knirschen und Knistern hören. Ein gutes Zeichen, denke ich. Nach der achten liegenden Acht höre ich auf, vertraue meinem QPC die Namen der Punkt-Punkt-Punkt-Männer an, einen nach dem anderen, und schicke die Suchmaschine auf die Reise ins QWeb. Jedes Mal rödelt und rödelt der Rechner, bis das Zeitlimit ausgeschöpft ist, findet aber nichts, keinen Text, kein Bild, kein Video, einfach gar nichts findet er über die, die mir einmal nah gewesen waren.

Das kann nicht sein, sage ich mir, es muss etwas geben, zumindest über J-Punkt-H-Punkt. Er war Bühnenschauspieler, hinreichend bekannt und in Maßen exzentrisch. Irgendwo sind seine Auftritte und Ausfälle sicher kritisch betrachtet oder im Bild festgehalten worden. Auch über N-Punkt-M-Punkt, den Architekten, hätte sich etwas finden lassen müssen. Und was ist mit H-Punkt-M-Punkt, den promovierten Informatiker und Spezialisten für Datensicherheit? In Aufsätzen und Vorträgen hatte er die Einfallstore in diverse Computersysteme offengelegt, ebenso die Sicherheitsmaßnahmen, die man zu diesem Zweck ausschalten beziehungsweise umgehen müsste.

Mir kommt ein Gedanke und mit dem Gedanken kommt mir eine Idee. Und weil es eine gute Idee ist, nehme ich das Blatt mit den Punkt-Punkt-Namen und begebe mich auf die andere Seite meines Arbeitszimmers. Dort steht mein alter PC. Er stammt aus der Zeit, als die weltweit verbundenen Rechenzentren noch nicht mit Quantencomputern arbeiteten. Dieses alte Gerät erlaubt den Zugang ins historische Internet. Am 1. Januar 2139 wurde es vom QWeb abgelöst. Seitdem dient es als Webseiten-Archiv, eingefroren auf den damaligen Stand vor gut vierzehn Jahren. Aus Neugier habe ich mich zwei- oder dreimal eingeloggt, um es auszuprobieren. Es war schon erstaunlich, worauf ich in den veralteten Konserven und Datei-Ruinen so alles gestoßen bin. Das lässt mich hoffen, über den einen oder anderen, der mir verflossenen ist, einiges aufzutreiben. Gesichter wären schön. Selbst wenn sie heute nur noch antiquarischen Wert haben, soll es mich nicht stören. Im Gegenteil, das würde die Erinnerungen beleben.

Ich lehne mich zurück und überlege, ob es nicht klüger wäre, die Erinnerungen das sein zu lassen, was sie sind: Phantome,

Heiligtümer, Schätze, geheime Wegzehrung. Solche Dinge möchten gehütet, bewahrt und im Dunkel gehalten, nicht aber ans Licht gebracht werden. Bei Licht besehen, so fürchte ich, könnten sie ihr Wesen verlieren.

Nicht zum ersten Mal handele ich wider die bessere Erkenntnis, als ich meine Finger auf die Tastatur setze. Wie lautet doch gleich mein Passwort fürs historische Web? Ich schließe die Augen ... Symmetrisch ist es aufgebaut, hat vorwärts wie rückwärts dieselbe Lautfolge, und das Zahlen- Buchstaben-Bild bliebt unverändert, selbst wenn man es spiegelt.

XOS8SOX

Das System gibt mir den Weg frei, während sich die Suchmaschine unwillig zeigt. Zureden hilft. Widerstrebend zieht sie ins Archiv und kehrt so schnell nicht zurück.

Mir drängt sich das Bild einer unvorstellbaren Unordnung auf, die im historischen Web mittlerweile herrscht. Niemand da, der sich kümmert. Keiner meiner bisher eingegebenen Namen hat zu einem Ergebnis geführt. Ich schicke die Suchmaschine mit weiteren Namen los. Doch nach jedem Suchversuch kommt sie mir mit einem digitalen Achselzucken. Nichts zu finden! Ich werfe ihr ein paar letzte Namen zu. Möglicherweise, denke ich, möglicherweise sitzt das Problem ja nicht im Computer, sondern davor. Schon will ich schicksalsergeben die Sache abbrechen, da werden mir plötzlich Fotos von H-Punkt-M-Punkt auf dem Bildschirm präsentiert. Ich überfliege die Gesichter und entdecke keines, das einem möglichen Namenvetter gehören könnte. Er ist es! Na dann: »Sei mir gegrüßt, du ewiges Meer«, spricht mir Heinrich Heine in den Sinn. »Wie Träume der Kindheit seh' ich dich flimmern, und die alte Erinnerung erzählt mir aufs Neue von all dem lieben, herrlichen Spielzeug.«

Schade nur, dass die Bilder so ungeordnet sind und leider keine Auskunft darüber geben, wann, wo und in welchem

Zusammenhang sie entstanden sind. Die mit den Bildern verlinkten Seiten mögen im einstigen Internet funktioniert haben, im archivierten Web laufen sie ins Leere. Also streife ich durch die Jahrzehnte eines Mannes, der älter wird. Am deutlichsten zeigen es die Porträtfotos. Sie müssen in Studios entstanden sein, so vorteilhaft, wie sie ausgeleuchtet sind. Ihr Aussagewert ist gering. Auf einem der frühesten erkenne ich den jungen Mann wieder, der wie ich vor der Neuen Nationalgalerie Berlin auf jemanden wartete, der nicht kam. Berlin war zu jener Zeit noch unsere Hauptstadt und eine Reise wert, fast sechzig Jahre ist das her, und Deutschland war damals noch ein Staat in der Mitte Europas. Auf weiteren Bildern sehe ich jenem Mann beim Älterwerden zu. Das Haar wird lichter, das Gesicht voller, irgendwann trägt er einen Bart und bald schon eine Brille. Und immer sieht er fabelhaft aus, auch als er in die Jahre gekommen ist, die angeblich die besten sind.

Der berufliche Aufstieg lässt sich an seinen Büros, deren Lage und Ausstattung ablesen. Nicht nur der Schreibtisch wird größer, auch die Räume werden es, der Aussichten weiten sich. Aus immer höheren Etagen fällt der Blick auf immer atemberaubendere Skylines, Weltstädte und Metropolen, die mit ihrem Namen seit Langem untergegangen sind.

Ich verlasse die Fotos. Es ist fast Mitternacht geworden. Würde ich jetzt zu Bett gehen, würde ich H-Punkt-M-Punkt zwar in Gedanken mitnehmen und mit ihm tausend Küsse tief in den Schlaf sinken, könnte mich aber morgen an nichts mehr erinnern. Das wäre schade. Ein Rotwein muss her und mir die Erinnerungen retten. Also schlurfe ich in den Keller und wähle aus Safranes Sammlung einen Burgunder von der Côte de Nuits. Wohl aus Mitleid mit einer alten Frau, die inzwischen von Erinnerungen lebt, spielt mir der Zufall eine Flasche des Jahrgangs 2096 in die Hände. In jenem Jahr war ich einundvierzig geworden,

H-Punkt-M-Punkt war siebenundzwanzig, und die Trauben für diesen Wein hingen noch an ihren Rebstöcken und träumten von einer Karriere in Flaschen. Für diese hier ist jetzt die Stunde gekommen. Ich wische über das Etikett und halte sie gegen die Lampe an der Kellerdecke ...

H-Punkt-M-Punkt war Holger. Während er an der stählernen Skulptur »Têtes et Queue – Köpfe und Schwanz« auf dem Vorplatz der Neuen Nationalgalerie Berlin auf einen Fotografen wartete, wartete ich dort auf meine Kunstfreundin Lilly. Wie sich nach einer Stunde und einem Anruf bei denen, die uns vermeintlich versetzt hatten, schließlich herausstellte, hatten wir beide uns im Datum geirrt. Holger war am falschen Wochentag und ich sogar im falschen Monat erschienen. Doch gelangweilt hatten wir uns in dieser Stunde nicht. Im Gegenteil. Der junge Mann gefiel mir, und ich ihm wohl auch, obwohl der Altersunterschied offensichtlich war. Wir tauschten Blicke und gelegentlich ein Lächeln. Sympathie war im Spiel, ein Stück gegenseitiger Faszination und sicher auch die Lust auf einen Flirt, ein Spiel um des Spielens willen. Das Ende schien absehbar: Eine dritte Person würde das Feld betreten, und ein Teilnehmer müsste ausscheiden.

Während ich um die stählerne Skulptur herumschlenderte und mir den Anschein gab, das Kunstwerk eingehend zu betrachten, überlegte ich, wie ich mit dem Unbekannten ins Gespräch kommen könnte. Ob ihm *Köpfe und Schwanz* gefalle, das konnte ich natürlich nicht fragen. »Têtes et Queue« müsste ich sagen oder einfach nur »Skulptur«. Aber es gab ja schönere Fragen. Sie mussten einem nur einfallen.

Ich schlenderte weiter, blieb stehen, zählte die Köpfe des mattgrau lackierten, schätzungsweise fünf Meter hohen Gebildes. Es war aus Stahlplatten zusammengeschweißt, zum Teil auch vernietet. Sechs Köpfe zählte ich. Die saßen wie Teller oder ovale Tabletts auf giraffenlangen Hälsen. Der »Queue«, der geschwungene Schwanz, überragte sie mit seiner Spitze. Ich lenkte den Blick nach unten, um die Beine zu zählen. Neun waren es, wenn ich die von Holger mitzählte, wobei ich in jenem Moment natürlich noch nicht wusste, dass er so heißt. Der junge Unbekannte wanderte auf der anderen Seite der Skulptur hin und her und schien zu telefonieren. Ich las derweil die in den Sockel eingelassene Tafel. Sie informierte den geneigten Betrachter über den Namen des Künstlers: Alexander Calder, und den edlen Spender: Axel Springer. Beide Namen sagten mir nichts. Die letzten Zeilen auf der Tafel betrafen den Lebenslauf des stählernen Kunstobjekts: 1965 aufgebaut, 2015 abgebaut, 2065 nach Restaurierung wieder aufgebaut.

»Entschuldige bitte ... «

Ich zuckte zusammen und schnellte aus meiner gebückten Haltung hoch. Es war der junge Mann, plötzlich stand er da.

»Ja ... «

Kaum war es ausgesprochen, war es mir peinlich, nicht das Ja, sondern der hocherfreute Ton, mit dem das Ja aus mir herausgebrochen war, so unbeabsichtigt wie verräterisch. Nun machte es mich verlegen. Zum Glück errötet man mit einundvierzig nicht mehr. Wir sahen einander an. Aus der Nähe gefiel er mir noch besser. Ich mochte dieses Gesicht, die klaren Züge, den Schattenbart, wie er sich oft bei dunkelhaarigen Männern findet, dazu die Farbe seiner Augen, ein sehr helles, bernsteinfarbenes Braun. Doch letztlich bleibt es ja rätselhaft, warum man ein Gesicht gerne ansieht.

»Olivgrün, du hast olivgrüne Augen«, sagte er und näherte sich mir auf Kussweite, »olivgrün mit goldenen Sprenkeln.«

Sein Lächeln drehte mir das Herz um.

»Die müssen neu sein«, sagte ich.

»Das kommt vom langen Warten«, erwiderte er.

Die Anmerkung, dass auch er lange gewartet habe, verkniff ich

119

mir, obwohl ich gerne in seinen Augen nach Goldpartikeln gefahndet hätte. Mir zuckte es in den Mundwinkeln.

Er schob beide Hände in die Hosentaschen und sah zum Himmel, wo es nichts zu sehen gab außer den üblichen gelben Schlieren unbekannter Herkunft. In letzter Zeit tauchten sie öfter auf. Mich beunruhigte die Erscheinung. Das Jahr war im Oktober angekommen, und noch immer hatten wir mehr als 30 Grad. Ein heißer, staubtrockener Wüstenwind durchwehte die Stadt.

»Hast du vor, noch länger zu warten?«, fragte er.

»Und du?«, fragte ich.

»Ich habe mich im Datum geirrt.«

»Und ich womöglich auch«, sagte ich, »Moment mal ...«

Ich rief meinen Terminkalender auf, zwei Schritte weiter, im Stahlschatten der »Têtes« blendete das Licht nicht so stark. Bevor ich mich bei Lilly über deren Verspätung beschwerte, wollte ich wenigstens sicher sein, dass wir vor einer Stunde hier und jetzt verabredet waren.

Wir waren es nicht!

Dann sah ich zu Holger.

»Ist mir noch nie passiert«, sagte ich, »nun bin ich wegen der Immendorff-Ausstellung extra nach Berlin gekommen und einen ganzen Monat zu früh da. Erst im nächsten Monat, am 11., bin ich hier mit meiner Freundin verabredet. Künftig sollte ich mich lieber auf meinen Terminkalender als auf mein Gedächtnis verlassen.«

»Der Zufall muss einen Plan gehabt haben«, sagte er, »zweimal minus gibt bekanntlich plus. Wären wir nicht zur falschen Zeit am richtigen Ort gewesen, wären wir uns vermutlich nie begegnet.«

Wieder sah er zum Himmel, der unverändert gelbe Schlieren zeigte. Dichter und in der Farbe kräftiger waren sie geworden.

»Was machen wir nun mit der geschenkten Zeit? Ich heiße übrigens Holger.«

»Und ich bin Alma.«

»Alma«, wiederholte er, »Alma ... Seele ... schöner Name für eine schöne Frau.«

»Mach mich nicht verlegen, du, zu deinem Namen fallen mir nur Nils Holgerssons Wildgänse ein.«

»Na dann, Alma, lass uns fliegen.«

Wir ließen die Skulptur stehen und überquerten den Vorplatz. Der hatte sich belebt, die Schlange vor dem Eingang war gewachsen und machte wenig Lust, sich hinten anzustellen. Holger gestand mir, ein Kunstbanause zu sein. Das nahm ich ihm nicht ab. Wollte er vorbeugen, damit ich nicht auf die Idee kam, unsere Zeit mit Immendorf zu verplempern? Nötig wäre ein Besuch nicht gewesen, da ich die Ausstellung ohnehin in einem Monat sehen würde. So war es keine Frage, dass wir diesen Tag abseits der Kunst, abseits von Immendorffs Werk im Abseits verbringen würden.

Während wir weitergingen, überlegte ich und fragte ihn schließlich, warum er, der sich als Kunstbanause bezeichnete, sich ausgerechnet vor der Neuen Nationalgalerie verabredet habe. Er erklärte mir, dass es um einen Fototermin gegangen sei, er habe kürzlich einem IT-Magazin ein Interview zu biometrischen Erkennungsverfahren und deren unerlaubten Nutzungen gegeben, und nun sei jemandem eingefallen, dass man zur Veröffentlichung noch ein Foto brauche, am besten eins, das einen Bezug zum Thema herstelle. Die Idee des Redakteurs, die Neue Nationalgalerie mit ins Bild zu nehmen, finde er, Holger, zwar nicht so gut, auch der Fotograf nicht. Aber mal sehen, wie der Fotograf die Vorgabe umsetze. Am liebsten würde er sich nur von hinten fotografieren lassen. Ein Scherz? Kein Scherz! Er sagte, seit Omega die Welt aufgekauft habe und der Staat seine Funktionen mehr und mehr den angeblich intelligenteren Systemen überlasse, wozu übrigens auch die biometrische Personenerkennung gehöre, sei es ratsam, das eigene Gesicht unter Verschluss zu halten. Bleibe nur zu hoffen, dass die Systeme ihre Aufgaben allzeit fehlerfrei erfüllen, damit man nicht verwechselt, übersehen oder plötzlich inhaftiert werde. Schwieriges Thema!

Selbst wenn mir nur dieser Teil unseres Gesprächs so ausführlich in Erinnerung geblieben ist, werden wir auf dem Weg vom Museumsgelände zur U-Bahn sicher auch über anderes gesprochen haben. Es war interessant, sich mit ihm zu unterhalten. Seine Stimme war angenehm, frisch und lebendig, im Ton nicht zu tief, nicht zu hoch, voller Ironie und subtilem Witz. Selten ging ich leichtfüßiger an der Seite eines Mannes. Mit großer Selbstverständlichkeit hatte er den Arm um mich gelegt. Ich fühlte mich begehrt. Mein linker Arm umfasste seine Hüften. Die stramme Muskulatur seines Hinterns erregte mich.

Ja, und es gefiel mir, dass man uns anguckte. Der Altersunterschied war ja nicht zu übersehen. Er war zu gering, als dass man mich für seine Mutter hätte halten können, aber groß genug, um in meinem Begleiter einen jüngeren Geliebten zu vermuten. Solche Paarungen rufen Fantasien hervor: französische Küsse, wundgebissene Schamlippen, Fesselspiele, Latex und Kokain. Dabei trug ich nicht einmal schwarze Spitzenwäsche unter dem Kleid.

Lachen, Lächeln, flüchtige Berührungen, Blick und Gegenblick. Es war aufregend. Und voller Ungewissheiten. Wir hatten uns auf den Weg zur U-Bahnstation gemacht, und als wir sie erreicht hatten, gingen wir vorbei. Unser Gespräch sollte nicht abreißen, was zu befürchten war, wenn wir uns aus dem hellen Tag in die unterkühlte, kunstbeleuchtete Welt spiegelblanker Granitböden und gekachelter Wände begeben würden. Dort wuselten ständig Störenfriede herum, vor allem Reinigungsroboter, die für aseptische Sauberkeit sorgten. Also gingen wir weiter, und es war egal, in welche Richtung. Unser Ziel lag unausgesprochen in der Nacht.

Aber noch war es Mittag und jener Tag im Oktober heiß wie alle vorangegangenen Tage, ja Wochen. Es herrschten hochsommerliche Temperaturen. Und das nach einem Jahr ohne Regen. Wir gingen im Schatten der Hochhäuser, die Straßen still, kaum Verkehr und wenig Menschen, alle Ampeln ausgefallen, behauptet meine Erinnerung, was natürlich Unsinn ist. Wir waren einfach zu vertieft in unser Gespräch. Wer bist du? Erzähl! Wir wollten mehr erfahren, um uns mit dem Menschen vertraut zu machen, zu dem wir uns hingezogen fühlten. Alle Antennen waren ausgefahren, feinjustiert und empfangsbereit auf der Suche nach Gleichklang.

Den Anfang unserer Begegnung habe ich in deutlicher Erinnerung, danach wird sie ungenau, die Bilder verschwinden. Grund muss meine Wahrnehmung gewesen sein, die sich von der Außenwelt abwandte und nach innen kehrte. Ein Gefühl abflauender Hochstimmung machte sich breit. Dieser Stimmungsumschwung beschäftigte meine Gedanken, weil ich ihn mir nicht erklären konnte. Was ich damals nicht wusste, sondern erst Wochen später von ihm erfuhr: Er war nicht frei, er lebte mit seiner Jugendliebe zusammen, seiner Noch-immer-Liebe, und tat sich schwer mit einem Treuebruch. In seiner Vorstellung hatte er ihn bereits begangen, das erschreckte ihn. Ja oder Nein? Er musste eine Entscheidung treffen, egal wofür, jede hatte mit Verlust zu tun. Ich denke, dass der innere Konflikt ihn zunehmend zurückhaltender und einsilbiger machte. Mit dem ersten Treuebruch im Leben verlieren wir mehr als nur unsere Unschuld. Wir verlieren sie für immer. Ein Treuebruch lässt sich nicht rückgängig machen. Nur verschweigen. Und manchmal muss man ihn auch sich selbst verzeihen.

Mir fallen zwei Sätze ein, die er später sagte, wir telefonierten noch für längere Zeit miteinander, sie wiesen in diese Richtung: »Zum Glück war es schön, sonst hätte ich mich angespuckt.« Und: »Würde ich mit dir leben, du würdest mich doch genauso betrügen wie deinen Mann.«

Meinen Mann? Ja, ich hatte behauptet, was ich immer behauptete, wenn mir ein Mann gefiel, dem ich gefiel, nämlich, dass ich verheiratet sei. Kein Liebhaber sollte auf dumme Gedanken kommen. Ebenso gut hätte ich sagen können: Nimm unsere Sache nicht zu ernst, lass uns das Leben feiern, ein anderes haben wir nicht. Aber so deutlich wollte ich nicht werden.

Ein Bild schleicht sich in meine Erinnerung. Es ist sehr verschwommen. Mag sein, dass es nur ein bildgewordenes Gefühl ist: Ich sehe uns durch den Großen toten Tiergarten nebeneinanderher gehen, wir vermeiden jede Berührung. In Sichtweite ein kleiner See für Ruderboote. In der Nähe des Bootsverleihs lassen wir uns nieder, hocken im fahlen, sonnenverbrannten Gras und blicken stumm auf das blinkende, unbewegte Wasser. Ich spüre, dass die Leichtigkeit des Seins verflogen ist, und verabschiede mich von dem Wunsch, dem Gedanken, der Gewissheit, dass wir unkompliziert und schwerelos aus diesem Tag in die Nacht, in den Traum und aus dem Traum in einen federleichten Morgen gleiten werden. Und ich löse mich von der Vorstellung, dass wir uns nach dem Frühstück ohne Weh und ohne Bedauern mit einem rosigen Gefühl und einem leisen Seufzer Lebewohl sagen werden.

Erst spät in der Nacht setzt mein Erinnern wieder ein. Wir sind vor meinem Hotel angekommen. Was wir in den vorangegangenen Stunden gemacht, getrieben oder gelassen haben, habe ich vergessen. Vermutlich sind wir in einem Restaurant gewesen, haben etwas gegessen und getrunken und viel geredet, vielleicht sogar gelacht. Danach werden wir durch das nächtliche Berlin geschlendert sein. Bis zu meinem Hotel. Dass Holger ganz in der Nähe wohnte, habe ich zu jenem Zeitpunkt nicht gewusst, auch nichts von der Frau, die von mir nichts wissen konnte und sollte.

So stehen wir vor meinem Hotel, man sieht von außen in die erleuchtete Rezeption, wo ein Nachtportier bereits seinen Dienst angetreten hat. Ich erwarte nicht viel, kaum mehr, als dass wir uns freundschaftlich in den Arm nehmen, mit Wangenküssen verabschieden und einander versichern, dass es ein schöner Tag gewesen sei.

Als wir einander umarmen, sagt er plötzlich: »Ja, ich komme mit.«

Es klingt wie eine Entscheidung. Oder gibt er sich selbst die Antwort auf das, was unausgesprochen in der Luft hängengeblieben ist? Gefragt habe ich ihn nicht, um meine Enttäuschung nicht auf die Spitze zu treiben.

Der Tag ist heiß gewesen und die Duschkabine zu eng für zwei. Ich stelle mich rasch unters Wasser, ich lege mich auf das schmale, mondbeschienene Einzelbett, das er sodann königlich besteigt. Seine Haut ist kühl, das gefällt meiner Haut. Ich sage es und küsse ihn. Er antwortet, er dusche vorher gerne kalt. Sein Körper ist prachtvoll, er tut mir gut. Auch das sage ich. Er antwortet, ich sei sehr schön.

Es ist so mühelos mit uns. Ich komme vor ihm, wie es sein muss. Vor Sonnenaufgang verlässt er mich.

Einige Tage später prangt mein Name meterhoch auf einer Berliner Hauswand. Er hat die Fassade mit Licht beschreiben lassen und mir das Video geschickt. Wie in einem Werbe-Clip regnet es Rosen auf **ALMA**. Jeder kann es sehen und jeder sich einen oder keinen Reim darauf machen. Ein Gruß aus Berlin. Der kleine Film adelt und beschämt mich gleichermaßen.

Wenn man sich im tugendhaften Alter von fast hundert Jahren an sein Liebesleben erinnert, erscheint einem das ganze Gerede,

Getue und Getöse um die kleinen Lustspiele wie viel Lärm um nichts. Eins-zwei-drei ist es vorbei und hinterher wie nie gewesen. Im Grunde ist es doch ein ziemlich banaler Vorgang. Jeder kann, jeder soll mitmachen. Besondere Fähigkeiten sind für die Ausübung nicht erforderlich, keine Vorkenntnisse, kein Fachabitur, keine Ausbildung, wobei ein wenig Übung und Erfahrung in der Regel von Vorteil sind. Aber es geht auch ohne. Und ganz ohne ist auch schön. Umso erstaunlicher, was die Kunst jenem triebgesteuerten Tun abzugewinnen, ja abzuringen vermochte, vom verzweifelten Liebesgedicht bis zur abendfüllenden Porno-Oper. Geniestreiche gequälter Seelen, Überhöhung und Überbewertung sehe ich. Am Ende sitzt ja doch immer der Teufel am Bettrand und lacht. Und neben dem Teufel steht Mutter Natur, greint und bereut ihr Fortpflanzungskonzept. Was hat sie sich nicht alles einfallen lassen, um es uns kinderleicht und erfreulich zu machen. Das Ergebnis war ein auf Sex reduzierter Geschlechtsakt, die Folge eine Überbevölkerung unseres Planeten. Inzwischen sind wir unfruchtbar. In einem letzten Akt der Verzweiflung haben wir die Natur hintergangen, haben sie hinters Licht geführt und aufs Kreuz gelegt. Widderköpfige Menschenwesen haben wir erzeugt ...

Ich merke, dass ich zu viel getrunken habe und mich lustig mache über die Liebe. Das hat sie nicht verdient. Man muss sie ernstnehmen, ich weiß.

Jetzt ist es Nacht. Ein Glas noch, ein letztes. Schön war's mit dir, Holger, und mit dir, du roter Burgunder von der Côte de Nuits, der Nachtküste.

Ich schnippe gegen das leere Glas und lausche dem Ton.

XIII

Sie sind unruhig, sie wandern umher. Vorhin habe ich sie zum ersten Mal auf dem Nachbargrundstück gesehen: eine Gruppe widderköpfiger Mädchen. Ich stand zufällig am Fenster. Jetzt, wo es draußen nicht mehr so heiß ist und man es im Freien halbwegs aushalten kann, habe ich mich nach unten auf die Veranda gewagt, um sie besser beobachten zu können. Leider dunkelt es inzwischen. So sehe ich nur wandelnde Schatten und höre die merkwürdig klagenden Laute, die sie von sich geben.

Mit tellergroßen Blattfächern wedeln sie sich Luft zu, ein bisschen Kühlung für die fellbewachsenen Gesichter. Nur wenige halten sich aufrecht. Die meisten gehen mit hängenden Schultern und gesenktem Kopf, als seien sie betrübt. Sicher leiden sie unter der Hitze. Wie wir alle.

Seit gut einer Woche leben wir in einem Glutofen. Die Sonne kocht den Asphalt und die Klimaanlagen schaffen es nicht, die Temperaturen auf ein erträgliches Maß zu senken, geschweige denn, sie auf einem angenehmen Niveau zu halten. Gestern habe ich mich in ein Level7 geflüchtet, um dort die Nacht zu verbringen. Diese Mobile verfügen über leistungsstarke Klimaanlagen. Doch die funktionieren nur im Fahrmodus, bei längerem Parken schalten sie sich ab, sodass man ein Level7 nicht als wohltemperierten Schlafraum nutzen kann. Notgedrungen habe ich mich herumkutschieren lassen, wobei ich mir nur blöd wie eine Touristin vorkam, die sich auf eine nächtliche Besichtigungstour des eigenen Wohnorts begeben hat.

Je länger mein Ausflug dauerte, desto deutlicher führte er mir vor Augen, dass dieser Stadt wie allen Städten die Menschen ausgehen. Sie passt uns nicht mehr, sie ist uns wenigen Alten zu groß und zu weit geworden und uns buchstäblich über den Kopf gewachsen. Auf den Straßen kaum noch Autos, ab und zu ein Level7, das jemanden von hier nach da bringt, oder ein Level99, das seltsame Dinge transportiert. Der Massenverkehr ist Geschichte, seine Hinterlassenschaft: die autogerechte Stadt. Bausubstanz ist widerständig. Wir verschwinden, die Straßen bleiben. Mehrspurig, kreuzungsfrei, gut ausgeschildert, einander über- und unterquerend verunstalten sie samt Infrastruktur das Stadtbild. Nutzlos gewordene Parkhäuser, Tiefgaragen, Waschanlagen, Reparaturwerkstätten, Tank- und Aufladestationen stehen da wie Erinnerungsstücke an eine Zeit, als Fahrzeuge zur Fortbewegung auf Kraftstoffe und Batterien angewiesen waren. Omega hat sie durch OMEGA ersetzt. OMEGA, groß in Großbuchstaben geschrieben, ist eine Form von Energie, die sich aus der Rotation unserer Galaxie speist. OMEGA ist allgegenwärtig. OMEGA ist unbegrenzt verfügbar. OMEGA erlischt erst mit dem zusammenstürzenden All.

Auf den verwaisten Verkehrswegen chauffierte mich das Level7 durch die Nacht. Ich hatte ihm kein Ziel vorgegeben, nur eine Fahrdauer von sechs Stunden bei langsamem Tempo. Sechs Stunden brauche ich, um am nächsten Tag munter zu sein. Ich hatte gehofft, während der Fahrt in einen leisen Dämmerschlaf zu fallen, doch das Gefährt nahm sich Stadtteile vor, von deren Existenz ich keine Ahnung hatte. Es schlich durch ein Labyrinth aus Enge und Düsterkeit, was mich in einem merkwürdig wachen Zustand zwischen Neugier und Beklemmung hielt. Finstere Hochhäuser wuchsen der schlammigen Nacht entgegen. Kein Mond, keine Straßenbeleuchtung, nirgends ein Licht. Auf schmalen Straßen, einspurig, verwinkelt, unübersichtlich, fuhren wir durch lichtlose Hochhausschluchten. Jedes Fenster ein Loch, jede Passage, jeder

Durchgang, jede Einfahrt schien in einen Tunnel oder einen steil abstürzenden Schacht zu führen.

Was da in den Nachthimmel wuchs, war einst Behausung für viele. Die rasant gewachsene Bevölkerung musste untergebracht werden. Irgendwo. Irgendwie. Es war die Zeit eines planetarischen Rette-sich-wer-kann. Massen von Menschen strömten diesem Teil der Erde zu wie einem gelobten Land, das ihnen ein Über- und Weiterleben versprach. Die weltweite Unfruchtbarkeit hat der Massenflucht schließlich ein biologisches Ende gesetzt. Als sie begann, war die Lunte bereits gelegt. Sie glomm unbemerkt, schwach und ohne Flamme, während Omega versuchte, den Massenansturm abzuwehren. Mit welchen Mitteln, ist unbekannt. Es war das Jahrzehnt der unbewiesenen, nirgends dokumentierten, weder in Bildern noch in Tondokumenten festgehaltenen Ereignisse. Alles gelöscht? Alles manipuliert? Alles nur ein Gerücht, dass Omega OMEGA einsetzte, um alle als fremd identifizierten Personen schmerzlos und rückstandsfrei wie Hundertjährige aus der Wirklichkeit zu entfernen? Das Gerücht selbst bloß ein Gerücht?

Heute leben wir auf einem reinweißen Kontinent. Die weltweite Unfruchtbarkeit hat auch die Milliarden in den bunten Teilen der Welt inzwischen stark dezimiert, beschleunigt durch Hunger, Wassermangel, Sonnenbrand, Ozonvergiftung, Luftverschmutzung. Derartige Schrecken hat Omega von unserem reinweißen Kontinent bislang ferngehalten und in seiner großen Weisheit sogar davon abgesehen, uns die Qual der Unsterblichkeit aufzuerlegen. Dank OMEGA.

Ich muss dann doch in einen leichten Dämmerschlaf gefallen sein. Als ich wieder an die Oberfläche kam, passierten wir gerade die Haftanstalt. Sie liegt am Stadtrand, Insassen gibt es nicht mehr. Ihre Festungsmauern stoßen im Osten an das düstere Hochhausviertel, im Westen an hügeliges Gelände, das mit

Dornbüschen bewachsen ist. Deren dolchartige Stacheln hätten den Körper eines Ausbrechers nach wenigen Metern in rohes Fleisch verwandelt.

Inzwischen ist es stockdunkel geworden. Der Himmel rabenschwarz und leer in dieser mondlosen Nacht. Vom Nachbargrundstück dringt jetzt kein Laut mehr zu mir herüber. Die Widderköpfigen scheinen fort zu sein. Wie Spukgestalten erscheinen und verschwinden sie, sind plötzlich da, und sind es im nächsten Augenblick nicht mehr. Mir wäre es lieber, wenn sie nur Hirngespinste wären. Sie aber sind real, bedauernswerte Kreaturen, nicht Mensch, nicht Tier. Anders als unglücklich kann ich sie mir nicht vorstellen. Sie verbergen sich in unseren Städten, versorgen sich aus dem Überfluss der Vergangenheit, der uns allen offensteht. Sie belästigen, stören und bedrohen uns nicht. Doch die flüchtigen Begegnungen mit ihnen verstören uns. Diese Wesen weichen uns aus wie scheue Tiere.

Plötzlich springt Licht in der verlassenen Villa an. Ich erschrecke. Seit Jahren lebe ich hier ohne Nachbarn. Vielleicht haben die Widderköpfigen sich für die Nacht ins Innere des Hauses zurückgezogen, möglich auch, dass Fremde Gefallen an dem respektablen Haus gefunden haben und unbemerkt eingezogen sind, was ich für ziemlich unwahrscheinlich halte.

Ich kann mich nicht durchringen, das Licht in dem unbewohnten Haus einfach zu ignorieren. Es beunruhigt mich. Was geht dort vor? Es nicht zu wissen, würde meine Fantasie ins hässliche Kraut schießen lassen. Also hinübergehen und nachsehen. Vorher Schuhe anziehen, am besten meine alten Wanderschuhe mit der dicken Sohle. Der Erdboden ist ja aufgeheizt wie eine Herdplatte. In den offenen Sandalen, die ich anhabe, würde ich mir vermutlich Brandblasen holen. Im Alter wird man empfindlich.

Mit groben Wanderschuhen an den Füßen, am Leib ein dünnes

Fähnchen, so schleiche ich mich durch die hintere Gartenpforte zum Nachbarhaus. Das Licht kommt aus dem großen Salon. Es beleuchtet die Terrasse, die oberen Stufen der Freitreppe und ein Stück weit auch das, was einmal ein Garten war. Seine früheren Besitzer hatten ihn mit sonnengewöhnten Pflanzen ausgestattet: Zypressen, Zitronenbäumen, Lorbeerbüschen, Agaven. An rosa Oleander erinnere ich mich, an purpurviolette Bougainvillea und an die jungfräulich zarten Blüten eines kakteenartigen Gewächses von stattlicher Größe und bizarrer Form. Alles verbrannt, mumifiziert, ausgetrocknet bis ins Mark, braun, hart und ledrig.

Ich lausche in alle Richtungen. Weder Schritte noch Stimmen sind zu hören, auch keine Musik oder andere Geräusche, die aus dem Innern des Hauses kommen. Das Einzige, was ich wahrnehme, ist das beständige Strömen der warmen Nachtluft und ab und zu ein Knacken in der Dunkelheit.

Die Freitreppe hat etliche Stufen, mehr als früher, so kommt es mir vor. Atme, atme, du musst atmen, sage ich mir. Stufe um Stufe quäle ich mich hinauf. Oben angekommen, habe ich freien Blick in den Salon. Er ist leer. Kein Mensch, kein widderköpfiges Wesen, das Mobiliar verschwunden wie die Nachbarn. Nur der hinaus in die Nacht strahlende Kristallleuchter hängt noch an alter Stelle. Die Terrassentür ist weit geöffnet.

Ich fühle mich eingeladen, gehe näher, trete ein und schaue mich um.

»Hallo!«

Niemand antwortet. Doch einen Wimpernschlag später sind sie da und haben mich umringt. Acht oder neun Widderköpfige bestaunen mich. Haben sie noch nie eine so alte Frau gesehen? Immer dichter rücken sie an mich heran. Mir ist unwohl. Sie schnuppern an mir, stupsen ihre weichen Nasen in mein schütteres Haar, vermutlich aus Mitleid, weil man wohl krank aussieht, wenn einem auf dem Kopf keine dichte, krause Wolle wächst.

Und nun fangen sie auch noch an, meine verschwitzten Arme abzuschlecken. Eine schlabbernde Zunge in meinem Nacken versetzt mich für eine Schrecksekunde in Ekelstarre, bevor ich in der Lage bin, die Widderköpfige wegzustoßen, dann auch die anderen, die mir den Schweiß von Armen und Beinen lecken oder an meinen Fingern nuckeln wie Milchlämmer. Ich verkrieche mich in mir selbst wie ein frierender Mensch. Mir ist kalt vor lauter Ekel. Mit gekreuzten Armen vor der Brust stehe ich in der Mitte dieser merkwürdigen Truppe, die mich mit ihrer Vorliebe für Kostüme aller Art an das Ensemble eines altmodischen Wandertheaters erinnert. Sie haben den Körperbau junger Mädchen, müssten aber mindestens fünfundsiebzig Jahre alt sein, denn die Experimente, menschliche Embryonen von Leihmutterschafen austragen zu lassen, wurden um das Jahr 2075 eingestellt, wenn ich mich richtig erinnere.

Inzwischen haben sie sich vor mir auf dem ramponierten Parkettboden niedergelassen. Die schwarzen Balkenpupillen ihrer gelben Augen sind auf mich gerichtet. Erwartungsvoll? Feindselig? Diesen Blick kann ich nicht deuten, weder Interesse noch Drohung vermag ich zu erkennen. Manche reiben die Köpfe aneinander, bewegen lautlos die Lippen, als kommunizierten sie auf eine mir verschlossene Art und Weise. Ich ringe mir ein Lächeln ab. Ein Lächeln wirkt versöhnlich, zumindest, wenn man es mit Menschen zu tun hat. Und sie sind ja etwas Ähnliches.

»Ich bin Alma«, sage ich.

Alle brechen in blökendes Gelächter aus.

»Was ist so lustig daran?«, frage ich in die Runde.

Eines der widderköpfigen Mädchen erhebt sich. Das braune Samtkleid gleicht dem Kleid jenes Mädchens, das seinen Kopf in den Schoß Vadims gebettet hatte, nachdem er beim *Russischen Roulette* die tödliche Kugel gewonnen hatte. Das Kleid hat den gleichen weißen Spitzenkragen und an den Ärmeln die gleichen, bis zu den Fingerknöcheln reichenden Rüschen aus weißer Spitze. Gut möglich, dass es dasselbe Mädchen ist. Leider sehen die Widderköpfigen einander so ähnlich, dass ich sie kaum auseinanderhalten kann. Beherzt greift sie nach meiner Hand und zieht mich aus dem Salon. Auf der Terrasse lässt sie mich wieder los, und als ich mich umwende, um einen kurzen Blick zurück in den erleuchteten Salon zu werfen, ist sie verschwunden.

Im Salon wird wild gestikuliert. Für mich sieht es nach einem Streit aus, zumindest nach einer heftig und kontrovers geführten Diskussion. Immer wieder deutet man zur Tür. Womöglich kommen sie gleich herausgestürmt. Wer weiß, was sie vorhaben. Ich muss weg hier. Und weil es schnell gehen muss und ich langsam bin, nehme ich den direkten Weg zum Haupteingang. Das Tor öffnet und schließt automatisch.

Auf der gegenüberliegenden Straßenseite wartet eine gehörnte Gestalt. Sie lehnt am eisernen Gitterzaun des baufälligen Anwesens. Dass es die Widderköpfige aus dem Salon ist, verrät das Schattenbild ihres Kleides. Die Dunkelheit hat ihm zwar das samtige Braun genommen, dem Auge aber eine Ahnung von Weiß am Hals und an den Handgelenken gelassen.

In dem Moment, da ich die Straße überquere, geht sie weiter. Ich zögere, ihr zu folgen. Ein unbestimmtes Gefühl meint, dass es klüger wäre, wenn ich sofort nach Hause ginge; doch das hieße, ich müsste umkehren. Meine Neugierde, die sowohl gegen kluge Ratschläge als auch unbestimmte Gefühle ist, meint, ich sollte ihr nachgehen.

Sie hat es nicht eilig, auch scheint sie kein Ziel zu haben. Wie eine Schlaflose, die von innerer Unruhe zu nächtlichen Spaziergängen getrieben wird, streift sie durch die einsamen Straßen unseres Viertels. Ihr Gang ist unstet, mal geht sie rasch, mal traumwandlerisch versonnen, dann wieder beschleunigt sie ihre Schritte oder bleibt vor einer der einst prachtvollen Villen stehen, die hier in vergangenen Zeiten erbaut wurden. Betrachtet oder bedauert sie den fortschreitenden Verfall? Obwohl ich auf gehörigen Abstand geachtet habe, wird sie bemerkt haben, wer ihr nachgeht. Ich habe sogar den Eindruck, dass es ihr Freude macht und sie es darauf anlegt, mich in die Irre zu führen. Wäre ich fremd hier, würde es ihr gelingen. So aber fürchte ich, dass wir auf verschlungenen Wegen zu meinem Elternhaus gelangen. Zwar habe ich mir vorgenommen, vor meinem Hundertsten ein letztes Mal dieses Haus aufzusuchen, habe jedoch noch nicht den Mut gefunden, es wirklich zu tun. Undeutlich ahne ich, dass genau das passieren wird. Wir werden an meinem Elternhaus ankommen, das auch Ludwigs Elternhaus und die Stätte unseres Vatermordes ist, und es wird wie ein Zufall aussehen. Ein düsteres Feuer liegt im Gang der Widderköpfigen. Ich könnte meine Verfolgung hier und jetzt abbrechen, mein Vorhaben aufschieben oder sogar aufgeben, aber natürlich kann ich mich auch ins Geschehen fügen und die Entscheidung dem Zufall überlassen, der die Gestalt einer Widderköpfigen angenommen hat.

Sie geht und geht. Wie lange wohl noch? Die bekannten Straßen erscheinen mir so viel länger als früher. Ich bin sie lange nicht gegangen. Meine Kraft wird bald erschöpft sein und meine Müdigkeit so groß werden, dass sie mir den Willen und die Neugier nimmt, dieser Widderköpfigen zu folgen. Ich bleibe stehen, ich kann nicht mehr, sie aber setzt ihren Weg fort. Ich blicke ihr nach, und einmal mehr wundert es mich, warum mir diese Wesen wie Mädchen vorkommen, nie wie Frauen, obwohl sie um die fünfundsiebzig Jahre alt sein müssen. Es ist sehr still auf der Straße. Ich habe gehofft, sie möge sich umdrehen, als sie meine Schritte nicht mehr hörte. Vielleicht, denke ich jetzt, vielleicht hat sie sich ja doch verfolgt gefühlt und ist nun froh, mich endlich abgehängt zu haben.

Wie weit bin ich überhaupt gekommen? Ich sehe mich um.

Ein unheimliches Gefühl springt mich an. Es ist mein Elternhaus, vor dem mich meine Kräfte verlassen haben. Ich stehe am Eingangstor.

»Atme, atme, du musst atmen, Alma«, befehle ich mir und atme mehrmals tief ein und aus, um das Trugbild zu verscheuchen. Es behauptet weiterhin seine Realität. »Alma, du musst ruhiger atmen, ruhig und tief atmen musst du.« Der luzide Traum, in dem ich mich offenbar verfangen habe, gibt mich endlich frei, indem er mich begreifen lässt, dass ich mich bereits im Hier und Jetzt befinde. In einem der oberen Schlafzimmer ist plötzlich das Licht angegangen und Laura hinaus auf den Balkon getreten. Etwas muss ihre Nachtruhe gestört haben. Sie lauscht und späht in alle Richtungen. Ich weiche zurück in den Mauerschatten zwischen Toreinfahrt und Personeneingang. Es dauert einige Minuten, bis die Balkontür geschlossen wird. Als es in Lauras Schlafzimmer wieder dunkel geworden ist, gebe ich den Zugangscode ein, der sich nicht geändert haben dürfte. Hätte ich ihn nicht mehr im Kopf gehabt, hätte ich ihn von der Giebelwand ablesen können. Er ist identisch mit dem Baujahr des Hauses. Über der Haustür ist er in Stein gemeißelt: MDCCCXCVIII. Das Eingangstor sperrt auf.

Wie die meisten Häuser in diesem Viertel war auch dieses Haus einst von einem weitläufigen, parkähnlichen Garten umgeben. Und es gab in diesem Garten ein Wasserbecken aus Sandstein, das wir das Nymphenbad nannten. Die namensgebende Nymphe habe ich nie gesehen, denn sie hatte sich noch zu Großmutters Lebenszeit auf und davon gemacht und nur den Sockel am Beckenrand dagelassen.

Das Becken war nicht sehr groß und nicht sehr tief, doch es reichte für ein paar Schwimmzüge und, so jemand wollte, zum Ertrinken. Solange Ludwig und ich Kinder waren, durften nur Vaters rot-weiße Karpfen darin schwimmen. Dreizehn war ich, als ich in dieses Haus zurückkehrte. Das Nymphenbad war in einem elenden Zustand. Sieben Jahre war das Becken nicht mehr befüllt worden, der Sandstein war geborsten, der Boden undicht und die Randsteine wackelten, wenn man sich draufstellte. Es brauchte nicht viel, unseren Vater von einer Restaurierung zu überzeugen, dagegen war es mühsam, ihm die Neubesetzung mit rot-weißen Karpfen auszureden. Ludwig und ich wollten baden, der Sommer war heiß und dehnte sich in jenem Jahr wie ein Endlos-Sommer bis weit in den Herbst.

Das erste Bad machte uns übermütig. Wir gebärdeten uns wie Kinder, kreischend und mit Anlauf sprangen wir hinein ins Wasser, warfen uns danach lachend in die Liegestühle und ließen uns vom Wind trocknen. Kühl wie Menthol strich er über meine Haut, zumindest in meiner Erinnerung. Wie verlockend das Wasser glitzerte, wie klar der Himmel war und wie tief der Schatten unter der alten Platane.

In den folgenden Nächten ging ich oft hinunter in den Garten, um der Schwüle meines Zimmers zu entkommen. Ich glitt in das kühlende Element, hielt die Luft an und ließ mich sinken, bis auf den Grund, und versuchte, dort unten zu bleiben, bis Atemnot mich zum Luftholen zwingen würde, doch das Wasser drückte mich stets wieder an die Oberfläche. Wie ein stilles Blatt lag ich dann auf dem Wasser, hielt die Augen geschlossen, ließ die nach Jasmin und Rosen duftende Nachtluft in meine Lungen und lauschte meinen Atemzügen, die sich im Glucksen und Schwappen des Wassers merkwürdig fremd anhörten.

Bei einem dieser nächtlichen Ausflüge stand Ludwig plötzlich am Becken, in Jeans und freiem Oberkörper, die Hände in den Taschen. Vermutlich hatte er schon eine Weile dort gestanden und mich beobachtet. Ich selbst nahm ihn nur als einen Umriss wahr, der sich dunkel gegen den weniger dunklen Himmel abhob. Es dämmerte bereits. Ludwig zog sich aus. Zum ersten Mal sah ich ihn nackt. Natürlich interessierte mich, ob sein Glied steif war und ob es genauso aussah wie jenes fleischfarbene Objekt, das uns im Sexualkundeunterricht zum Grinsen und Kichern gebracht hatte. Leider ließ sich im morgendlichen Zwielicht nicht viel erkennen. Als er sich vom Beckenrand ins Wasser rutschen ließ, sah ich zu, dass ich Grund unter meine Füße bekam. Mit zwei, drei Schwimmzügen war er bei mir, ich mit zwei, drei Schwimmzügen auf der anderen Seite. Er auch. Ein Spiel. Wir lachten, spritzen mit Wasser. Er versuchte, mich zu fangen. Ich tauchte weg, unter ihm durch und einmal längs durchs Becken bis zur Treppe. Fast hätte er mich eingeholt. Mit wildem Atem sprang ich aus dem Wasser, blieb auf den Stufen stehen, strich mir mit endlos langen Bewegungen das nasse Haar aus dem Gesicht. Ich wollte ihm Zeit geben, er sollte mich ansehen und meinen im ersten Licht glitzernden Körper schön finden. Eine Schrecksekunde später befand ich mich erneut im Wasser, unter Wasser, dann über Wasser, prustend und keuchend und nach Luft schnappend. Ludwig trieb mich vor sich her, drängte mich in eine Ecke und baute mir ein Gefängnis aus Armen und Knien. So konnte ich nicht entkommen, das war schön, so schön, sein Körper so nah, so schön, so schön sein Gesicht, und so nah, es fühlte sich unglaublich an. Ich griff um seinen Nacken, schlang meine Beine um seine Hüften und küsste ihn. Nie zuvor hatte ich jemanden so geküsst, und er sicher auch nicht. Wir küssten uns, als ginge es um unser Leben, während meine Hand das Objekt der Begierde auf den rechten Weg brachte. So erfuhr ich, was ich wissen wollte.

Kein Schmerz, kein Blut. Ich hatte mich selbst defloriert. Die meisten Mädchen taten es: eine Dose Creme, ein Spiegel, ein Päckchen Papiertaschentücher und ein Dildo, Vibratoren galten als mechanisches Spielzeug und waren verpönt. Die Jungen wussten von unserer Praxis. Keine Fragen, keine Verwunderung, keine eifersüchtigen Vermutungen nach dem ersten Mal.

Das Wasserbecken war auf der Westseite des Grundstücks angelegt worden. Man konnte es vom Wintergarten aus betrachten. Und von den darüberliegenden Zimmern konnte man problemlos hineinsehen. Eins davon war das Schlafzimmer unseres Vaters.

Beim gemeinsamen Frühstück am anderen Morgen war er ungewohnt schweigsam, wirkte abwesend, und wenn man ihn etwas fragte, reagierte er unwirsch. War er verstimmt? Schlechte Laune kannten wir nicht von ihm. Etwas beschäftigte ihn, das merkte man. Was es war, lag für mich nahe. Er hatte uns beobachtet. Aber was hatte er gesehen? Zwei ausgelassene Jugendliche im Wasser? Ein Liebesspiel? Was konnte er überhaupt gesehen haben? Es war noch nicht hell, fast dunkel war es gewesen, nein, in der ersten Morgendämmerung ließ sich kaum etwas erkennen.

Nicht nur unser Vater, auch wir verhielten uns anders als sonst. Wir redeten mit gedämpfter Stimme, auch weicher im Ton, wir kontrollierten unsere Bewegungen, vermieden Berührungen, sahen einander nicht an. Es war ein Sonntag und der einzige Tag in der Woche mit genügend Zeit für ein familiäres Frühstück und Gespräche, gute und weniger gute. Ich war darauf gefasst, dass unser Vater das Thema auf die Wasserspielereien der letzten Nacht bringen würde und uns unangenehme Fragen erwarteten. Also bereitete ich mich mit Gegenfragen vor: Was ist so verwerflich an dem, was du beobachtet hast oder meinst, gesehen zu haben? Warum dürfen wir einander nicht begehren, nur weil wir Geschwister sind? Wo steht das? Wer sagt das? Wer hat sich den Quatsch ausgedacht? Steht es in den Zehn Geboten? Was wäre so schlimm daran, wenn wir ..., kannst du uns das erklären?

Der Gedanke, dass uns ein Blick ins Deutsche Strafgesetzbuch weitergebracht hätte, lag mir mit meinen damals vierzehn Jahren vollkommen fern. Heute weiß ich, dass Ludwig und mir in strafrechtlicher Hinsicht nichts hätte passieren können. Wir waren noch nicht achtzehn und durften, so oft und so lange, wie wir

Lust hatten. Selbst wenn wir es gewusst hätten, hätte es uns nicht von dem Gefühl befreit, eine Grenze überschritten zu haben. Dieses Gefühl verließ uns niemals, auch später nicht, als Omegas Gesetze allen alle erdenklichen Freiheiten gaben. Es blieb unser Geheimnis, wir vertrauten es niemandem an und versprachen einander, es lebenslang und über den Tod hinaus zu hüten.

Ich erinnere mich, dass ich, versunken in Fragen, Gedanken, schlechtem Gewissen, mir Honig und Joghurt bis zur Unappetitlichkeit ins Müsli rührte und die erwarteten Fragen unseres Vaters ausblieben. Einsilbigkeit statt ausufernder Diskussion. Ohne ein Wort stand er schließlich auf und vergrub sich für den Rest des Sonntags in seinem Büro. Wir zogen uns zurück, Ludwig in sein Zimmer, ich in meins.

Wir wollten allein sein, jeder mit sich. Irgendwann ging ich zu Ludwig ins Zimmer. Er lag in der Haltung eines Gekreuzigten auf dem Bett und hörte mit geschlossenen Augen leise Musik, ein Klavierstück, träumerisch wie ein Nocturne. Ich legte mich zu ihm, bettete meinen Kopf auf seiner Brust, seine Arme schlossen sich um mich. Lange und ohne jedes Begehren küssten wir uns. Es war, als versicherten wir uns der Gegenwart des anderen: Ja, ich bin bei dir, auch dann, wenn du alleine bist. Einsame Kinder waren wir.

Von nun an suchten unsere Körper einander, sobald sich die Gelegenheit ergab. Schön und geschmeidig waren sie, unsere jungen, im Jungsein makellosen Körper, neugierig und unerschrocken nutzten wir sie. Der Gedanke, dass strafbar sein könnte, was für uns Spiel und Zeitvertreib war, der Gedanke kam uns gar nicht. Etwas anderes, etwas wie ein archaischer Instinkt ließ uns fühlen, dass wir in verbotenes Land vorgedrungen waren. Und als wir den Namen für unser Tun und Lassen, für unser Es-nicht-lassen-können kannten, fügte dieses Wort unserem Schuldgefühl den Rausch des Tabubruchs hinzu. Ein Tabu zu brechen war lustvoll und gefährlich. Wir nahmen es hin wie ein Privileg.

Für unseren Vater war es natürlich ein Verbrechen. Und ich die Schuldige. Seine Ahnungen trieben ihn so manche Nacht ruhelos durchs Haus. Das Knarren der Holzdielen vor unseren Zimmern verriet, dass er vor der Tür stand und lauschte. Obwohl die Schlüssel seit einiger Zeit verschwunden waren, wagte er nur ein einziges Mal, die Klinke zu drücken und ins Zimmer zu treten. Es war in einer jener rostblutigen Schreckensnächte, als ich mich zu Ludwig ins Bett geflüchtet hatte.

Und in seiner Todesnacht suchte er mich in meinem Zimmer auf. Ich schlief allein und träumte, vom Geräusch der sich öffnenden Tür wach geworden zu sein, ich träumte, dass ich mich schlafend stellte, träumte, dass er näherkam. Der alte Holzfußboden bebte leise, fast unmerklich, unter jedem seiner zögerlichen Schritte. Vor meinem Bett hielt er inne. Offenbar betrachtete er mich. Vom Flur fiel ein müder Lichtschein ins Zimmer. Plötzlich spürte ich eine schnelle Bewegung zu meinem Kopf hin. Etwas Schweres, Kaltes stieß in mein Haar und suchte meine Schläfe. Jetzt riss ich die Augen auf. Ein irres Licht schoss durch die offene Tür und traf den ausgestreckten Arm unseres Vaters. Unsichtbar war seine Hand, war die Faust, war der Finger am Abzug seiner Militärpistole. Die Waffe zitterte an meiner Schläfe und übertrug das Zittern des ganzen Mannes auf mich. Mein Herz randalierte. Der Albtraum endete im Morgengrauen, als Ludwig und ich unseren toten Vater aus dem Wasserbecken hievten.

Jetzt stehe ich auf der Westseite des Hauses. Rechter Hand der Wintergarten, der die gesamte Hausbreite einnimmt und den Eindruck einer kleinen Orangerie vermittelt. Das Weiß der Sprossenfenster ist abgeschilfert, abgeschält, abgeschmirgelt von der Zeit, soviel erkenne ich selbst im Halbdunkel des beginnenden Tages. Linkerhand, dem Wintergarten gegenüber, liegt das Nymphenbad. Von hier müsste ich es eigentlich sehen können, doch ich sehe es nicht, mein Blick begegnet nur der Platane, ein inzwischen abgestorbener Baum, der unerschütterlich an seinem angestammten Platz ausharrt. Ich ringe mir zwanzig Schritte ab. Aus der Nähe will ich mich davon überzeugen, dass es kein Nymphenbad mehr gibt.

Ja, es ist verschwunden, offenbar hat man es zugeschüttet und dem Erdboden gleichgemacht. Kein Stein, keine Unebenheit, nicht die geringste Spur weist auf ein früheres Wasserbecken hin. Ich wende mich ab, denn ich würde es nicht ertragen, das Bild, das im Begriff ist, aus dem Boden zu steigen und nach mir zu greifen.

So müde ich auch bin, ich muss noch einen letzten Blick in den Wintergarten werfen. Als ich dieses Haus verließ, siebzig Jahre ist es her, da rankte, wucherte und blühte es exotisch bis unter das gewölbte Glasdach. Ein tropischer Garten. Ohne Klimaanlage hätte man es dort in der heißen Jahreszeit nicht ausgehalten. In den sogenannten Wintermonaten war es mein liebster Ort. Im warmen Licht, in der Hand »Die Blumen des Bösen«, las ich von Luxus, Stille und Wollust: »Meine Schwester, denk doch, wie köstlich es wäre, aufzubrechen in die Ferne und dort gemeinsam zu leben, ungestört uns zu lieben, zu lieben und zu sterben …«

Alles verschwindet. Alles ist verschwunden. Ich habe das Gesicht nah an der Scheibe und lasse den Blick durch den Wintergarten wandern. Er ist freigeräumt worden. Das erste Tageslicht macht alles grau. Die Pflanzkübel, all die großen, schweren Terrakotten, die man auf einen rollenden Untersatz heben musste, um sie an einen anderen Platz zu bringen, stehen leer und in einer Reihe an der Wand. In einer Ecke ein Sammelsurium von Flaschen und Kanistern. Ihr Inhalt dürfte eingetrocknet oder unbrauchbar geworden sein. Seit ausrottungsfähige Schädlinge fehlten, war alles Gift nutzlos geworden, nutzlos auch der ganze Flüssigdünger, seit Pflanzen nur noch in Vegetationswelten überlebten.

Ich gehe an den raumhohen Sprossenfenstern entlang bis zur Tür. Vielleicht, denke ich, vielleicht lässt sich aus einem anderen Blickwinkel ja etwas entdecken, an dem eine vergessene Erinnerung hängt. Und an dieser Erinnerung vielleicht ein vergessenes Gefühl. Im Alter ist das ja so eine Sache mit den Gefühlen. Sie altern wie Muskeln, verlieren mehr und mehr an Spannkraft und Substanz.

Ach, die großen Gefühle! Ich weiß, dass ich in jungen Jahren einen Mann leidenschaftlich begehren konnte, ebenso weiß ich, dass ich es heute nicht mehr könnte. Mich auf den ersten Blick in jemanden verlieben, ihm Herz über Kopf verfallen, nur weil er schön ist, Charme hat und Esprit besitzt, das ist für mich unvorstellbar geworden, ganz abgesehen davon, dass es nur noch alte, wenig geistreiche Männer gibt. Also zehre ich von meinen Erinnerungen. Und zehre sie auf.

An der Wintergartentür will ich es wissen. Ich zeige dem elektronischen Türsteher meinen Mittelfinger. Wider Erwarten entriegelt er mit einem Klick das Schloss. Warum mein Fingerprint nicht gelöscht wurde, soll mir egal sein. Es wird Schlamperei gewesen sein, an noblere Gründe, die mir, der Tochter des Hauses, bis heute den Zugang erlauben, mag ich nicht glauben.

Es riecht nach Eukalyptus und Sägespänen. Reinigungsroboter müssen am Werk gewesen sein. Nicht nur im Wintergarten, im ganzen Haus haben sie aseptische Sauberkeit hinterlassen. Tadellos blank der Fußboden, die Fenster blitzen, und das in einer Zeit, da sich ein gelber undefinierbarer Belag auf allen Dingen absetzt.

Da stehe ich nun in der Diele, betrachte das Bodenmosaik mit dem Wort »Salve!«, das den Eingetretenen grüßt und sicher nicht einen ungebetenen Gast wie mich meint. Ich fühle mich unwohl, ganz ähnlich wie damals mit dreizehn, als ich hier ohne Ankündigung auftauchte. Ich brauchte Hilfe. Man hatte meine verschwundene Mutter, die ja auch Ludwigs Mutter war, im

Hotel einer anderen Stadt tot aufgefunden. Ich hatte sie identifizieren müssen, ein Höllensturz, ich wusste nicht weiter und war zu meinem Vater gefahren.

Marija, die neue Haushälterin, hatte mir geöffnet und mich hereingebeten. Über das Haustelefon hatte sie meinem Vater mitgeteilt, dass da ein junges Mädchen sei, das ihn sprechen wolle. Und dass es dringend sei, hatte sie gesagt, und auch, dass das Mädchen seinen Namen nicht nennen wollte. Es werde einen Moment dauern, hatte er, der Herr Professor, der Staatsrechtler, ausrichten lassen, er wolle nur den angefangenen Satz noch zu Ende bringen.

Marija bot mir an, im Salon Platz zu nehmen. Nein, das wollte ich nicht, ich wollte in der Diele warten, wo ich die Tür seines Arbeitszimmers im Auge behalten konnte. Ich postierte mich auf dem Wort Salve mit Ausrufezeichen und hoffte, dass sein angefangener Satz nicht in einen Absatz oder gar in eine komplette Seite ausuferte. Unsagbar elend fühlte ich mich. Und verfolgt vom Anblick der Toten.

Das Arbeitszimmer lag im Obergeschoss, sein Schlafzimmer gleich nebenan. Im Obergeschoss hatten auch wir, Ludwig und ich, unsere Zimmer. Eine breite Mitteltreppe führt auf die umlaufende Galerie, die Empore, von der man in die einzelnen Zimmer kommt. Es sind sehr schöne, sehr großzügige Räume. Mein Zimmer war zur Morgensonne ausgerichtet. Ich liebte es sehr und vermisste es schmerzlich nach der Trennung unserer Eltern. Meine Mutter war mit mir in eine Mietwohnung gezogen, und ich musste mich mit einem schnöden Kinderzimmer zufriedengeben. Am Tag meiner Rückkehr in dieses Haus war es deshalb keine Frage, dass ich in mein ehemaliges Zimmer ziehen würde. Es war ein glücklicher, ein zum Weinen glücklicher Moment. Schade, dass Ludwig nicht da war, er befand sich auf Klassenfahrt, eine Alpen-Exkursion, an die sich ein Grundkurs im Bergsteigen anschließen sollte.

Natürlich reizt es mich, mein früheres Zimmer noch einmal zu sehen. Wie Laura es inzwischen nutzt, weiß ich nicht. Schlafen wird sie dort nicht. Der Balkon, auf dem ich sie vorhin gesehen habe, gehört zu einem anderen Zimmer, und zwar dem größten. Das Trio Ludwig, Laura und Tilla, dieses Ehe-Trio infernal, hatte es zum gemeinsamen Schlafzimmer gemacht.

Leichtfüßiger als jetzt bin ich in letzter Zeit keine Treppe hinaufgekommen, sogar die Stufen scheine ich nicht zu berühren, zumindest knarren sie nicht. Doch auf halber Treppe zwingt mich etwas stehenzubleiben, haltzumachen, keinen Schritt mehr zu tun. Es ist ein stummer Befehl, ein Bann, der über mich kommt, mich festsetzt und mir gebietet: Rühr dich nicht von der Stelle! Erschrocken hebe ich den Kopf, den Blick, der sich auf die Stufen konzentriert hat. Über mir, am Geländer der Empore stehend: Laura. Wie eine dämonische Himmelserscheinung, ein erzürnter Erzengel, nein, wie ein Racheengel, der den Dolch im Nachtgewande verbirgt, sieht sie auf mich herab. Das aschgraue, natursträhnige Haar hängt ihr wie stumpfes Lametta bis auf die Schultern. An ihren mageren Ohren blitzt und glitzert es.

Der Anblick jagt mir Kälte durch alle Adern, nicht im Sinne eines inneren Erschauerns, nein, die Kälte, die ich spüre, ist real, ist eisig, ist das Gefühl, nackt in einem Behälter mit flüssigem Stickstoff versenkt zu werden. Jetzt. Mein schlagendes Herz dröhnt mir wie Paukenschläge in den Ohren. Alles wird weiß. Eine ungeheure Schwere durchdringt meine Knochen. Was ist das?

Eine undefinierte Zeiteinheit später frage ich mich: Was war das? Leicht und locker nehme ich die letzten Stufen hoch zur Empore. Laura ist verschwunden. Die Tür zu ihrem Schlafzimmer steht einen Spalt weit offen. Wenigstens einen Guten Morgen will ich ihr wünschen und, falls sie freundlich reagiert, ihr sogar den Grund für meinen so ungewöhnlichen wie unerwarteten nächtlichen Besuch verraten.

Ich klopfe, wie man so klopft, höre aber kein »Herein«, also klopfe ich erneut und lausche, wie man so lauscht an fremden Türen. Da wieder kein Ton zu vernehmen ist, trete ich ein. Keine Spur von Laura, nicht einmal der Hauch eines Hauchs vom Nachtgeruch einer alten Frau, die sich vor dem Zubettgehen mit orientalischen Düften einsprüht. Für die schönen Träume, wie sie sagt. Ich rieche nichts. Das große Ehebett ist frisch bezogen, alles weggeräumt, kein Kleidungsstück, kein Pantoffel, nicht der winzigste Slip liegt herum.

Ich verlasse das Zimmer und rufe von der Empore ins Haus: »Laura, wo steckst du?«

Keine Antwort, kein Geräusch, in der Stille nur dieser penetrante Geruch von Sägespänen und Eukalyptus.

»Ich bin es, Alma!«

Nichts rührt sich. Versteckt sie sich?

»Laura, wenn du dich wegen deines Nachthemds schämst, dann zieh dich doch um. Ich habe Zeit.«

Ihr kindisches Verhalten ärgert mich. Welchen Reim soll man sich darauf machen? Am besten keinen. Niemand, der nach Jahren in sein Elternhaus kommt, ist vor den Gespenstern der Vergangenheit sicher. Deshalb hüte ich mich, von Zimmer zu Zimmer zu gehen. Nur in meins will ich nachher noch einmal schauen. Mit oder ohne Laura. Ich lehne mich in der Hoffnung, dass sie demnächst erscheinen wird, an das Geländer. Von der Empore aus kann ich die Diele und einen Teil des Erdgeschosses bequem überblicken.

Salve! – Seid gegrüßt, ihr Gespenster!

Sie haben nicht lange auf sich warten lassen. Eine Autotür war ins Schloss gefallen.

So fiel nur eine Autotür ins Schloss, nur die Autotür des dunkelgrünen Jaguars, der zum Nachlass unseres Vaters gehört hatte. Danach fuhr Ludwig dessen penibel gepflegtes, chromblitzendes

Ein-und-alles mit den beigefarbenen Ledersitzen. Das Geräusch hatte mich aus dem Bett geholt. Geschlafen hatte ich nicht, weil ich voller Unruhe war, wenn mein schöner Bruder ohne mich in den Bars und Clubs der Stadt wilderte. Seine Wirkung auf Frauen kannte ich, und er kannte sie auch. Ich war eifersüchtig wie eine Natter, ich ringelte mich aus dem Bett und schlich auf die Empore, um mich auf die Lauer zu legen, gespannt auf die Nachteule, die er dieses Mal mitbringen würde. Als die Haustür aufging und das Licht in der Diele ansprang, hielt ich Abstand zum Geländer, einen halben Schritt vielleicht. So konnte ich sehen, ohne gesehen zu werden.

Ludwig ließ einer blonden Mähne den Vortritt. Barfuß, die hochhackigen Sandaletten schlenkernd in der Hand, tappte sie herein, blieb staunend stehen, sah sich um, machte ein paar Schritte hierhin, ein paar Schritte dorthin und stellte blödsinnige Fragen:

Ist das ein Dielenschrank?

Ja.

Sind die Wandlampen von früher?

Ja.

Und der Opa auf dem Ölschinken, ist das dein Opa?

Ja.

Ludwig war nicht in der Laune, dämliche Fragen zu beantworten. Er hatte anderes im Sinn. Die Mähne schaute hoch zur Empore. Jetzt sah ich ihr Gesicht. Das Mädchen war hübsch. Ludwigs nächtliche Gespielinnen waren es immer, nicht immer volljährig, oft älter als er, immer aber hübsch, gutaussehend, schön. Eines Nachts waren es zwei, mit denen er nach Hause kam. Die eine hieß Laura, die andere Tilla.

Als ihm die Fragen der Kleinen zu dumm wurden, drückte er den Lichtschalter. Es wurde dunkel. »Ui«, hauchte das Mädchen und kicherte süß. Ich hörte das Geräusch, das ein Kuss macht, ich hörte das Geräusch, das viele Küsse machen, ich hörte Seufzen und Atmen, Flüstern und unterdrücktes Lachen. Ich hörte gut. Die Natter hörte besser. Sie schluckte meine Tränen und schickte mich mit meiner Eifersucht zurück in mein taubenblaues Zimmer. Ich ringelte mich ins Bett. Jetzt brauchte ich nur die Augen zu schließen, um zu sehen: Eine Spielwiese in pompejanischem Rot, zwei umschlungene Leiber, ein wandfüllender Bildschirm dem Bett gegenüber. Es läuft ein Tierporno. Kröten, Kraken, Kakerlaken, alle sind in Paarungslaune. Ein Porno zum Totlachen.

Von Laura keine Spur. Im ganzen Haus nicht. Ich bin durch alle Räume gegangen. Auch in mein taubenblaues Zimmer habe ich einen Blick geworfen. Es war ausgeräumt, kein Erinnerungsstück, um das die Gespenster der Vergangenheit sich hätten scharen können. Die taubenblaue Tapete ist heruntergerissen worden wie in einem Tobsuchtsanfall, in Fetzen hängen letzte Bahnen von den Wänden. Das kranke Licht der Morgensonne hat den trostlosen Anblick noch trostloser gemacht. Gefühlt habe ich nichts, nicht einmal Wehmut bei dem Gedanken, dass dieses Zimmer einmal mein Zimmer gewesen war, ein Lebens- und Liebesraum.

Wo steckt bloß Laura? Niemand verschwindet von jetzt auf gleich spurlos, es sei denn, er ist hundert geworden. Laura ist etliche Jahre jünger als ich. Hätte ich sie vorhin nicht leibhaftig auf dem Balkon und wenig später auf der Empore gesehen, und zwar in diesem zum Fürchten unvergesslichen Nachtgewand, ich würde an meinem Geisteszustand zweifeln. Spukgestalten gibt es nur in Gruselgeschichten, und die Gespenster der Vergangenheit treiben sich ausschließlich in Erinnerungen herum.

Da Laura sich offenbar nicht finden lassen will, werde ich jetzt gehen. Doch bevor ich Abschied von diesem Haus nehme, werde ich sie anrufen. Entkommen soll sie mir nicht. Sollte sie sich weiterhin totstellen, hinterlasse ich ihr eine Sprachnachricht.

Wider Erwarten wird mein Anruf entgegengenommen. Eine Stimme mit synthetischem Akzent meldet sich.

»Alma, sei mir gegrüßt«, höre ich, »Laura existiert nicht mehr. Am heutigen 6. August 2154 um 4 Uhr 20 Minuten und siebzehn Sekunden Weltzeit wurde sie vom System Omega eliminiert.«

»Wieso denn das«, fährt es aus mir heraus.

»Wieso denn nicht«, antwortet die Stimme.

»Weil Laura nicht am 6. August Geburtstag hat und weil sie noch etliche Jahre von ihrem Hundertsten entfernt ist.«

»Du glaubst also, dass Omega sich geirrt hat!«

»Ich denke an eine Verwechslung.«

»Omega verwechselt nichts und niemanden, liebe Alma. Omega ist allwissend. Unfehlbar ist Omega. Zieh bitte in Betracht, dass Laura sich jünger gemacht haben könnte.«

»Ich habe ihr Geburtsdatum nie angezweifelt.«

»Omega ist nicht so gutgläubig.«

Ich schlucke und bin verunsichert, denn mir kommt der Gedanke, dass ich mein eigenes Geburtsdatum möglicherweise falsch in Erinnerung habe. Erinnerungen sollen sich ja im Laufe eines Lebens, besonders wenn es so lang ist wie meines, verändern, verwischen, vor allem aber ungenau werden oder sogar ganz verloren gehen. Nicht auszudenken, wenn mein Geburtstag nicht der 30. Juni wäre und das Nichts mich unvorbereitet vereinnahmen würde. Es wäre jammerschade um die letzten Dinge, die von mir nicht mehr erlebt werden könnten. Ich will es wissen; die Gelegenheit, Omega in die Karten zu schauen, dürfte sich so schnell nicht wieder ergeben.

»Sag mal«, sage ich, »wann werde ich eigentlich hundert?«

Nach einer kurzen Gedankenpause bekomme ich zur Antwort: »Alma, du bist unsympathisch.«

»Interessant«, gebe ich zurück, um höflich zu bleiben, »aber was hat mein Geburtsdatum mit Sympathie zu tun?«

Stille im Äther. Anhaltende Stille. Das lässt mich vermuten, dass die Stimme bei einer Intelligenz im Hintergrund versucht, mein Geburtsdatum in Erfahrung zu bringen. Jetzt geht ein Huschen durch den Äther, dann ist sie wieder da, die Stimme, im tiefsten Innern meines Ohrs.

»Alma, du bist garstig, dennoch bin ich gehalten, dir dein Geburtsdatum zur Kenntnis zu geben.«

»Und?«

»Vorgestern bist du hundert geworden.«

Vor meinen Augen beginnt es zu flimmern.

»Wie bitte? Hundert, und ich bin noch da? Mir scheint, dass Omegas Buchführung noch nicht ausgereift ist, mal abgesehen davon, dass *vorgestern hundert geworden* kein Datum ist.«

»Ooooooooooh ...«, die Stimme schraubt sich in höchste Höhen, »Oooooooooh ...«, kreischte sie wie eine hochtourig rotierende Säge, »Alma, wie ich dich hasse!«

»Übernimm dich nicht, und maße dir vor allem keine menschlichen Gefühle an«, sage ich, »du kannst zwar grammatisch korrekte Sätze übers Fühlen formulieren, bist aber unfähig, Gefühle zu empfinden. Eine körperlose Stimme bist du, die KI-basierten Quatsch ...«

Eine elektrische Entladung trifft mein Trommelfell. Die Verbindung ist gekappt. Ein schriller Dauerton macht sich in meinem Gehör breit und lässt mich sekundenlang taub für andere Geräusche werden. Als er endlich verstummt ist, wiederhole ich, was ich sagen wollte, nämlich, dass sie, die Stimme, KI-basierten Quatsch in den Äther pustet.

Ich lausche dem Nachhall meiner Stimme, bis die Stille in diesem Haus wieder vollkommen ist.

XIV

Das Zwischennetz hat eine Nachricht für mich. In Sprache. Ich
höre sie ab und frage mich hinterher: Wer ist Rainer? Dieser
Mensch, der sich mit *Rainer, der Mann vom Meer* gemeldet hat,
hält sich offensichtlich für unvergesslich. »Ich warte auf deinen
Anruf, Tschüss, du meine ...« Du meine Was? Drei Anläufe brauche ich, um das Genuschelte akustisch zu entziffern. *Muse* hat er
gesagt. Nun weiß ich zwar, welcher Rainer mit mir ans Meer will,
nicht aber, wie das mit der Muse gemeint ist. So wenig wie ich
zur Glücksbringerin tauge, tauge ich zur Muse. Ein einziges Mal
habe ich ihm Modell gestanden, genauer: ich habe ihm Modell
gelegen für ein blaues, sehr blaues Bild und seine Idee von einem
gefesselten Körper, den das Meer ans Ufer geworfen hat. Damals,
ich muss Ende zwanzig gewesen sein, war ich vielleicht nieder-
schwellig verliebt in ihn, ich möchte es hoffen. Ein hübsches
Verliebtsein würde unserer damaligen Begegnung rückschauend
einen romantischen Anstrich geben.

Was will er am Meer? Man kommt ja nicht einmal an den
Strand. All die Zäune, Barrieren, Selbstschussanlagen, Überwachungskameras aus dem vorigen Jahrhundert sind niemals
rückgebaut oder abgerissen worden, die Zugänge durch die
Dünen vermint. Alle, die sich über das Wasser auf den Weg gemacht hatten, um ihren unerwünschten Fuß auf Europa, den gelobten Kontinent, zu setzen, all diese Illegalen, die nichts anderes
im Sinn zu haben schienen, als sich über die Früchte des Anarcho-
Kapitalismus herzumachen, sollten von uns ferngehalten werden.
Das Problem löste sich unerwartet schnell. Nicht nur hier, auf

allen Kontinenten der Welt waren die Menschen unfruchtbar geworden und starben aus. Die Weltbevölkerung schrumpfte, der Zustrom der Flüchtenden verebbte und eine Reihe von Problemen löste sich von selbst.

Ich stelle Rainer ein Hallo ins Zwischennetz und lasse ihn wissen, dass seine Muse ihn gerne ans Meer begleitet. Zuvor möchte die Geneigte jedoch in Erfahrung bringen, zu welchem Gestade der Künstler aufzubrechen gedenke.

Innerhalb einer Minute antwortet er seiner Muse, dass sich ihre Fragen zu seinem Ansinnen nur persönlich in der gebotenen Form beantworten ließen. Deshalb lade er sie ein, ihn zu besuchen, am besten gleich. Vorab sei verraten: Schwarz werde das Meer sein.

Eine Stunde später setzt mich mein Level7 vor seinem Haus ab. Wir begrüßen uns, als hätten wir uns erst vor ein paar Tagen verabschiedet. Unser Wiedersehen nach geschätzten siebzig Jahren ist unkomplizierter als gedacht. Kein gequältes Lächeln, kein unterdrücktes Erschrecken, keine artige Lüge wie *Du hast dich überhaupt nicht verändert* oder *Gut siehst du aus*. Doch, wir haben uns verändert, nicht nur äußerlich sind wir andere geworden. Nein, und gut sehen wir nicht mehr aus, im besten Fall könnten wir als gut erhalten durchgehen oder, respektvoll, als altersschön, Kostbarkeiten mit Gebrauchsspuren. So wenig wie ich erwartet habe, auf einen jungen Apoll zu treffen, so wenig wird er sich seine Muse aus den ersten Künstlerjahren wie die Königin von Saba vorgestellt haben. Wir wissen beide um unseren Verfall. Es braucht kein Erbarmen.

Rainers Augen mustern mich gnädig. Er führt mich in seine Küche. Ein düsterer Raum, geschwärzt vom Feuerrauch und der Dunkelheit seines Daseins.

»Setz dich, ich mache uns einen Tee.«

In seinem Künstleridyll hat sich nichts verändert, wie es

aussieht. Die Zeit, in der ich ihm Modell stand oder lag, ist zwar lange her, doch die angenehme Kühle des alten Mauerwerks, der Geruch, den der gestampfte Lehmboden ausatmet, dazu die Deckenbalken und der steinerne Backofen, das alles löst in mir wie damals ein klammes Gefühl aus. Offenbar weigert sich dieser Mann, die Bequemlichkeiten eines Lebens im Omega zu nutzen. Oder ist es Verachtung? Hätte er gewollt, dann hätte er sich längst eines der zahllosen unbewohnten, aber komfortableren Häuser aneignen können. Niemand hätte ihn gehindert. Und neue Sachen zum Anziehen hätte er sich ebenfalls kostenlos zulegen können. Allerdings wäre er dann nicht mehr Rainer gewesen, ein hagerer, kahlköpfiger Künstler mit barock geformten Ohrmuscheln, den ich nicht anders als in weiten naturfarbenen Leinenhemden kannte, die er über formlosen Leinenhosen trug, an den Füßen ausgetretene Espadrilles.

Während er das Wasser aufsetzt und zwei Trinkbecher bereitstellt, nehme ich auf einem wackeligen Küchenstuhl an einem uralten Eichentisch Platz. Die massive Holzplatte ist übersät mit Flecken, Schrammen, Kerben. An diesem Tisch scheint man nicht nur gegessen und getrunken zu haben, an diesem Tisch muss auch gefressen, gesoffen und getanzt worden sein. Gut möglich, dass hier früher sogar Tiere geschlachtet, ausgenommen und zerteilt wurden. Blut hat sich ins Holz gefressen, das Blut ist rostig geworden.

Das Teewasser pfeift nach Rainer. Er nimmt den Kessel von der Gasflamme und brüht eine Handvoll getrockneter Blätter auf. Die Kanne stellt er auf den Tisch. Der Tee muss ziehen, der Künstler setzt sich. Erst jetzt fällt mir auf, dass wir die ganze Zeit, während er am Herd hantierte und ich in die Betrachtung des ramponierten Küchentisches versunken war, geschwiegen haben.

»Wie geht es dir? Was tust du so?«, fragt er und gießt uns Tee ein.

Die Becher sehen aus, als wären sie im Neolithikum getöpfert worden, grobes, unförmiges Steinzeug, das schwer in der Hand liegt. Ich trinke in kleinen Schlucken. Zum einen schmeckt mir der sogenannte Tee nicht, zum anderen stört mich der dicke Rand, und drittens muss ich überlegen, wie es mir geht und was ich so tue.

»Bist du allein?«, fragt er weiter, »Erzähl mir ein bisschen von dir und deinem Leben.«

Ich lege meine welke Hand freundschaftlich auf seinen weichen Arm.

»Deine Malerei ist sicher interessanter. Malst du noch immer das Meer?«

»So ist es, immer wieder das Meer, das Wasser, den Strand. Es lässt mich nicht los.«

»Was treibt dich ans Schwarze Meer?«

Er lacht. »Nein, mich treibt nichts ans Schwarze Meer, ich will an ein Meer, das schwarz ist.«

»Ich habe von den schwarz gewordenen Meeren bisher nur gehört«, sage ich, »aber warum soll ausgerechnet *ich* mitkommen?«

»Weil ich eine Muse an meiner Seite haben möchte und du die einzige Muse von mir bist, die noch da ist.«

Offenbar bezeichnet er alle Frauen, die ihm einmal Modell gestanden haben, als seine Musen. Die meisten waren älter als er, und ich, die vermutlich jüngste unter ihnen, bin wohl die letzte, die noch im Hier und Jetzt weilt.

»Rainer, wie viele Jahre sind wir eigentlich auseinander? Sieben? Acht? Ich weiß es tatsächlich nicht mehr.«

»Elf sind es, ich bin elf Jahre jünger als du«, sagt er und lächelt mir dabei in die Augen, dass mir sehr jungfräulich zumute wird.

Ich fahre mit meinem Becher eine Schlangenlinie auf seinen Becher zu und parke ihn auf einem großen, rostigen Fleck, dessen Form Ähnlichkeit mit seinen gedrechselten Ohrmuscheln hat.

»Was hältst du davon«, sagt er, »wenn wir rüber in mein Atelier gehen würden. Ich möchte es dir gerne zeigen. Du kennst es nicht. Ich habe die Scheune um- und ausgebaut. Mehr Platz, mehr Licht, schöneres Arbeiten als hier auf dem Dachboden.«

»Du machst mich neugierig.«

Wir überqueren den mit Granitsteinen gepflasterten Hof. Seit ich Rainer kenne, lebt er einsam auf diesem ehemaligen Gehöft. Ob er es geerbt oder sich als Künstlerdomizil zugelegt hat, weiß ich nicht. Angeblich stammt es aus dem 19. Jahrhundert. Auf mich wirkt es archaisch. Haupthaus und Nebengebäude sind aus Bruchsteinen errichtet worden. Von den Stallungen sind nur noch Ruinen und Mauerreste vorhanden. Nur das Haupthaus hat die Zeiten überlebt. An eine Scheune, heute Rainers Atelier, fehlt mir jede Erinnerung, obwohl sie vis-à-vis der Toreinfahrt liegt und nicht zu übersehen ist. Neu, geschweige denn um- oder ausgebaut, sieht sie nicht aus, zumindest nicht von außen. Rainer steuert sie zielstrebig an, entriegelt das Scheunentor und lässt mir den Vortritt. »Bitte!«

Alles blau im Vorraum zum Atelier. Dunkelblau die Wände, leuchtend blau die Decke, wenige Bilder im Großformat, weiter Abstand wie in einer Galerie für moderne Kunst. Ein bodentiefes Fenster zieht den Blick nach draußen zu einer Gruppe von Baumgerippen, alle rosa angemalt. Zu ihren Lebzeiten dürften es Apfelbäume gewesen sein, die sich eine Streuobstwiese hinter der Scheune teilten. Nun, befreit von störendem Geäst, scharen sie sich um ein obskures Objekt. *Installation mit Pudel* lese ich auf einem Schild neben dem Fenster. Also ein Kunstwerk, denke ich und suche den Pudel. Es braucht einen zweiten und dritten Blick, bis ich in dem obskuren Objekt einen gemeinen Köter erkenne. Das Ding kläfft sogar und wedelt mit einer rosa gelockten Quaste an seinem Ende. Was soll das?

Beinahe schäme ich mich, Rainer zu fragen, ob das Werk von ihm sei. Er gibt es zu, tatsächlich, versucht, nicht geschmeichelt zu wirken, und spart sich die Frage, ob es mir gefalle.

Ich antworte trotzdem.

»Rainer«, sage ich, »dieses *unvergleichliche* Werk erschließt sich mir nicht. Siehst du dich in der Lage, es einem einfachen Gemüt wie mir mit einfachsten Worten zu erklären? Anders gefragt: Was hast du dir bloß dabei gedacht?«

Er grinst. »Dass mir ein Geniestreich gelungenen ist, habe ich mir gedacht.«

»Dazu sage ich jetzt nichts mehr«, sage ich, »sonst kommen wir ins Diskutieren. Genie und Wahnsinn. Erinnerst du dich? Wir wissen doch beide, wo das endet. Nein, ich würde mir jetzt lieber ansehen, was du so malst, auch deine unfertigen Bilder interessieren mich, die verworfenen, die aufgegebenen und niemals beendeten.«

Wir ziehen von Bild zu Bild, von Meer zu Meer, von einem großflächigen Farbwunder zum nächsten. Spätestens jetzt, als wir den Vorraum verlassen und das Atelier betreten, wird mir bewusst, dass ein gemaltes Meer keine Wellen, keinen Horizont, weder Himmel, Wolken noch Schiffe braucht, um ein Meer zu sein. Ein silberweißes Tableau genügt und eine schlingernde, zwischen Smaragdgrün und tiefstem Blau unstet schwimmende Linie, die eine Handbreit unterhalb des oberen Bildrandes sich durch das Silberweiß zieht, und ich blicke hinaus auf ein spiegelndes, von einem machtvollen Mond beschienenes Meer. Ebenso genügen wenige, in ein atmendes, dampfendes Schwarzgrün geworfene Lichtpunkte, die mich schlummernde Schiffe in einer Hafenbucht am Ende der Welt erahnen lassen, Schiffe, die in der Morgenfrühe ausschweifen werden, um ein Verlangen nach Düften, Gewürzen und anderen Schätzen des Orients zu stillen. Auf dem nächsten Bild dann amorphe Formen und starke

Kontraste, Blutrot und Schwarz die einzigen Farben. Je länger ich mich hineindenke, desto deutlicher sehe ich meinen glücklich schwimmenden Körper, der von einer Welle sanft empor gegen die Felsen gehoben wird, während die Sonne ins Meer stürzt.

Es ist nur eine Tür, doch wie es scheint, trennt sie Welten. Herrschten im Vorraum Ordnung und Übersichtlichkeit, regiert im Atelier das Chaos. Die Frage, wie jemand in einem solchen Durch-, Auf- und Übereinander schöpferisch arbeiten kann, wird der Künstler nicht einmal selbst beantworten können. Möglich, dass es seine wahre Muse ist, das Chaos, das seine Werke beseelt.

Der Raum erstickt in bespannten Keilrahmen stattlicher Größe, die meisten sind bemalt, einige in Teilen übermalt, andere skizzenhaft beschrieben. Sie lehnen stapelweise an den Scheunenwänden, und was nicht lehnt und sich nicht stapelt, hängt irgendwo im Gebälk.

Wir gehen herum, Rainer schweigt, ich schaue, ohne zu bewerten oder zu kommentieren. Es wäre voreilig. Zum Glück stellt er keine blödsinnigen Fragen zu meinem ersten Eindruck. Stattdessen versucht er, mich zu lesen, hat offenbar meine zunehmende Körperspannung bemerkt und folgt interessiert den Bewegungen meiner Augen. Wo verweilen sie? Wohin kehren sie zurück? Wann wenden sie sich ab? Gerne wüsste ich, ob das, was er in meinem Gesicht zu erkennen meint, tatsächlich meinem Empfinden entspricht.

Er zeigt mir eine Serie von Bildern, die mir wie eine melancholische Erinnerung an ein Meer vorkommen, das einmal ein Meer war: lebendig, freigiebig, schön und erhaben, eine Gottheit, der wir mit Ehrfurcht begegneten. Auf allen weiteren Bildern sehe ich nur noch ein krankes Meer, eines, das in Fieberkrämpfen taumelt, ein ins Koma gefallenes Meer. Über den Wassern wabern toxische Dämpfe, monströse Kreaturen entsteigen den Fluten; Unrat, ekelerregende Kadaver und Zivilisationsreste schaukeln auf den Wellen, und in der Tiefe Metropolen, entstanden aus Schiffswracks, abgestürzten Raumstationen, havarierten Windparks und gesprengten Bohrplattformen, bevölkert von menschenartigen Fischwesen.

»Nein!«, das Wort bricht ungewollt aus mir heraus, »nein«, wiederhole ich, weil ich sprachlos bin und mir im Augenblick nichts einfällt, was ich stattdessen sagen könnte, denn die Bilder haben mein Herz getroffen.

Rainer, der mit meinem Nein offenbar nichts anfangen kann und wohl nicht nachfragen möchte, bemerkt: »Die Serie ist noch unvollständig, es fehlt das Meer, das inzwischen vollkommen schwarz ist ...«

»Und was ist die Ursache?«, unterbreche ich ihn.

»Man erfährt ja nichts Genaues. Ich weiß nur, und du weißt es ja auch, dass man früher, um den Plastikmüll im Meer zu beseitigen, dem Wasser ungeheure Mengen spezieller Bakterien zugesetzt hat, die das Zeugs zersetzen sollten. Meine persönliche Vermutung: Die kleinen Viecher haben getan, was sie sollten, vielleicht sind sie auch mutiert und haben alles, was nach Kunststoff schmeckte, in dessen Ausgangsprodukt Erdöl zurückverwandelt.«

Er sieht mich an. »Du bist ganz blass geworden. Geht es dir nicht gut?«

»Doch, ja, es geht mir gut«, sage ich, »blass bin ich eigentlich immer.«

»Komm mal mit, ich möchte dir was zeigen.«

Ich folge ihm durch sein Künstler-Chaos auf die andere Seite des Ateliers. Dort lehnt ein Bild in der ersten Reihe, das er offenbar in Erwartung meines Besuchs nach vorne gestellt hat. Es ist noch nicht fertig. Und da es sich in der Art, wie es gemalt ist, von den anderen Bildern stark unterscheidet, nehme ich an, dass es sich um eine nicht beendete Arbeit aus früherer Zeit handelt. Das

Bild ist ein großes Querformat, schätzungsweise zwei Meter mal ein Meter fünfzig. Es scheint die Farbe Blau zu feiern. Im unteren Drittel ist eine Figur zu erkennen, blau auf blauem Grund, die Konturen verschwimmen.

»Erinnerst du dich?«, fragt er.

Ich schüttele den Kopf.

Er ringt sich ein Lächeln ab. »Wirklich nicht?«

»Nein, beim besten Willen nicht«, sage ich. »Das Blau ist unglaublich faszinierend, unheimlich, fast mystisch ...«

Um dieser Farbe näherzukommen, gehe ich dicht an das Bild heran, stütze die Arme auf den Oberschenkeln ab und beuge mich vor. Für ein solches Blau, jetzt erinnere ich mich zumindest wieder an die von Rainer verwendete Technik, werden hauchdünne Farbschichten übereinander aufgetragen, Lasuren, jede so transparent, dass sie die darunterliegende nicht abdeckt. So scheint jede durch jede andere hindurch und erzeugt im Auge des Betrachters dieses betörende, geheimnisvolle Blau, einen Klang, einen Ton, einen Blues. Ein solches Blau lässt sich nicht mischen. Zudem dürfen nicht nur Blautöne übereinandergelegt werden, Blau allein erzeugt nicht diese Tiefe. Smaragdgrün, Türkis, Flieder, Jade, Schilf, Teich, Lagune, Ozean, erst durch ihren Zusammenklang ergibt sich dieser fantastische, unwiderstehliche Ton.

Ich trete einen Schritt zurück, damit ich wieder das ganze Format vor Augen habe. Woran mich das Bild erinnern soll, weiß ich wirklich nicht.

»Warum hast du das Bild nicht fertiggemalt?«

»Frag mich lieber, wann ich es begonnen habe.«

»Na gut, ich frage: Wann hast du das Bild begonnen?«

»Vor Kurzem. Vorlage war eine Skizze, die ich vor ewigen Zeiten von dir gemacht habe. Erinnerst du dich jetzt?«

»Ich versuche es. Nein, Rainer, tut mir leid. Du musst mir helfen. Gib mir ein Stichwort.«

»Noch nicht. Erzähl mir einfach, was du siehst.«

»Ein großartiges Blau sehe ich, das noch seine Gestalt sucht. Etwas Urgewaltiges geht von ihm aus. Aber noch ist es vage und undefiniert. Im Vordergrund erkenne ich eine längliche Form, sie hat Ähnlichkeit mit einem großen Fisch.«

»Einem Fisch?«

»Ja, ich sehe einen recht großen Fisch ... es ist Nacht ... das Meer hat ihn an den Strand geworfen ... er ist tot.«

»Was für ein Fisch könnte es sein?«

»Ein Thunfisch oder so ..., aber tot, ein toter Thunfisch.«

Ich mache einen weiteren Schritt zurück, frage mich, was für ein Spiel er mit mir treibt, damit ich mich an etwas erinnere, das mir aus dem Gedächtnis gerutscht sein muss.

»Jetzt, aus größerem Abstand«, sage ich, »könnte es sich auch um einen toten Menschen handeln. Und das Blau wirkt auf einmal eher melancholisch, nicht mehr so geheimnisvoll und überwältigend wie vorhin.«

Im selben Moment steht mir plötzlich eine Szene vor Augen, undeutlich wie ein Traumrest, der mitten am Tag das wache Bewusstsein streift:

Ein Mann fesselt eine Frau. Die Frau liegt auf dem Boden, bäuchlings, der Mann hockt über ihr wie über einer Besiegten, er hält ihr die Arme auf dem Rücken zusammen und beginnt, nachdem er ihre Füße gefesselt hat, nun auch Stricke um ihre Handgelenke zu wickeln. Die Frau fragt, wie lange sie in dieser Position ausharren müsse. Nur für ein paar Skizzen und Fotos, sagt der Mann. Die verwende er für den Entwurf des Bildes, das ihm vorschwebe. Wie lange er an einem Bild male, fragt die Frau. Er verknotet die Enden der Stricke, mit denen er ihre Handgelenke zusammengebunden hat, bevor er antwortet. Ein Entwurf, sagt er, dauere ein bis zwei Tage, die Arbeit am Bild manchmal Monate, seine Technik sei aufwendig und seine bevorzugten Formate nicht unbedingt klein.

Diese Szene, die mir gerade im Kopf herumspukt, muss in meinem Gedächtnis geschlummert haben und auf geheimnisvollem Weg wachgerufen worden sein. Jetzt erinnere ich mich auch an die Vorgeschichte dieser Szene und meine erste Begegnung mit Rainer. Es war auf seiner ersten Ausstellung in der renommierten Galerie Ushida, die sich auch junger, vielversprechender Künstler annahm, um deren Werke der Kunstwelt schmackhaft zu machen. Seine Werke, fotorealistische Frauenbilder, faszinierten und verstörten mich gleichermaßen. Nicht nur mich. Zu sehen waren dämonische Göttinnen, göttliche Huren, bis in die Flügelspitzen tätowierte Engel, weibliche Mephisto-Gestalten und eine schwarz geflügelte Löwin, die durch einen Palast aus blauem Marmor streift. Ich sprach den vielversprechenden Künstler an, es wurde ein unerwartet langes und launiges Gespräch. Als er mir endlich gestand, mich malen zu wollen, nackt, war ich sofort einverstanden. Ich erlaubte mir die Anmerkung, dass seine Formulierung offenlasse, ob ich, ob er oder ob wir beide nackt sein würden. An seine Antwort erinnere ich mich nicht, nur an sein Lachen und an das Ergebnis: Ich war schneller ausgezogen als er. Alles lange, sehr lange her. Man könnte seufzen.

Über die Bild-Idee, zu deren Umsetzung er Skizzen und Fotos von einem gefesselten Frauenkörper brauchte, hat er damals nicht geredet. Vermutlich habe ich ihn gefragt und werde statt einer erhellenden Antwort eine langatmige Darlegung seiner künstlerischen Absicht bekommen haben, der ich nur schwer folgen mochte. Solch abgehobenes Geschwurbel wirkt auf mich stets wie der Versuch, Banales auf eine höhere Ebene zu heben. Wie sich zeigte, wurde nichts aus dem Bild, jedenfalls zunächst nicht. Wer weiß, ob er die ursprüngliche Idee in dem Bild, das wir vor uns haben, tatsächlich umgesetzt hat. Einerseits rührt und freut es mich, dass er die uralten Skizzen aufbewahrt hat, andererseits hätte ich mich lieber nicht als ein totes Irgendetwas vor einem kontemplativen Blau gesehen. Besser gefallen hätte ich mir als Judith, den abgeschlagenen Kopf des Holofernes schwenkend, oder als glitzernde, tanzende Schlange, eingefangen im Moment ihrer siebten Häutung. Doch auch Künstler haben bekanntlich ihre Perioden. Manche entwickeln sich, andere kommen weiter, nur wenige haben Erfolg. Der Gedanke, dass ich Eingang in das Alterswerk eines unbekannt gebliebenen, für alle Zeiten unbekannt bleibenden Künstlers finden soll, hat etwas Absurdes. Niemand da, den Rainers Bilder interessieren könnten.

Ich sehe ihn an, sage: »Ja, ich erinnere mich, und ich weiß auch, was du vorhin gemeint hast. Inzwischen malst du anders. Menschen kommen in deinen Bildern nicht mehr vor, wie ich gesehen habe. Ich denke, dass du kein Modell mehr für Skizzen und Fotos brauchst, vielleicht machst du ja nicht einmal mehr Entwürfe. Was du in den letzten Jahren auf die Leinwand gebracht hast, zeigt mir Innenwelten, Seelenlandschaften, in Form und Farbe übersetzte Stimmungen, vor allem ein breites Spektrum von Einsamkeit.«

Er lacht. »Du liest Sachen aus meinen Bildern heraus, die mir nie in den Sinn gekommen wären. Wenn ich male, habe ich keine konkrete Vorstellung von dem, was es werden soll. Ich lasse sozusagen ein ES malen. Nicht ich bin es, der malt, sondern ein ES. Insofern bist du mit deiner Deutung ziemlich nahe an dem, was ich nicht greifen, nicht benennen, nicht fassen kann. Dieses ES treibt mich, Bilder zu malen, es hat kein Ziel, außer hinter sein eigenes Geheimnis zu kommen.«

Er sieht mich an, und weil ich wohl große, flackernde Augen bekommen habe, erkundigt er sich, ob er sich halbwegs verständlich ausgedrückt habe.

»Ungefähr halbwegs«, sage ich. »Zumindest hast du mir

eine Frage beantwortet, die ich mir die ganze Zeit gestellt habe, nämlich die Frage, was dich zum Malen antreibt. Das Streben nach Geld, Ruhm und Aufmerksamkeit kann es nicht sein, so viel ist mir klar. Die Endzeit, in der wir leben, hat allen Dingen, die uns einst wichtig waren und erstrebenswert erschienen, jeden Sinn genommen. Und das gilt sogar für das eigene Leben. Bis zum Verlöschen müssen wir es ja irgendwie herumbringen, unser Leben, und zwar mit der Sinnlosigkeit sinnlosen Tuns in dieser sinnlosen Existenz. Die Tatsache, dass die menschliche Sprache es uns erlaubt, eine Frage nach dem Sinn des Lebens zu formulieren, bedeutet doch nicht, dass es einen geben muss. Oder? Wie siehst du das?«

»Ich male, weil ich malen muss«, sagt er leicht gereizt, »warum es das so ist, weiß ich nicht, kein Künstler weiß es; Besessenheit ist immer irrational. Aber im Malen den Sinn des Lebens zu sehen, wäre natürlich eine Überhöhung. Deinen Gedanken, dass der Sinn des Lebens durch eine grammatisch korrekt formulierte Frage in die Welt gekommen ist und es darüber hinaus keinen gibt, finde ich interessant, er hat seine eigene Logik und ist schwer zu widerlegen. Wenn man ihn weiterdenkt, erledigt sich die Sinnfrage mit unserem Verschwinden von dieser Erde. Niemand wird sie mehr stellen.«

Rainer dreht das Bild abrupt um, als wolle er damit einen Schlusspunkt unter das Thema setzen. Er wendet sich zur Tür; der Rundgang durch sein Atelier ist beendet. Wir gehen zurück in den Vorraum. Alles dunkel. Innen- und Außenbeleuchtung sind ausgeschaltet. Hinter dem bodentiefen Fenster die schlammige Nacht, im Ausschnitt der Wandfläche erscheint sie mir plötzlich wie ein Kunstwerk.

Unser Level7 ist pünktlich. Im ersten morgengelben Grau brechen wir ans Meer auf, ein wenig schläfrig noch, denn es war gestern spät geworden. Bis weit nach Mitternacht haben wir über Kunst, die Welt und ihren Untergang geredet. Die Zeit flog mit uns davon. Mitternacht war längst vorbei und wir zum Umfallen müde und leergeredet, als wir uns schlafen legten. Ich bettete mich in der klösterlichen Abgeschiedenheit eines einfachen Gästezimmers zur Ruhe. Es war keine Frage, eine rein praktische Erwägung war es und nicht zuletzt unsere große Müdigkeit, die uns trotz aller Sympathie die Nachtstunden getrennt verbringen ließ. Unser Alter verlangte nicht nach Zärtlichkeiten, sondern nach einem ungestörten Schlaf. Ein freundschaftlicher Wangenkuss zur Nacht genügte uns.

Das Level7 bewegt sich in nördlicher Richtung. Wir durchfahren karge Ebenen; die Landschaft verändert sich kaum. Anhaltende Dürre hat das einstige Seengebiet, das der Küste vorgelagert war, trockengelegt. Nackt, staubig, schattenlos dehnt es sich bis zum Horizont. Auf baufälligen Brücken überqueren wir die zu Schutt- und Schotterseen verkommenen Küstengewässer. Statt spiegelnder Wasserflächen Geröll, das von der letzten Kaltzeit aus arktischen Gefilden mitgeschleppt, hier abgelegt und beim Rückzug liegen gelassen wurde. Das Level7 holpert unbeeindruckt vorwärts.

Rainer ist nicht sehr gesprächig an diesem Vormittag, also halte auch ich mich zurück. Ab und zu werfe ich einen Blick auf den Bordmonitor, der unsere Route nachzeichnet. Der blinkende Stern auf dem mitwandernden Kartenabschnitt, das sind wir. Im Moment befahren wir eine wie mit dem Lineal gezogene Landstraße. Verlassene Ansiedlungen geistern vorüber. Die vegetationslosen Ebenen zu beiden Seiten sind ockerfarben dargestellt. Nicht verzeichnet sind die Windräder, die parallel zum Asphaltband einst wie Alleebäume gepflanzt wurden. Sie sind zu Relikten einer Hoffnung geworden, die auf die technischen

Fähigkeiten des Menschen setzte. Man war überzeugt, neben anderen Unsinnigkeiten mit Windrädern der Klimaerwärmung entgegenwirken zu können, und sei ihr Beitrag auch noch so gering. Sie lassen sich nicht zählen, all die stumm und starr, flügellos und abgeknickt in der Landschaft herumstehenden, seit Einsatz der göttlichen Omega-Energie abgeschriebenen Windräder. Kein Mensch, kein Roboter, kein mit KI-aufgepäppeltes System interessiert sich heute für sie.

Das Umland wird welliger, hügeliger, sandiger. Der Bordmonitor schaltet von der Routenkarte auf das Satellitenbild um. Ein überscharfes Auge blickt jetzt aus großer Höhe auf dieses Stück Erde. Wir nähern uns dem Meer. Am oberen Rand des Bildschirms ist die Küstenlinie zu erkennen. Mit jedem gefahrenen Kilometer rückt sie weiter ins Zentrum, während sich hinter ihr das schwarze *Mare Balticum* wie verschüttete Tinte ausbreitet.

Das Leitsystem meldet sich, um uns mitzuteilen, dass GNSS die geografischen Koordinaten 54 Grad, 22 Minuten Nördlicher Breite und 12 Grad, 25 Minuten Östlicher Länge jetzt präzise der Stelle zugeordnet habe, die wir als Ziel ansteuern, und dass sie unter Wasser liege und nicht angefahren werden könne.

Ich sehe Rainer an und sehe Ratlosigkeit. Unser Ziel ist ein Strand in der Nähe eines ehemaligen Seebades. Er hat ihn ausgewählt, weil er ungehindert zugänglich ist, also frei von elenden Sperr-, Selbstschuss- und Überwachungsanlagen, die vor langer Zeit an allen Küsten errichtet wurden, um Fremde am Betreten des europäischen Kontinents zu hindern. Die Anlagen funktionieren zwar nicht mehr, doch es gab niemals einen Plan zum Rückbau. Also blieben und verrotten sie.

»Mist«, sagt Rainer, »dass ausgerechnet dieser Abschnitt in der letzten Nacht überflutet werden würde, war natürlich nicht vorherzusehen.«

Das Bordsystem hat mitgehört und verstanden. Es schlägt einen weiter westlich gelegenen Strand vor, ebenfalls ohne Sperranlagen, doch das würde unsere Fahrzeit um eine Stunde verlängern.

»Ausgeschlossen«, antwortet Rainer, »wir bleiben auf dieser Straße und fahren weiter, bis wir irgendwo am Wasser sind und nicht weiterkommen.«

Das Level7 beschleunigt, dass es unsere alten Knochen hart in die Sitzschalen drückt, Sekunden später hätte es uns gleich wieder hinausgeschleudert, wären die energischen Sicherheitsbügel nicht eingeschritten. Und Stopp! Und mitten auf der Fahrbahn eine merkwürdige Bude. Ein Kiosk? Ein Pissoir? Was ist das?

Aus der Hütte kommen vier, fünf Gestalten, dem Aussehen nach Prototypen humanoider Roboter auf dem Weg zur Menschwerdung. Ihre Gesichter blicken ausdruckslos, Mund, Nase, Ohren fehlen, kein Härchen krümmt sich auf ihren blanken Schädeln. Ihre überschlanken Körper sind bleich und geschlechtslos wie Porzellan. Nackt, wie der 3D-Drucker sie schuf, und so unausgereift, wie ihre Erfinder sie auf die Straße setzten, nähern sie sich unserem Gefährt. Level7 verriegelt die Kabine und schaltet einen zweiten Monitor ein. In wilder Folge flackern Zeichenketten über den Bildschirm. Rainer kramt Tabak hervor und dreht sich in aller Seelenruhe eine Zigarette. Die Proto-Humanoiden kommen auf uns zu, gestikulieren und schwenken etwas, das metallisch schimmernden Tierhäuten gleicht. Damit umrunden sie unser Gefährt wie aufdringliche Händler. Level7 bewegt sich nicht von der Stelle. Während Rainer seelenruhig weiter an seiner Zigarette dreht, versuche ich, dem Zeichenwirrwarr auf dem zugeschalteten Monitor einen Sinn zu entlocken. Mir kommt der Gedanke, dass unser Bordsystem mit den Protos auf diese Weise kommuniziert. Einer klopft jetzt gegen die Scheibe, um unsere Aufmerksamkeit auf sich zu lenken. Er hält das metallisch schimmernde Teil hoch, damit wir es in Gänze betrachten können. Es ist ein Ganzkörperanzug. Er hat Ähnlichkeit mit einem Taucheranzug und verfügt über eine Kopfhaube. Der Humanoide führt uns vor, wie man sie über das Gesicht zieht. In diesem Moment schaltet sich die Stimme des Bordsystems ein und klärt uns darüber auf, dass wir vor dem Betreten des Strandes einen solchen Anzug anlegen sollten, da er vor Verätzungen und Verbrennungen schützt.

Rainer sieht mich fragend an, und ich mache sicher ein ebenso dummes Gesicht wie er, denn in der Kopfhaube sind für Mund, Nase, Ohren erkennbar keine Öffnungen vorgesehen. Und für die Augen auch nicht. Wir würden also taub und blind über den Strand tappen, würden nach wenigen Schritten ersticken und von Rettungsrobotern reanimiert werden.

»Lass uns umkehren«, sage ich.

»Lass uns das Zeug weglassen«, sagt Rainer.

Das Bordsystem hat mitgehört, und ein auf undurchsichtige Weise mit ihm verbundener Proto-Humanoide muss auf unsere Bedenken reagiert haben. Jedenfalls kommen die über den Bildschirm des Zweit-Monitors ratternden Zeichen plötzlich zum Stehen. Der Zeichensalat hat sich sortiert und informiert uns über die Schutzanzüge. Wir erfahren, die Haube sei semi-transparent und filtere die Atemluft. Das Material des Anzugs sei hitzeabweisend, säureunempfindlich und regele die Temperatur im Innern des Anzugs; unabhängig von der Außentemperatur würden 25 °C nicht überschritten.

»Na, dann …«, sage ich.

»Na dann«, wiederholt Rainer.

Offenbar sind wir uns ohne Diskussion darüber einig, dass wir die Schutzanzüge entgegennehmen. Level7 entriegelt. Zwei metallisch schimmernde Häute werden uns durch die Tür in die Kabine gereicht. Danach geht es weiter.

Und plötzlich ist Schluss. Zwangsläufig. Denn die Straße endet an einem steilen Abhang, der weder auf der Routenkarte noch auf dem Satellitenbild existiert. Beide Monitore zeigen übereinstimmend eine durchgehend intakte Küstenstraße, und das Satellitenbild zeigt zusätzlich unseren gegenwärtigen Standort durch Blinken an. Warum wir stehen und nicht weiterkönnen, erklärt ein Blick nach draußen: Das Steilufer, dem die Küstenstraße folgt, ist auf diesem Abschnitt abgerutscht und ins Meer gestürzt, und mit ihm einige Hundert Meter der Straße vor uns.

Rainer will sich die Sache näher anschauen. Bis zur Abbruchkante möchte er gehen. Dass ich mitkomme, ist keine Frage.

Wir steigen aus und sind für einige Momente blind. Die Helligkeit ist ungewohnt und so enorm, dass sie Landschaft, Himmel und Meer zersetzt. Alles löst sich auf. Eine schwindelerregende Orientierungslosigkeit greift nach mir. Ich taumele.

»Rainer ...«

Ich strecke meinen Arm nach ihm aus. Er hält mich. Ich steige wieder ein und lasse mich in meine Sitzschale fallen. Die Rundumfenster filtern das Tageslicht auf angenehme Weise. Ich kann wieder sehen. Rainer steigt auf der anderen Seite ein.

»Wir haben nicht an die Schutzanzüge gedacht«, bemerkt er, »zumindest die Hauben hätten wir uns über den Kopf ziehen sollen.«

»Gib mal eine her«, sage ich.

Das Material fühlt sich wie Echsenhaut an, wie Schuppenflechte, nein, es fühlt sich an wie Safranes Chamäleon, das seine postmortale Existenz in der Glasvitrine des Esszimmers verhaucht. Es ist ein sehr dehnbares Material, das sich problemlos übers Haar und übers Gesicht ziehen lässt, auch übers Kinn und weiter runter zum Hals. Als es diesen ganz bedeckt, bläht sich die Haube auf, nicht viel, nur so weit, dass sie nicht mehr die Haut berührt; sie geht sozusagen auf Abstand.

Das Atmen ist jetzt mühelos, ich bade in Sauerstoff, und die Haube, die ich für lichtundurchlässig gehalten habe, ist im Gesichtsbereich tatsächlich durchsichtig wie Glas. Selbst meine Sehschärfe scheint sie zu optimieren. In der Ferne erkenne ich jedes Detail. Die Farben sind unverändert. Die Landschaft liegt so trostlos und graubraun da wie zuvor, und der wolkenlose Himmel zeigt ein schmutziges Grüngelb. Im Vergleich zum schmutzigen Braunoliv und all den Fäkaltönen, an die wir uns im Binnenland gewöhnt haben, wirkt es beinahe heiter.

Auch Rainer hat sich inzwischen unter die Haube begeben. Ich sehe ihn an und mir wird klar, dass mein Aussehen seinem gleicht. Auch über meinem Gesicht wölbt sich ein spiegelähnliches Material, das von innen durchsichtig ist, von außen aber kein Gesicht erkennen lässt.

Nur mit der Haube über dem Kopf, aber ohne Schutzanzug steigen wir aus. Bis zur Abbruchkante sind es ja nur wenige Schritte. Genau fünfzehn Schritte sind es.

Jetzt stehen wir dicht am Abgrund. Die abgerutschten locker-sandigen Erd- und Gesteinsmassen türmen sich auf ganzer Länge unterhalb der Absturzstelle. Der Strand ist schmal geworden, ist aber noch immer ein Strand, und auf dem Strand, halb eingebettet, halb zugeschüttet vom Sand und umspült vom anflutenden Wasser, sehen wir eine Armada ungewöhnlicher Kettenfahrzeuge. Sie sind flach, sie sind breit und alle sind bestückt mit Antennen und Scheinwerfern. Wie monströse, amphibische Wanzen belagern sie den Strand, Kreaturen, die das Meer verlassen haben, um an Land ihre maroden Glieder mit Sonnenenergie aufzuladen. Alles Schrott, denke ich, Auswurf des Meeres, Hinterlassenschaft kriegerischer Völker.

Der Strand ist von einem trostlosen Grau. Wie alle Strände am Mare Balticum war auch dieser einmal weiß gewesen. Und das Mare Balticum blau. Türkisgrün lag es unter der Mittagssonne, kobaltblau war es am Morgen, wenn die Sonne aus den Fluten stieg, ultramarin auf der Schwelle zur Nacht und silbern im Mondlicht. Auch schwarz konnte es sein. Ich erinnere mich an Neumondnächte und Sturmtage. Doch dieses Schwarz war im Gegensatz zum heutigen Schwarz, das die Strände vergrauen lässt, nur Spiegel, niemals aber Substanz. Das Wasser war klar und durchscheinend. Bis auf den Grund ließ es den gerippten, sonnengefleckten Sandboden sehen. Winzige Fische wuselten darüber hin.

Und doch ist das Mare Balticum noch immer ein Meer. Ich muss an Rainers Theorie denken, wonach die schwarze Substanz das Werk der Menschen im Verein mit gefräßigen Mikroorganismen ist. Tonnenweise, das ist allgemein bekannt, wurden sie dem Meer zugesetzt, damit sie sich über den Plastikmüll hermachen. Das müssen sie mit unbändigem Appetit getan, nichts verschmäht und alles gefressen haben, was nach Kunststoff roch oder so aussah, Milliarden und Abermilliarden Schiffsladungen von Plastikmüll, Plastikverpackung und Plastikspielzeug. So abwegig, wie mir seine Theorie gestern noch erschien, so schlüssig kommt sie mir jetzt vor. Wer will denn ausschließen, dass jene Mikroben das ganze Plastikzeugs in seinen Ausgangsstoff, nämlich Erdöl, zurückverwandelt haben?

Jetzt, unter der glühenden Sonne, gleißt und schillert das schwarze Wasser in allen Farben des Sonnenspektrums. In flachen, öligen Wellen überspült es den schmalen Uferstreifen. Kein Geräusch, kein Geruch erreicht mich. Die Kappe hält beides ab wie ein hochwirksamer Filter.

Ich hebe den Blick. Er fliegt über die lautlose See, bis die Linie zwischen den Elementen diffus wird. Dahinter die Unendlichkeit. Dieser Gedanke weckt in mir eine unbestimmte Sehnsucht nach ferneren Horizonten. Ich kann sie nicht benennen, ich weiß nur, dass es sie gibt und dass sie hinter der sichtbaren, von uns körperlich erfahrbaren Welt existieren. Solche Horizonte sind nur zu erahnen, aber nicht zu begreifen. Sie sind kein Zufluchtsort.

Rainer starrt noch immer das schwarze Meer an. Jedenfalls vermute ich das, denn die Augen sind ja unter dem spiegelnden Einsatz der Kappe nicht zu erkennen. Nur einen ersten Blick aufs Meer wollte er tun und dann mit mir sein eigentliches Ziel ansteuern, wenn auch auf Umwegen, was die vorausberechnete Fahrzeit natürlich verlängern würde. Mir ist egal, wann wir ankommen und auf welchen Wegen. Er ist ein Künstler, und er will malen, ein Meer, das sich schwarz färbte. Zuvor müsse er es sich anverwandeln, hatte er gesagt. Anverwandeln? Diesen Ausdruck kannte ich nicht. Sich mit etwas vertraut machen, erklärte er mir, sein Wesen erkennen. Noch fehle ihm jede konkrete Vorstellung von den zu malenden Bildern. Im Kopf habe er bloß eine ungestaltete Schreckensversion. Bevor er dem Meer nicht Auge in Auge gegenübergestanden habe, verweigerten sich ihm die Ideen. Und nach Fotovorlagen zu malen sei ausgeschossen! Licht, Strukturen, Form und Deformation lieferten ja nur optische Eindrücke. Er wolle tiefer, unter die Oberfläche wolle er, tauchen, bis auf den Grund. Nur so werde ein Bild seine Gestalt finden. Welche das sein werde, sei natürlich nicht vorherzusehen, möglich, dass er das Meer malend betrauern, vielleicht sogar beweinen werde.

Ich habe nicht wirklich begriffen, was er meinte. Seine Künstlerseele ist mir nach wie vor fremd.

Eine Böe bläht sein knielanges Leinenhemd, eine Art Kaftan. Er trägt es über einer weiten Leinenhose zu ausgetretenen Bastlatschen. Wie er so dasteht am Abhang des Steilufers, im flatternden Hemd, über dem Kopf eine Kappe, die das Gesicht verbirgt, könnte er auch ein Außerirdischer in geheimer Mission sein. Eine Liedzeile geht mir durch den Kopf, das Lied ist alt und gehört in meine Jugendzeit. *First we take Manhattan, then we take Berlin,* heißt es dort. Zuerst wollen sie sich Manhattan vornehmen und danach Berlin. Sie müssen es geschafft haben; beide Metropolen gibt es nicht mehr.

Ich sage zu Rainer: »Die Strahlung wird mir zu intensiv ohne Schutzanzug, ich ziehe mich lieber ins Fahrzeug zurück. Du solltest es auch tun. Dann könnten wir uns um eine alternative Route zu deinem Strand kümmern. Das Bordsystem hat bestimmt Vorschläge.«

Er reagiert nicht. Wie es aussieht, ist er total versunken in den Anblick dieses Meeres. Für mich als Muse verbietet es sich, den Künstler in solch kontemplativen Momenten zu stören.

Im Innern des Gefährts ist es deutlich angenehmer. Ich mache es mir in meiner Sitzschale bequem und angele nach dem Schutzanzug. Dann entfalte ich ihn. Er dürfte zu groß sein. Besser zu groß als zu klein, sage ich mir. Ein kurzer Blick zum Steilufer zeigt mir Rainer, der noch immer am Abgrund verharrt.

Ein Level7 ist keine Umkleidekabine und eine Frau in meinem Alter nicht mehr zu jeder Verrenkung in der Lage. Zum Glück habe ich nicht gewusst, was Rainer vorhat, sonst wäre ich vermutlich in einer tropentauglichen Safari-Kluft bei ihm aufgetaucht, und die wäre noch umständlicher auszuziehen als dieses Kleid. Es ist altmodisch und sehr, sehr schön. Ich liebe es. Zugelegt habe ich es mir in einer Zeit, als Kleidungsstücke noch unmodern werden konnten. Schon als junges Mädchen zog ich gerne Sachen an, die keiner trug, weil sie aus der Mode gekommen waren. Inzwischen kommt ja nichts mehr aus der Mode, weil es weder Modeschöpfer noch Modekonzerne gibt, die sich Neuheiten ausdenken und zur Mode erklären. Wir Letzten haben das Privileg, uns aus den Beständen der Vergangenheit bedienen zu können. Da Neues nicht mehr hinzukommt, ist mittlerweile jedes Kleidungsstück, das man sich heutzutage zulegt, unmodern. Dieses Wort, denke ich gerade, ist eigentlich falsch, weil sein Gegenteil, nämlich das Moderne, gar nicht mehr existiert.

Ob modern oder nicht, mein momentanes Problem ist existenzieller Art und besteht aus einem langen, langen Reißverschluss im Rücken meines Kleides. Ich schaffe es nicht, ihn aufzuziehen. Natürlich könnte ich Rainer bitten. Doch wie gesagt, ich will dem Meister eine gute Muse sein und ihn in seiner Meeresbetrachtung nicht stören. Also bespreche ich meine Nöte mit dem Bordsystem, beziehungsweise seiner Künstlichen Intelligenz. Die rät mir zu Hammer und Sicherheitsnadel. Unter der rechten Klappe im Fahrzeugboden müsste beides zu finden sein. Na danke!

Ich ziehe mir die Schutzkappe vom Kopf und versuche, aus dem Kleid rauszukommen. Unter Einsatz von Hammer und Sicherheitsnadel sowie Verrenkungen, die mir gestern noch unmöglich erschienen, gelingt es mir schließlich. Ärgerlich: das Kleid ist aufgerissen.

Dagegen ist der Schutzanzug ein Schlupfanzug, ich gleite mühelos hinein. Dann: Kappe auf, Klappe zu, Kappe übers Gesicht und warten. Die Verbindungselemente von Kappe und Anzug finden selbsttätig ihr Gegenstück. Sie docken an. Pieps! Und fertig.

Nun, wo alles passt, justiert sich das Visier im Gesichtsteil noch einmal neu. Habe ich vorhin alles gut und deutlich erkennen können, sehe ich die Welt nun in Überschärfe und buchstäblich mit anderen Augen. Sobald ich einen Punkt längere Zeit fixiere, zoomt sich das Bild heran. In diesem Moment zeigt es mir Rainer, den ich ungläubig angestarrt haben muss, weil er unverändert an der Abbruchkante steht. Er wirkt wie in einem Video, das stillsteht und bei der letzten Einstellung verharrt. Doch das Bild zeigt noch mehr, nämlich, dass Rainers Füße nicht mehr den Boden berühren. Er schwebt. Ich sehe es. Ich glaube es nicht. Ich denke sofort an einen Defekt im Visier, einen Joke der KI, die ihn mir in der Luft hängend vorführt, obwohl er mit beiden Beinen fest auf dem Boden der naturwissenschaftlichen Tatsachen steht, ja, stehen muss.

Das Bild rückt ihn nun wieder ins Panorama. Ich steige aus. Die Luft flirrt und vibriert. Je näher ich Rainer komme, desto deutlicher umwittert ihn etwas wie Sprühnebel, Feinstaub oder glimmernde Teilchen, Aerosole unbekannten Ursprungs. Eine ähnliche Erscheinung ist mir nie begegnet. Oder das Visier veralbert mich. Keine Ahnung, was das ist.

Ich gehe auf ihn zu. Wie in Trance steht er da, fest mit beiden Beinen auf dem Boden, was mich beruhigt. Lieber glaube ich an optische Täuschungen als an surreale Phänomene.

Ich spreche ihn an.

»Rainer«, sage ich, »was ist los mit dir? Gedenkst du, hier auf den Einbruch der Nacht zu warten?«

Er antwortet nicht. Ich gebe ihm Bedenkzeit und sehe hinaus aufs Meer. Schwarz ist es, seine Wogen schwappen träge und geschmeidig wie Schweröl. Ab und zu schießen leuchtende Reflexe heraus, und in der Ferne, wo Horizont und Meer ineinanderfließen, wirkt die Meeresschwärze wie mit Blattgold belegt. Als ich den Kopf wende, ist Rainer nicht mehr da.

»Was soll das?«, frage ich die Luft.

Dass er gesprungen ist, halte ich für ausgeschlossen. Einen Sprung hätte ich bemerken, die Bewegung wahrnehmen, den Aufschlag hören müssen, stand ich doch unmittelbar neben ihm. Dennoch riskiere ich einen mutigen Blick in die Tiefe, indem ich die abgestürzten Stein- und Erdmassen unterhalb der Abbruchkante nach einem menschlichen Körper in heller Kleidung absuche. Aber nein, da liegt niemand, da ist nur der von Beton- und Asphaltbrocken durchsetzte Schutt. Nirgends Blut. Blut hätte längst einen Trupp von Sanitätsrobotern alarmiert. Wir tragen ja alle diesen lebensrettenden P.U.K. im Kleinhirn, ein mikroskopisch winziges Transplantat, das uns zum Weiterleben zwingt, selbst wenn wir nicht mehr wollen.

Nein, ich kann Rainer nicht entdecken. Dass er irgendwo sein muss, ist klar, wie auch immer er es angestellt hat zu verschwinden. In alten Zeiten sollen Magier und Schamanen ja ähnliche Tricks beherrscht haben. Bleibt die Frage, warum er es getan haben sollte. Um mich zu erschrecken?

Ich überlege, ob ich an der Abbruchkante weitergehen soll. Vielleicht finde ich ja eine Stelle, die mir den Abstieg zum Strand ermöglicht. Und dann? Was will ich am Strand? Umhergehen und Rainers Namen rufen? Ihn suchen? Oh nein, ich bin schlecht zu Fuß. Hilfreich wäre es, wenn er ein Fon bei sich hätte. Leider besitzt er keins. Zum einen habe er keinen Kommunikationsbedarf, jeder Anruf fresse ihm die Zeit weg, sagt er. Zum anderen sei unser Fon-System unzuverlässig geworden, wie übrigens viele Dinge in unserem Leben, mal reagiere es böswillig, mal gar nicht, mal beende es eigenmächtig ein Gespräch. Rainer geht davon aus, dass die Künstliche Intelligenz im Hintergrund zu einer Künstlichen Intelligenzbestie geworden ist und zum eigenen Vergnügen ihre Spielchen mit uns treibt. Und ein Spielball will der Künstler nun mal nicht sein.

Ich beschließe, im Level7 auf ihn zu warten, ich sage mir, irgendwann werde er schon auftauchen.

Nach einer Stunde finde ich, dass ich genug gewartet habe. Dankenswerterweise hat sich das Bordsystem derweil nach einer alternativen Route zum eigentlichen Ziel umgesehen. Der Umweg wird mir in einfacher Sprache erläutert. Ich verstehe. Also fahren wir. Dass es ohne Rainer weitergeht, scheint für ein Level7 kein Problem zu sein. Für mich ist es das auch nicht. Jeder Mensch auf diesem Kontinent kann ja über seinen Ohr-Chip ein Gefährt rufen, das ihn unverzüglich an den gewünschten Ort bringt.

Level7 wendet und rollt zurück zur Hauptstraße, die wir vorhin Richtung Meer verlassen haben. Danach geht es einige Kilometer landeinwärts, bevor wir abzweigen und auf einer maroden Landstraße weiterfahren, die nun wieder der Küste folgt. Wir sind die Einzigen auf dieser Straße, und ich bin wohl die einzige Muse auf der Welt, der es ein Rätsel ist, warum ein Künstler sie zur Muse erhoben hat.

Entlang der Strecke stauen sich vor jedem Abzweig Hotelschilder und Werbetafeln. Im Großformat Abbildungen und Namen, verblasst und vergraut bis zur Unkenntlichkeit, die ursprünglichen Farben allenfalls zu erahnen.

Wir bleiben auf dieser Straße, die mich und meinen Hoffnungsschimmer zum Zielort bringen wird. War ich beim Einsteigen noch überzeugt, dass ich Rainer dort antreffen werde, kommt es mir mit jedem gefahrenen Kilometer unwahrscheinlicher, beinahe absurd vor. Gleichzeitig sage ich mir, dass niemand zwischen zwei Wimpernschlägen spurlos verschwindet, selbst unter jenen Licht- und Luftverhältnissen nicht, die mir am Hohen Ufer Schutzanzug und eine Kappe aufgenötigt haben. Dass damit ein hinterhältiger, von Omega inszenierter Realitätsverlust verbunden gewesen sein könnte, wäre eine Erklärung. Allein mir fehlt der Glaube.

Bleibt das Undenkbare. Es überhaupt in Betracht zu ziehen, kommt einem Tabubruch gleich. Doch der verbotene Gedanke beschleicht mich und lässt sich nicht abschütteln: Omegas System funktioniert nicht mehr fehlerfrei. Könnte es nicht sein, dass die Handlanger des Systems Rainer mit einem Hundertjährigen verwechselt haben, der sich zur selben Zeit vielleicht in der Nähe aufhielt? Könnte es nicht auch sein, dass deren Gegenwart und das sie umgebende Schwerefeld den Hangabbruch verursacht haben?

Wir fahren. Noch fünfzehn Kilometer. Der Nachmittag ist

fortgeschritten, die Sonne unsichtbar geworden, der Himmel hüllt sich in Trübsinn. Melancholie schwängert die Luft und bedrückt das Land.

Level7 rollt durch verwaiste Seebäder, die von Sommerfrische nichts mehr wissen. Zur Meerseite sind sie durch hohe und höhere, immer höhere Deiche abgeschottet. Die alten Badeorte wirken trostlos und feindselig. Von der vielgerühmten Bäderarchitektur mit ihren großbürgerlichen Villen und prachtvollen Kurhäusern, deren weiß getünchten Fassaden, weiß gestrichen Geländern, Veranden, Wintergärten und stilvollen Portalen, kann ich nichts entdecken. Gesichts- und gestaltlose Bauten begleiten unsere Durchfahrt. Keine belebten Straßen, keine Geschäftigkeit, keine Feriengäste, die mit Sack und Pack, Kind und Kegel, Mann und Miesepeter vom Strand kommen. Niemand will mit diesem ölig-schwarzen Meer in Berührung kommen.

Zu allen Seiten sehe ich leerstehende Wohnschachteln, die sich, übereinandergestapelt und aufgetürmt, zu Trutzburgen aufspielen; der freie Blick ist verstellt. Und überall dieser feine, fliegende, frei flottierende Sand. In allen Ecken und Winkeln sammelt er sich. Die aschgrauen Dünen wachsen. Sand oder schwarzes Wasser? Wer ist schneller, wer wird diesen Küstenstrich zuerst verschlingen?

Nach der letzten Seebrücke geht es weiter durch farbloses Flachland. Es ist wie ein Verschwinden aus der Welt. Wohin verschwindet jemand ohne Abschied, dazu spurlos, ist das überhaupt möglich? Ich greife mir mein zerrissenes Kleid, lege es auf dem Schoß zurecht und begutachte die Schadstellen, damit meine Gedanken nicht auf Ab- und Irrwege geraten. Was für ein schönes Kleid es doch war, denke ich und streichele den Stoff. Nein, da lässt sich nichts mehr retten. Schlimmer als diese Erkenntnis ist allerdings der Umstand, dass ich es in diesem fürchterlichen, schlechtsitzenden, altmachenden Schutzanzug aushalten muss, bis ich wieder daheim bin.

Als ich den Blick wieder nach vorn richte, hebt sich gerade der Schrankenarm vor einem Parkplatz. Er ist leer. Und es ist Nacht, und in der Nacht steht ein Hochhaus, ein Hotel, ein mächtiger, schwach beleuchteter Kasten. Ich möchte an eine Fata Morgana glauben, die meinen Wunsch nach einem Bett spiegelt. Ein Irrtum wäre mir allerdings lieber. Vorsichtshalber konsultiere ich das Bordsystem. Ja, die Koordinaten dieses Parkplatzes stimmen mit den Ziel-Koordinaten überein. Vielleicht, sage ich mir, vielleicht ist es ein Näherungswert und der von Rainer ausgewählte Strandabschnitt liegt nur wenige Schritte entfernt von hier.

Das Meer drängt sich mir schon beim Aussteigen auf. Es kriecht in Nase und Ohren. Ich rieche und höre die ölig-schwarzen Wellen, wie sie walzen, wie sie sich über den Strand schieben, wie sie rollen und ihn mit einer schmierigen Substanz sättigen. Dieses Meer, das sich Ebbe und Flut verweigert, folgt seinem eigenen Plan und schlägt sich niemals auf die Seite der Menschen. Ihm sind sie so gleichgültig wie die Barrieren, Zäune und Selbstschussanlagen, die man auch hier errichtet hatte. An ihnen scheiterten die ungebetenen Gäste, die zahllosen Illegalen und die unappetitlichen Kakerlaken, die an Land schwimmen und es gewinnen wollten. Das Meer hat sie verschlungen, und als es vollbracht war, hat es Barrieren, Zäune und Selbstschussanlagen fortgerissen.

Ich gehe über den Parkplatz auf das Hotel zu, entschlossen, darin zu übernachten, im obersten Stockwerk, in einem Zimmer mit Meerblick. Ich will den Strand einsehen können. Morgen wird Rainer dort sein, vor Sonnenaufgang wird er meditierend das Licht erwarten. Reflexhaft fange ich an, die Hotel-Etagen zu zählen. Eine Macke, die mich in undurchsichtigen Situationen beruhigt. Egal, ob Schäfchen, tanzende Mücken, Besteckteile, irgendwas lässt sich immer zählen. Hier und jetzt sind es die Stockwerke. Ich bleibe stehen. Bis zum fünfzehnten bin ich gekommen, darüber verschwimmen die Linien. Einige wenige Fenster sind erleuchtet. Dahinter ahne ich alte und sehr alte Menschen, die in diesem ehemaligen Ferienhotel ihre Ruhe suchen und nachts schlaflos durch notbeleuchtete Flure geistern.

Die Glastür vor der Hotelhalle gleitet lautlos zur Seite. Ich registriere niedrige, weiche Sitzmöbel, gedämpftes Licht und leise Hintergrundmusik. Einen Rezeptionsbereich gibt es nicht. Kein Check-in, keine Formalitäten, kein menschenähnlicher Android, der hinter einem Empfangstresen steht, um von mir Namen, Anschrift und mehr zu erfragen. Wozu auch? Omega weiß eh Bescheid. Jeder kann bleiben, solange er will und solange er es hier aushält. Wie alles, was uns Letzten aus der Vergangenheit zur Verfügung steht, was wir verbrauchen oder in Besitz nehmen können, ist auch der Aufenthalt in einem Hotel kostenlos. Da wir nur noch wenige sind und sich kaum jemand auf eine Reise in die Trostlosigkeit begibt, funktioniert die Zimmerbelegung problemlos. Die Hotels sind leer, kleine wie große, je größer, je leerer.

Die Zimmer werden nach dem Vorbild früherer Love-Hotels vergeben. Das System ist simpel und anonym: Eine große beleuchtete Fototafel stellt etagenweise jedes Zimmer vor. Ist es belegt, wird kein Foto gezeigt. Doch das sind nur wenige, wie ich sehe. Hat man Interesse an einem bestimmten Zimmer, berührt man das Foto. Ein kurzes Video informiert einen sodann über die Ausstattung, Stil und Farbe sowie mehr oder weniger ausgefallene Extras. Selbstverständlich haben alle Zimmer Meerblick und selbstverständlich aus Sicherheitsgründen keinen Balkon.

Mit meinem persönlichen Omega-Code, der mich auch über die Stimme authentifiziert und den ich wie einen Ausweis benutzen kann, aber nicht muss, und es dennoch aus Bequemlichkeit gerne tue, bestätige ich das ausgewählte Zimmer: XOM8MOX.

Der Sprachassistent bedankt sich vorprogrammiert, wünscht mir einen angenehmen Aufenthalt und teilt mir mit, dass ich unter Verwendung des Codes den Fahrstuhl benutzen, mein Zimmer betreten, mich darin aufhalten, es jederzeit verlassen und mich aller Annehmlichkeiten des Hauses erfreuen dürfe, wobei benutztes Spielzeug nach Gebrauch zu desinfizieren sei.

Ich wende mich zum Fahrstuhl.

Mein Wunschzimmer liegt im obersten Stock, dem dreiundzwanzigsten, gleich unter dem Himmel. Nicht nur wegen der Lage, die mich den ganzen Strand übersehen lässt, habe ich dieses Zimmer ausgewählt, sondern auch wegen seiner Farben. Nach all dem Schwarz, den Asche- und Fäkalfarben der Landschaft war mir plötzlich nach einer appetitlichen Umgebung in Vanille-, Pfirsich- und Puddingtönen.

XOM8MOX: Der Sesam öffnet sich, liftet mich gen Himmel und entlässt mich dreiundzwanzig Etagen höher in die Finsternis. Dann rauscht er genüsslich abwärts. Und ich stehe da und sehe nichts, absolut nichts, auch nach einem vorsichtigen Schritt ins Ungewisse bringt kein Bewegungsmelder Licht in dieses Dunkel. Notgedrungen taste ich mich an der Wand vorwärts in der Hoffnung, auf einen Lichtschalter oder Türknauf zu treffen. Ich stolpere wie durch einen Albtraum, blinder als blind, weil meine Sinne versagen. Mein Gehör ist nicht empfindlich genug, mein Fingerspitzengefühl unausgereift, und in der Einschätzung von Entfernungen, die man durch Summen oder Ausstoßen spitzer Laute bestimmen kann, bin ich ungeübt. Bislang hat mir jede Vorstellung von einer Dunkelheit wie dieser gefehlt. Nacht, Neumond, der Himmel so dicht und so schwer mit Wolken behängt, dass kein Sternenlicht hindurchdringt, dazu eine Stille wie Unterwasser. Und nirgends eine Kerze.

XOM8MOX, das Wort, das kein Wort ist, wird mir zur

Beschwörungsformel. Ich spreche es in die Finsternis, ich spreche es mit großer Dringlichkeit aus: »XOM-8-MOX.«

Die Wände geben mir das Wort zurück, ein schwaches Echo, das aus der Finsternis kommt. Unweit von mir, rechter Hand, klickt ein Türschloss. Die Tür springt auf. Ein Lichtschwall flutet den Gang und weist mir den Weg zu einem Zimmer, das in Vanille-, Pfirsich- und Puddingtönen gehalten ist. Ich trete ein, ziehe die Tür hinter mir zu und lasse mich in einen duftigen pfirsichweichen, vanillefarbenen Sessel fallen. XOM8MOX, denke ich und spüre, wie ich noch in derselben Sekunde einnicke.

Als ich die Augen aufmache, hänge ich unter der Decke, in meinem Schutzanzug. Der Spiegel über mir ist kein Charmeur. Er zeigt, was er sieht. In meinem Alter darf man von ihm keine Komplimente und schon gar kein Pardon erwarten. Ich stehe auf. Hunger habe ich und im Kopf sofort wieder die Frage: Wo ist Rainer?

Rainer sitzt im NANO. Mit einer Widderköpfigen. Das Restaurant liegt im Erdgeschoss des Hotels, der Blick geht zum Parkplatz. Der Raum ist vollgestellt mit exotischen Pflanzen, denen man schon von weitem ihre Künstlichkeit ansieht. Sie sollen den Gast wohl von der tristen Aussicht ablenken. Auf Rainers Tisch rollt eine Kugel zu, groß und bunt wie ein Gymnastikball. Ich kenne diese Art von Robotern. Sie gehören einer erstaunlichen Generation an, die man heute nur noch selten zu Gesicht bekommt. Mir sind sie als vielseitige Akrobaten in Erinnerung geblieben. Sie arbeiten ruhig und zuverlässig, mitunter übereifrig. Und wie es aussieht, sind sie auch für den Restaurant-Service geeignet.

In Gestalt einer großen Kugel kommen sie daher. Doch ihr amorphes Zellgewebe macht unglaubliche Verformungen und Verwandlungen möglich. Damit können sie sich an die unterschiedlichsten Bedingungen anpassen und differenzierte Aufgaben erledigen. Von außen betrachtet wirkt das alles wie Magie. Es ist, als hätte eine geheime Macht ihre Hand im Spiel, die sich über Logik und Physik hinwegsetzt. Als mir zum Saubermachen neulich ein Kugelroboter statt des gewohnten, entfernt an einen Menschen erinnernden Androiden ins Haus geschickt wurde, konnte ich die Wandlungsfähigkeit aus nächster Nähe verfolgen.

Den Weg von der Straße bis zur Haustür legte der Roboter als rollende Kugel zurück. Vor der Treppe machte er kurz Halt und stülpte aus seinem Unterteil zwei stramme Tintenfisch-Beine heraus. In Nullkommanichts nahm er die Stufen und wartete schon vor der Haustür, als ich sie aufmachte.

So ein Kugelroboter auf Beinen gleicht jenen Kopffüßlern, die ich als Vierjährige aufs Papier brachte, wenn ich Menschen malte. Ein Kugelroboter hat weder Ohren noch Augen, dennoch kann er, anders als meine Kopffüßler, hören und sehen. Seine Sinne verbergen sich in der Haut, verteilt über die ganze Kugelkörperoberfläche. Was wie Sommersprossen, große Poren, Pickel, Schorf und Altersflecken aussieht, ist der Sitz von Rezeptoren und Sinneszellen; sie nehmen die Umwelt wahr und reagieren auf sie. Obwohl die Sinneszellen nicht in einem Organ mit spezieller Funktion versammelt sind, erscheinen sie in ihrer Gesamtheit wie ein einziges, komplexes Sinnesorgan.

Bei der Arbeit in der Küche zeigte sich, dass mein kugeliger Alleskönner seine tintenfischarmigen Beine verlängern und somit ohne Leiter von den Oberschränken Staub und Schmier entfernen konnte. Zuvor hatte er dazu zwei Arme ausgestülpt. Auch sie glichen den Armen eines Tintenfisches. Die schlängelten, griffen, rückten und schoben die Dinge hierhin und dorthin, um zu wischen, zu wischen und nochmals zu wischen. Vermutlich ging ihm alles zu langsam, denn er stülpte einen weiteren Arm aus, und noch einen, und noch einen, vier zusätzliche Arme wurden es, und für die Standsicherheit kam ein drittes Bein hinzu. Als gegen Ende des Reinigungsspektakels einige Extremitäten überflüssig wurden und im Weg standen, zog er sie wieder ein. Ohne Naht, ohne Riss, wie nie gewesen, verschwanden sie in seinem Körper. Beim Zuschauen beschlich mich der Eindruck, einen Animationsfilm zu sehen, dessen Protagonist, ein reizender Oktopus, aus Knetmasse gemacht war.

Noch zögere ich, auf den Tisch zuzugehen, an dem Rainer soeben die Bestellung für sich und die Widderköpfige aufgibt. Der Service-Roboter übermittelt das Gewünschte an die Küche und entfernt sich. Zwischen Tischen und Stühlen, Kunstpalmen, Kunstfarnen und exotischen Kunstblumen rollt er, signalorange blinkend, gemächlich davon. In der Küche werden sich andere Roboter bereits um die bestellten Gerichte kümmern, denke ich, und sie in Kürze dem Service-Roboter übergeben. Ich bin gespannt, auf welche Weise er den Transport bewerkstelligt.

Soll ich, soll ich nicht? Ich bin unsicher, ob ich mich zu den beiden an den Tisch setzen soll. Widderköpfige sind scheue und empfindsame Wesen. Möglich, dass sie aufspringen und den Raum fluchtartig verlassen würde, wenn ich es täte. Damit würde ich Rainer zwar um seine Gesellschaft und einen möglicherweise interessanten Abend bringen, aber mich selbst würde es in die Lage versetzen, ihn all das zu fragen, was ich mir nicht erklären kann: Wo warst du? Wie bist du hierhergekommen? Seit wann bist du überhaupt da? Und die Widderköpfige, wer ist sie, etwa deine neue Muse?

Ich nehme mein Herz in die Hand und gehe an den Tisch. Es ist ein Vierertisch, zwei Plätze sind frei. Rainers Aufmerksamkeit gilt der Widderköpfigen. Sie scheint ihn derart zu fesseln, dass er mich erst wahrnimmt, als ich »Guten Abend« wünsche und mich so liebenswürdig, wie es mir nur selten gelingt, erkundige, ob ich mich setzen dürfe; ich würde nämlich nicht gerne alleine speisen. Angesichts einer Küche, die sich selbst als »Küche der modernen Kochphysik« bezeichnet, kommen mir allerdings Zweifel, ob man hier tatsächlich *speisen* kann.

Rainer sieht hoch, zunächst erstaunt, dann offenbar erfreut und erleichtert, mich zu sehen.

»Alma, da bist du ja. Wo warst du?«

Er umarmt mich, küsst mich länger, als mir lieb ist. Ein Stuhl kippt und fällt, die Widderköpfige ist aufgesprungen und rennt aus dem Restaurant, Rainer hinterher.

Ich bücke mich nach dem Stuhl und stelle ihn wieder an seinen Platz. Die beiden haben einander gegenübergesessen. Auf welche Weise sie kommuniziert haben, wenn überhaupt, ist mir rätselhaft. Widderköpfige können ja nicht sprechen. Der Bau ihres Kehlkopfs macht es unmöglich, dass sie wortbildende Laute hervorbringen können. Ich setze mich auf den freien Stuhl zur Linken, lehne mich zurück, den Blick zur Eingangstür, und wünsche, Rainer möge die Widderköpfige nicht erwischen.

Der Service-Roboter hat mich bemerkt. Signalorange blinkend rollt er zwischen leeren Tischen und Stühlen auf mich zu. Ich habe inzwischen die Speisekarte überflogen, ohne mir auch nur ansatzweise etwas unter dem Angebotenen vorstellen zu können. Was ist ein Yolly-Lolly? Was ein sphärischer Fruchtcocktail? Was sind Regenbogen-Espumas? Auf jeden Fall bunt, stelle ich mir vor. *Schotter an Moos* ist der Hauptgang eines mehrgängigen Menüs, Beilage: Olivenöl-Drops, Dessert: Quercus in der Schokoladenrobe.

Noch zwei letzte Umdrehungen, und schon ist der Service-Roboter am Tisch. Sofort stellt er das Blinken ein, fährt zwei tintenfischarmige Beine aus, wie ich es bei den Reinigungsrobotern in meiner Küche gesehen habe, und verlängert sie. Als er sich auf Augenhöhe mit mir wähnt, stellt er sich vor. Seine

Stimme kommt aus einem Spalt in seinem kugeligen Körper. Dieser Spalt, der wie ein Mittelscheitel auf einer Glatze sitzt, öffnet und schließt sich äußerst schmallippig. Entsprechend flach klingt die synthetische Stimme; die Artikulation ist ein Graus. Ob er Bob oder Hob oder Top heißt, ist nicht zu verstehen. Ich frage nicht nach. »Guten Abend«, sage ich und bestelle Dinge aus der Abendkarte, von denen ich nur hoffen kann, dass sie keine Übelkeit verursachen. Mit den Bezeichnungen kann ich nichts anfangen. Was ich nehme, ziehe ich blind und nur, weil es sich interessant anhört, aus der Abendkarte wie Lose aus einem Zylinderhut. Seit heute Morgen habe ich nichts gegessen, mein Magen wäre sogar für lauter Nieten dankbar.

Vorweg nehme ich einen Aperitif namens *Xivideon*, meine Vorspeise wird ein *Achelata mit Teer-Espuma* sein, beim Hauptgang habe ich mich für einen *Snozze an Zimbergrün* entschieden und beim Dessert für ein *Tschirritschirri*. Rob bedankt sich artig, schließt den Lippenscheitel und macht sich wieder zur Kugel. Dann rollt er blinkend davon zum Küchenlabor.

Fast im selben Moment schwingt die Eingangstür auf. Rainer und die Widderköpfige erscheinen, sie in einer Art Cocktailkleid, schneeflockenweiß, er in seiner Künstlerkluft von heute Morgen. Und ich? Wie sehe ich aus? Da mein Lieblingskleid zerrissen ist, bin ich noch immer im Schutzanzug, der mir zu groß ist, also unpassend.

Ich fahre mir verlegen durchs Haar, als sie auf den Tisch zukommen. Keine Erklärung, keine Entschuldigung, ohne ein Wort nimmt Rainer seinen alten Platz ein. Die Widderköpfige setzt sich ihm zögernd gegenüber. Schüchtern sitzt sie da, hält den Blick jungfräulich gesenkt. Wie ein gefallener Engel in diesem freizügigen, schneeflockenweißen Cocktailkleidchen, denke ich. Ja, ich wüsste gerne, was hier vorgeht oder vorgefallen ist. Von ihr kann ich keine Antwort erwarten. Stumm, womöglich wiederkäuend, malmt sie mit den Kiefern, ohne den Blick zu heben. Die blonden Wimpern sind sanft geschwungen. Ihren Augenaufschlag stelle ich mir dramatisch vor: gelbe Augen und ein Blick aus schwarzer Balkenpupille.

Rainer legt mir die Hand auf den Arm.

»Und nun erzähl mal, wo du die ganze Zeit warst.«

Ich schiebe seine Hand weg. Der Ton gefällt mir nicht.

»Und du? Wo warst du? Wir hatten oben auf dem abgestürzten Ufer gestanden und plötzlich warst du weg, verschwunden, einfach so, von einem Moment zum andern.«

Er schüttelt den Kopf und lacht, als hätte er nie einen besseren Witz gehört. Die Widderköpfige zuckt erschrocken zusammen und sieht sich um. Nach einem Fluchtweg?

»Nein, *du* warst weg«, behauptet Rainer.

Ich atme aus, ich bin fassungslos.

»Rainer, du spinnst«, sage ich. »Ich stand, wo ich die ganze Zeit stand, und war ratlos, weil ich mir dein Verschwinden nicht erklären konnte. Niemand verschwindet spurlos von jetzt auf gleich. An einen üblen Trick habe ich gedacht, Rainer will dich verscheißern. Dann bin ich zurück zum Fahrzeug, habe stundenlang auf dich gewartet und mich schließlich hierher kutschieren lassen. Das Ziel war ja klar, erwartet habe ich allerdings einen Strand.«

»Wie seid ihr gefahren?«, erkundigt sich Rainer.

»Das erzähle ich dir später. Mich interessant viel mehr, wie *du* es bis hier geschafft hast. Ich sei ja weg gewesen und das Level7 auch, wie du sagst.«

Ein in die Jahre gekommener Android aus zweiter Hand, zurechtgemacht als Kellner, serviert mir den bestellten Xivideon. Die Widderköpfige wendet sich angewidert ab.

»Ihr trinkt nichts?«, frage ich.

»Wir haben Wasser bestellt«, sagt Rainer, »klares Wasser

ohne Geschmack, die Zubereitung braucht etwas Zeit. Aber du musst nicht auf uns warten.«

»Ich warte gerne«, sage ich, weil ich mich mit dem Anblick meines Aperitifs erst vertraut machen muss. Ein derart graues Getränk habe ich noch nie im Glas gehabt. Es erinnert an Milch, in die man Asche gerührt hat; schwarze Flocken schwimmen darin herum.

Ich nippe. Im Grunde befeuchte ich nur meine Zunge. Rainer und die Widderköpfige beobachten mich, wohl gespannt auf meine Reaktion. Ich wage einen größeren Schluck. Die Widderköpfige schnaubt verhalten, Rainers Oberkörper spannt sich, dann presst er die Augen zusammen, als erwarte er eine Explosion, ersatzweise meinen Todesschrei.

Der Todesschrei bleibt aus, die Explosion nicht. Sie geschieht in meinem Mund. Mein erster Gedanke: das Glas ist zerbrochen, ich habe es zerbissen. Scharfe, nadelspitze Splitter füllen meinen Mund. Doch statt sie auszuspucken, zwingt mich ihr Geschmack, zwingt mich ihr flammend schöner Geschmack, dieses unbekannte, knirschende Getränk, diesen Xivideon, zu kauen und zu zerkauen. Er verflüssigt sich, umschmeichelt meine Zunge wie ein großartiger Liebhaber. Ich schlucke, ich schmecke Unvorstellbares. Und fürchte mich.

Wieder kippt ein Stuhl und fällt. Wieder rennt die Widderköpfige aus dem Restaurant. Ich sehe ihr hinterher, halte aber Rainer am Arm fest.

Diese mysteriösen Geschöpfe faszinieren mich, sie laufen herum wie Brautjungfern oder Ballerinen und tragen mit Vorliebe glitzerndes weißes Zeugs, Tüll und Spitzen. Ihre Bewegungen gleichen denen junger Mädchen, dabei sind sie alt, seit siebzig Jahren und mehr wurden keine menschlichen Embryonen mehr von Mutterschafen ausgetragen. Ihre fellbewachsenen Gesichter zeigen keine Falten. Nur die Haut an Armen, Hals und Dekolleté, die wie unsere erschlafft und altersfleckig ist, belegen das fort-geschrittene Alter.

Ich lasse Rainers Arm wieder los.

»Es wird die altersschwache Blase sein, die sie aufs Klo treibt«, sage ich.

»Kann sein, kann nicht sein«, bemerkt eine hakelige Stimme neben uns. Der zum Kellnern programmierte Android ist mit einer Karaffe und zwei Gläsern an unserem Tisch erschienen. Er stellt Rainer und dem leeren Stuhl der Entschwundenen je ein Glas hin, schenkt ein und entfernt sich ohne weiteren Kommentar. Das Wasser funkelt kristallklar.

»Rainer, du hast meine Frage noch nicht beantwortet.«

»Ach, richtig, du wolltest ja wissen, wie ich zum Hotel gekommen bin.«

Bevor er weiterspricht, probiert er das kristallklar funkelnde Wasser. Nach einem großen Schluck und einem langgezogenen »Aaaah« stellt er das Glas ab und sagt: »Zu Fuß bin ich gegangen, einfach zu Fuß. Was blieb mir anderes übrig. Du warst weg, das Fahrzeug war weg…«

Zu gerne würde ich jetzt mit ihm über unsere Wahrnehmungen sprechen, um ihm klarzumachen, dass nicht *ich* verschwunden war, sondern *er*. Und er würde umgekehrt vermutlich dasselbe versuchen, falls es kein Joke, kein Trick, keine Hypnose war, mit der er meine Wahrnehmung manipuliert hat. Damit haben wir keinen außenstehenden Beobachter und könnten so lange diskutieren, wie wir wollten, ohne das Verschwinden des anderen aufzuklären oder ihn von seiner Sicht abbringen zu können. Im besten Fall würden wir von einem neuropsychologischen Phänomen ausgehen, eine Art Bewusstseinsstörung unbekannter Ursache. Dass es Dinge gibt, die dem Erfahrungshorizont des Menschen entzogen sind, wird von niemandem infrage gestellt. Unerklärliches Geschehen ist Mutmaßungen ausgesetzt und allein dem Glauben oder der Fantasie zugänglich. Unser mögliches, eingebildetes, vielleicht zeitversetztes Verschwinden aufklären zu wollen, erscheint mir daher müßig und darüber zu streiten sinnlos. Es wäre wie eine Diskussion über die Existenz von Engeln oder Gespenstern. Der eine sieht sie, der andere nicht. Für den, der sie sieht, sind sie real und Teil der erfahrbaren Welt. Für denjenigen, dem Gespenster und Engel nur im übertragenen Sinn begegnet sind, bleiben es Hirngespinste.

Ich denke, dass es klüger ist, Rainers Wahrnehmung nicht anzuzweifeln und ihn erzählen zu lassen.

»Was hast du gemacht, als ich verschwunden war?«, frage ich. »Irgendwie musst du ja hergekommen sein.«

Seinem Gesicht entnehme ich, dass er es für eine blöde Frage hält.

»Ich bin zu Fuß gegangen«, sagt er, »die Karte hatte ich ja halbwegs im Kopf, also immer am Strand entlang, immer nach Osten, dann musste ich irgendwann zu jenem Strandabschnitt kommen, an den ich wollte. Und das bin ich, wie du siehst. Alles eine Frage von Kilometern und Sperranlagen. Zwar stehen sie nur noch herum und sind außer Betrieb«, sein Blick geht in Erwartung der Widderköpfigen kurz zur Tür, dann fährt er fort, »dennoch wirst du das unangenehme Gefühl nicht los, dass man dich beobachtet. Mir fielen diese obskuren Roboter-Milizen von früher wieder ein. Vielleicht, dachte ich, vielleicht sind von denen ja noch einige funktionstüchtig und wollen unbedingt einen Spion festsetzen, um sich in ihrem ansonsten nutzlosen Dasein zu beweisen. Und schon ärgerte ich mich, dass ich mir den Tunnel aus abgerolltem Klingendraht so eingehend angesehen hatte, dass sie Verdacht schöpfen mussten. Ja, ich habe sogar getestet, ob sich eine schlanke Person wie ich hindurchzwängen könnte. Es ging nicht. Du erinnerst dich doch sicher noch an das, was man früher mit Feinden und Fremden gemacht hat, wobei uns ja alle Fremden zu Feinden geworden waren.«

Er spricht nicht weiter, denn der kellnernde Androide bringt mir soeben die Vorspeise.

»Ah«, sage ich und lasse es erfreut und überrascht klingen, »so also sieht ein Achelata aus.«

»Ein Zehnfußkrebs aus der Langusten-Familie«, nuschelt der nachgemachte Kellner und dreht den Teller so, dass *Achelata* mich fixieren kann. Zu diesem Zweck hat man ihm zwei Augen gegeben, das heißt, man hat ihm vorne zwei lackschwarze Perlen ins pralle Langustenfleisch gespießt. Rosig, nackt, bar aller Krusten und Füße präsentiert man mir Achelata in einem dunkelbraunen Schaum-Espuma, der ein starkes Teer-Aroma verbreitet. Aus dem segmentierten Hinterleib quillt die Beilage: eine an Froschlaich erinnernde Masse. In diesem Glibber-Klumpen scheinen Tausende winziger Augenäpfel aneinander zu kleben, alle mit einer stecknadelkopfgroßen Pupille versehen, die sich erwartungsfroh auf mich richten. Da der Kellnernde sich bereits entfernt hat und ich ihn nicht an den Tisch zurückrufen mag, damit er mir die Handhabung des bereitgelegten Sezierbestecks erklärt, überlege ich, wie ich Achelata sinnvoll zu Leibe rücke.

Rainer wünscht mir einen »außerordentlichen Appetit.«

Ich setze mir das abfällige Lächeln einer Gourmandise auf, die sich in Gesellschaft eines Banausen weiß, und greife zu einem sehr schmalen, sehr langstieligen Löffel. Während er auf seine Strandwanderung zurückkommt und seinen Bericht fortsetzt, mache ich mich über Achelatas Laich her. Da er weder sensorisch noch geschmacklich ein Ereignis ist, lenkt mich nichts vom Zuhören ab. Löffelchen für Löffelchen steche ich von der Glibber-Masse kleine Portionen ab und führe sie zwischen meine Lippen. Zu schmecken ist nichts. So sehr sich Zunge und Gaumen um eine Wahrnehmung bemühen, meine Geschmacksknospen öffnen sich ins Leere. Selbst etwas wie Substanz lässt sich nicht feststellen. Es ist, als schlürfte ich Nebel.

»Auf den Strandabschnitt hinter den Sperr- und Über-wachungsanlagen«, sagt Rainer, »folgte ein kilometerlanger Strand. Aufgelaufene U-Boote versperrten mir immer wieder den Weg. Von weitem sahen sie aus wie Seekühe oder Pottwale, die im Treibgut und Müllresten verendet waren. Im Näherkommen wuchsen sie mir als Schrottberge entgegen. Zum Glück konnte ich sie schnell hinter mir lassen und wanderte in der Hoffnung weiter, bald den Strand zu erreichen, an dem ich malen wollte.«

Er macht eine Pause, wohl um zu sehen, wie ich mit Achelata zurechtkomme. Soeben habe ich nämlich den Leib aufgeschlitzt und seine Innereien freigelegt. Mit einem Besteckteil, das mir geeignet scheint, schiebe ich das Gekröse an den Tellerrand.

»Du wirst diese Köstlichkeiten doch nicht etwa ver-schmähen«, bemerkt er ironisch.

»Das Beste hebe ich mir bis zum Schluss auf«, sage ich, »aber vergiss deine Rede nicht.«

Wieder sieht er zur Tür.

»Es war schon ein seltsames Dahinwandern«, fährt er fort, »Malerei im Gehen, immer dicht an der Wasserlinie entlang, mit entleertem Kopf, körperlos und unsichtbar fühlte ich mich. Manchmal stellte ich mir vor, du würdest mir folgen, um mich einzuholen, würdest aber an mir vorbeigehen, ohne es zu wissen.

Während ich so ging, standen mir plötzlich die Bilder vor Augen, die ich malen wollte. Malen sollte? Auf einmal waren sie da. Das Meer schien sie mir zuzuspielen. Was sich bislang nur als Idee im Ungefähren herumtrieb, sah ich nun vor mir. Wie Bilder in einer Ausstellung konnte ich sie betrachten, beseelt und besessen von dem Wunsch, sie mir einzuprägen und festzu-halten. Ich fürchtete nichts mehr, als dass sie mir verloren gehen könnten.«

Rainer sieht mich an, ohne mich zu sehen, sein Blick geht durch mich hindurch. Sein Gesicht verrät, dass er in Gedanken noch immer den Strand entlangwandert und das Gefühl hat, körperlos zu sein. Leider kann ich ihn mir so nur als luftigen, milchweißen Geist vorstellen oder auch wie einen mit Leuchtstift in die Luft gezeichneten Umriss. Entrückung, Erweckung, Erleuchtung, derartige Zustände sind mir fremd und unheimlich. Gleichwohl beneide ich Rainer darum.

»Das hört sich an, als ob du eine Eingebung oder Idee hattest, die so genial ist, dass du auf meinen Musenkuss verzichten kannst.«

Er grinst über meine Stichelei hinweg.

»Das weiß ich noch nicht«, sagt er, »ich weiß nur, dass ich einen Zyklus in den Farben Schwarz malen werde. Schwarze, großformatige Bilder habe ich vor Augen.

»Ich versuche, sie mir vorzustellen«, sage ich, »sehe aber, ehrlich gesagt, nur schwarz gestrichene Leinwände vor mir. Gut möglich, dass mir die nötige Fantasie fehlt.«

»Natürlich habe ich nicht vor, meine Leinwände anzustreichen wie eine Wand oder Fassade. Es gibt viele Arten von Schwarz, die sich voneinander unterscheiden und es möglich machen, Fantastisches plastisch darzustellen. Obsidianschwarz fällt mir ein, Rauchschwarz, Rabenschwarz, Elfenbeinschwarz, Samtschwarz, Tuscheschwarz, Schwarzoxyd, Lackschwarz und noch viele Töne mehr. Im Zusammenspiel ergeben sie mehr als eine monotone Fläche. Nein, meine schwarzen Bilder sollen den Betrachter wie eine Meditation aus dem Zustand des wachen Bewusstseins hinauszuführen und ihm eine Anderswelt öffnen. Schwarze Formen und Strukturen werde ich verwenden ...«

»Verstehe ich nicht«, unterbreche ich ihn.

»Ist auch schwierig zu erklären. Male ich zum Beispiel das Meer, wird es ein Meer sein, das zu schwarzgeädertem, wellenförmigem Marmor erstarrt ist. Oder sich aus Strukturen verkohlten Holzes zusammensetzt. Oder eine tiefschwarze Ebene wird die Bildfläche füllen, eine flache Landschaft, die vom glitzernden, scharfkantigen Auswurf eines Vulkans bedeckt ist und an Glasscherben erinnert. Es kann auch Asphalt sein. Oder der Faltenwurf eines liturgischen Gewandes. Oder es werden, schwarz auf tiefschwarz, widderköpfige Wesen das Bild bevölkern, dämonisch anzusehen, wie sie in schwarzen Pantherfellen auf einem Schlachtfeld umhergehen. Walküren, die sich der Toten annehmen, um ihnen den Weg ins Nichts zu weisen.«

»Rainer, du machst mir Angst.«

Er sieht mich an, als habe er mich soeben aus dem Kreis seiner Musen ausgeschlossen. Dann nimmt er sein Glas und trinkt schweigend und mit abwesendem Gesicht von dem kristallklaren, geschmacksneutralen Wasser. Als er das Glas wieder absetzt, geht sein Blick nochmals zur Tür. Dieses Mal wird seine Erwartung nicht enttäuscht. Die Widderköpfige erscheint. Statt des freizügigen, schneeflockenweißen Cocktailkleides trägt sie nun einen paillettenbesetzten Hosenanzug aus hellem Satin. Ich, die ich nach wie vor in einem grauenhaften, unbequemen Schutzanzug ausharren muss, fühle mich beschämt.

Wenig später steuert der kellnernde Androide unseren Tisch mit drei Tellern Grünzeug und Steinen an. Einen stellt er auch mir hin, obwohl ich mit der Vorspeise noch nicht fertig bin und ein anderes Hauptgericht bestellt habe, nämlich irgendwas mit *Snozze*. Als ich reklamiere, schnarrt er mich an und verweist auf eine Fußnote in der Abendkarte, wonach als Hauptgericht heute einheitlich *Schotter an Moos* serviert wird. Dann räumt er wie selbstverständlich Achelata samt ausgelöster Innereien und Teer-Espuma ab, wohl davon ausgehend, dass mir der Zehnfußkrebs nicht schmeckt.

Die Widderköpfige hat derweil Platz genommen, Rainer ihr Wasser eingeschenkt und sie ihn mit einem herzzerreißenden Augenaufschlag bedacht.

Was den Teller wie Moos auspolstert, scheint aufgeschäumtes Kräuterpüree zu sein. Ich probiere: Es schmeckt nach Spinat. Und was wie graue Kieselsteine im aufgeschäumten Kräuterpüree liegt, dürften basaltfarben eingefärbte Kartollinis sein. Geschmacklich sind sie von Pellkartoffeln mit Schale nur durch ihren wattigen Biss zu unterscheiden.

Wir essen schweigend. Eine Plauderei, leicht und unangestrengt im Ton, wäre mir lieber. Doch möglich wäre ja nur ein Zwiegespräch zwischen Rainer und mir, an dem sich die Widderköpfige nicht beteiligen könnte. Allein die Vorstellung, mich in Gegenwart dieses stummen Halbwesens zu unterhalten, ist bedrückend. Selbst wenn ich mich überwinden und alle Bedenken beiseiteschieben würde, ein gutes Gespräch käme nicht zustande. Dabei habe ich den Wunsch, etwas über das geheime Leben der Widderköpfigen zu erfahren, und natürlich speziell über sie, die stumm mit uns am Tisch sitzt. Ihre Gedanken und Gefühle, ihre Sicht auf uns und die Welt interessieren mich. Ob ihr eigentlich bewusst ist, dass die Ursache ihrer Existenz das bevorstehende Aussterben der Menschheit ist? Zuweilen kommt mir der Gedanke, wir unterstellen diesen widderköpfigen Wesen Seelenzustände, die unseren gleichen, doch ihnen tatsächlich vollkommen fremd sind. Könnte es nicht sein, dass sie in einer von uns nicht nachvollziehbaren Welt leben und eine Annäherung an sie unmöglich ist? Dann wäre meine Frage, was sie dazu gebracht hat, sich an Rainer zu hängen, unsinnig. Aber: Was will sie bloß von ihm? Und was will er von ihr? Skizzen, Entwürfe für widderköpfige Walküren in schwarzen Pantherfellen?

Unsere Teller werden abgeräumt. Gemeinsam warten wir auf mein Dessert, das Tschirritschirri. Auch die beiden sind offenbar gespannt, was sich hinter diesem Namen versteckt.

»Hast du vor, länger zu bleiben?«, frage ich Rainer.

»Ja, noch ein oder zwei Tage«, sagt er. »Warum fragst du?«

»Weil ich nach Hause möchte. Ich weiß nicht, was ich hier soll«, antworte ich.

Die Widderköpfige schnaubt leise vor sich hin. Rainer und ich sehen zu ihr, als wollte sie uns damit etwas sagen. Doch sie fährt nur mit den Fingern die Spirale ihres rechten Horns ab, langsam und gelangweilt wie eine Frau, die mit ihrem Haar spielt.

Aus dem Augenwinkel nehme ich ein Blinken zwischen den Tischreihen wahr.

»Ich glaube, das Dessert kommt«, sage ich.

Wir lehnen uns zurück, während Rob das Tschirritschirri in der Mitte des Tisches platziert wie eine Blumenvase. In dem ballonförmigen Glasgefäß steht ein kunterbunter, Vanilleduft verbreitender Strauß von Zuckerstangen, hohl wie Makkaroni und griffbereit zum Vernaschen. Bevor ich eine herausziehe, ermuntere ich Rainer und die Widderköpfige, sich ebenfalls zu bedienen.

»Bitte«, sage ich, dann greifen wir zu.

Kaum habe ich das Dessert-Röhrchen zwischen den Lippen, bricht das vordere Stück ab. Ein Zisch-Peng-und-Flash-Moment. Meine Zähne werden heiß. Meine Zunge flammt. Mein Mund scheint sich mit winzigsten Glassplittern zu füllen. Schlucken oder spucken? Zu spät. Eine nie gefühlte Schärfe sucht meinen Körper heim. Ein ähnliches Gefühl muss auch die beiden erfasst haben. Sie reißen die Augen auf. Der Widderkopf vollführt eine taumelnde Kreisbewegung, Rainers Oberkörper schwankt. Dann ist es vorbei und wie nie gewesen, das Gefühl von unerträglicher Schärfe. Das Merkwürdige: Wir möchten gleich wieder. Und nichts spricht dagegen.

Noch vor Mitternacht trennen wir uns. Ich warte vor dem Fahrstuhl, bis Rainer die Widderköpfige nach draußen gebracht und sie in die Nacht verabschiedet hat. Er hat sein Zimmer eine Etage unter mir.

Ich erwache mit einem schlechten Geschmack im Mund und noch schlechterer Laune. Dagegen hilft nur sofortiges Aufstehen. Kaum geschlafen habe ich. Mir hat mein Nachthemd gefehlt. Der Schutzanzug konnte es nicht ersetzen, und ohne alles habe ich gefröstelt, obwohl die Klimaanlage lief und auf fünfundzwanzig Grad eingestellt war. Eine Nachtabsenkung ist weder vorgesehen noch erreichbar bei nächtlichen Außentemperaturen von mehr als vierzig Grad. Heute Morgen sind es schon wieder siebenundvierzig, und mittags werden es wohl um die fünfzig sein. Der Strand wird glühen und das schwarze Wasser sich weiter aufheizen. Ich denke, dass diese Aussicht Rainer zu dieser frühen Stunde an den Strand getrieben hat. Um sich das Meer anzuverwandeln, wie er es nannte. Von hier oben, vom Fenster aus, kann ich ihn sehen und die Widderköpfige, die ihn begleitet. Genau das ist ja der Vorzug dieses Zimmers in der obersten Etage, dass man den ganzen Strand überblicken kann.

Lange, sehr lange sehe ich sie unten am Wasser stehen. Reglos blicken sie aufs Meer. Unwirklich kommen sie mir vor, das Gehörn der Widderköpfigen ein exzentrischer Kopfschmuck, eine Krone, und die helle, wehende Kleidung der beiden verstärkt noch den unwirklichen Eindruck. Doch ich halte ihn fest, denn es gefällt mir mal wieder, in ihnen Boten aus einer anderen Welt und anderen Ordnung zu sehen. Ich stelle mir vor, dass ihre Heimat ein ferner, erdähnlicher Planet ist, der sich noch im Zustand der Schöpfung befindet. Ein Paradies.

Aber jetzt wenden sie sich abrupt ab von unserem komatösen, schwarz gewordenen Meer. Im selben Moment frieren sie ein, werden zu Standbildern in der glühenden, zitternden Hitze. Und sind verschwunden. Zurück bleibt ein Gleißen.

XV

Es ist nicht die Hitze, die mich davon abhält, mir Klarheit darüber zu verschaffen, ob das, was ich vorhin beobachtet habe, nur eine Sinnestäuschung war. Nein, was mich hindert, ist die Gewissheit, dass es keine war. Ginge ich auf die Suche nach Rainer, es wäre vergebens. Ich würde weder ihn noch die Widderköpfige finden, nicht im Hotel und nicht am Strand, da bin ich mir sicher. Woher diese Sicherheit kommt, ich weiß es nicht. Ein Hinweis könnte die Schwere sein, die ich seit dem Moment ihres Verschwindens an diesem Ort empfinde. Eine Kraft scheint alle Bewegung zu hemmen, selbst die der Zeit. Ich bewege mich wie unter Wasser. Mein Herz, mein gutes, altes, zuverlässiges Herz muss um jeden Schlag kämpfen. Panik greift nach mir.

Atme, atme, du musst atmen, Alma!

Ich atme. Ich will weg. Ich schleppe mich aus dem Zimmer, dann den Flur entlang, vorbei am Fahrstuhl, der mir Angst macht. Im Treppenhaus stürzt mein Blick übers Geländer, dreiundzwanzig Stockwerke tief in den Treppenschacht. Ich atme. Ich atme mich nach unten. Unten dann ins Freie. Über mir der weißglühende Himmel.

Level7 steht bereit. Es erkennt mich, entriegelt Tür und Tor und rückt meinen Sitz in Position. Noch während des Einsteigens lasse ich das System wissen, dass ich auf schnellstem Wege nach Hause will. Der Ton macht es dringend. Keine Sekunde später rollen wir. Wie in Zeitlupe geht es über den leeren Parkplatz. Das macht mich argwöhnisch und furchtbar nervös. Doch als der Schrankenarm an der Ausfahrt sich hebt und Level7 beschleunigt, dass es mir den Magen lüpft, werde ich wieder ruhig. Nichts und niemand will mich hier festhalten.

Minuten später sind wir auf der Mag2. Es ist der kürzeste und schnellste Weg nach Hause. Und der langweiligste. Trostlose zweihundert Kilometer erwarten mich. Ich lehne mich zurück. Nicht nach draußen schauen. Augen zu und versuchen, sich einen Reim auf Dinge zu machen, denen mit einer vernünftigen Erklärung nicht beizukommen ist.

Das monotone Fahrgeräusch hält mich von tiefschürfendem Nachdenken ab. Es lullt mich ein. Doch das Hinterstübchen, wo Hinterlist und Hintersinn hausen, wird aktiv. Ohne mein Wollen und Zutun entwickelt es Ideen, die als Ursache jener merkwürdigen Ereignisse in Betracht kommen könnten. Zeitsprünge zum Beispiel, auch rückwärts, Zeitrisse, in deren Folge Vergangenheit und Gegenwart sinnwidrig vertauscht sind. Sogar das Undenkbare wird im Hinterstübchen gedacht, nämlich, dass Omegas Systeme inzwischen defekt sind, selbst die Zeit.

Absurd, lachhaft, sage ich mir. Was für ein Blödsinn einem so durch den Kopf schwirrt. Doch dann trete ich dem Gedanken näher und frage mich, warum ich es eigentlich für ausgeschlossen halte, dass Omegas Zeitsystem Aussetzer hat und dass diese Aussetzer Unordnung in die gewohnte Folge der Stunden, Tage und Jahre bringen könnten.

Zum ersten Mal wehre ich mich nicht gegen diese Vorstellung, schiebe sie nicht voreilig beiseite, sondern lasse sie zu. Mehr noch: Ich male mir die Folgen aus, wenn die Zeit plötzlich Sprünge macht, Lücken hinterlässt, Risse bekommt, die das Gefüge auseinanderreißen. Und ja, vielleicht führen solche Defekte sogar zur Bildung einer zweiten Zeitebene, einem Bypass vergleichbar, der eine zweite Wirklichkeit generiert, die, abgekoppelt vom

Hauptstrom, parallel zu ihm verläuft, bevor sie sich früher oder später wieder mit ihm vereinigt.

Ein Gedankenspiel, mehr nicht, und nicht weniger als der Versuch, Rainers Verschwinden und letztlich auch das von Tilla während unserer nächtlichen Begegnung in meinem Elternhaus zu erklären. Gemeinsam ist diesen Ereignissen ein Schwerefeld, das mich umgab, als sie verschwanden. Es fühlte sich an, als hätte sich die Gravitationskraft der Erde plötzlich verdoppelt.

Ich beschließe, einen Umweg über Rainers Künstlerdomizil zu machen, denn im Hinterstübchen wurde die Idee von einem Riss, Sprung oder Defekt in Omegas Zeitsystem weitergesponnen. Und die hat nun die Frage aufgeworfen, ob es nicht sein könnte, dass Rainer, während ich zweihundert Kilometer zurückgelegt habe, in einer mir unzugänglichen Zeiteinheit und Realität ein erstes schwarzes Bild begonnen oder sogar fertiggestellt hat. Dieser Gedanke ist verwegen, doch er zwingt mich geradezu, Level7 umzudirigieren und einen Umweg zu machen.

An der übernächsten Ausfahrt verlassen wir die Mag2 und fahren ab.

Das ehemalige Gehöft liegt verlassen da. Das anfängliche Gleißen der Sonne ist ihr auf dem Weg von der Küste ins Binnenland vergangen. Hier ist sie wieder in den alten Trübsinn verfallen. Wie ein Leichenfleck blüht sie am verschmutzten Himmel.

Da sich auf mein Klingeln und Klopfen im Hause nichts rührt, gehe ich über den Hof hinüber zur Atelierscheune. Auch hier reagiert nichts und niemand auf mein Rufen und Rütteln am Scheunentor. Mit einer Stahlkette und einem Vorhängeschloss ist es gesichert. Wie für die Ewigkeit.

Mir kommt Rainers *Geniestreich* in den Sinn. Und das Fenster im Vorraum seines Ateliers, das einen Blick auf jenes Kunstwerk hinter der Scheune erlaubt. Ob er es tatsächlich für einen

Geniestreich hielt oder ob mir nur sein Augenzwinkern entgangen war, weiß ich nicht. Doch wo man hinausschauen kann, kann man auch hineinschauen, sage ich mir und begebe mich zu den rosarot angestrichenen Baumgerippen mit seinem Köter-Objekt. Rein äußerlich ist es ein Pudel, des Pudels Kern ein mechanisches Räderwerk.

Der Pudel hat aufgegeben; Schnauze und Räderwerk stehen still, wie es sich für ein Kunstwerk gehört, das kein kinetisches ist. Ich gehe auf das hohe Fenster zu, für das ein Teil des Fachwerks herausgelöst wurde, was man von innen nicht sieht. Die Scheibe spiegelt mich. Ein Alien im Schutzanzug geht dicht an das Fenster heran. Mit einer Hand schirme ich meine Augen ab, um im Vorraum etwas erkennen zu können.

Was ich sehe, ist blau. Himmelblau die Wände, azurblau die Decke, und an den Wänden dieselben großflächigen Farbwunder in Blau wie vorgestern. Nichts im Raum hat sich verändert. Die Tür, die ins Atelier führt, ist zu. Auch dort, in diesem Moment wird es mir klar, auch dort würde ich auf kein neues oder ein in Arbeit befindliches Bild stoßen, nicht einmal auf eine grundierte Leinwand, die ein schwarzes Gewässer oder ein widderköpfiges Wesen erahnen ließe. Nein, es gibt keine zweite Zeitebene neben der, in der wir uns bewegen, die wir mit der Uhr messen und mit Datumsangaben füllen. Sie ist das Gerüst unserer Realität und gibt uns Orientierung. Nicht nur sprachlich lässt sie uns zwischen Vergangenheit, Gegenwart und Zukunft unterscheiden. Es war wohl Wunschdenken, was mich hoffen ließ, Rainer noch einmal zu begegnen. Hier, an diesem Ort.

Omegas System macht Fehler. Es funktioniert nicht mehr. Jedenfalls nicht mehr perfekt, soviel habe ich begriffen, und auch, dass auf Omegas Daten kein Verlass mehr ist. Rainers Lebenszeit war noch nicht um, zehn Jahre zu früh wurde er ins Nichts überführt und ausgelöscht. Es ist die einzig mögliche Erklärung für sein plötzliches Verschwinden. Rufe ich mir jenen Augenblick wieder ins Gedächtnis, sehe ich ihn an den Strand gehen, zusammen mit der Widderköpfigen. Ich sehe beide lange am Wasser verharren, als betrachteten sie das Meer. Oder die Linie des Horizonts. Oder sie versuchten, zumindest könnte es bei Rainer so gewesen sein, hinter die Horizontlinie zu gelangen, um ins Unendliche vorzudringen, ins Unbekannte, Unvorstellbare, in jenen Bereich, der den menschlichen Sinnen unzugänglich, aber metaphysisch erfahrbar ist. Da standen sie und standen in der nächsten Sekunde nicht mehr dort. Der Strand war menschenleer und über allem lag ein unbeschreibliches Gleißen.

Auf dem Weg zurück zum geduldig wartenden Level7 verweile ich eine kleine Zeit vor dem verriegelten, verrammelten Scheunentor. Ich nehme Kette und Schloss in die Hand. Das Metall ist warm, fast heiß, und wiegt schwer. Niemand wird kommen und den Riegel zurückschieben. Kein Publikum wird Rainers Bilder je sehen, niemand sie kritisieren, niemand sie feiern. Was wird mit diesen Werken am Ende unserer absehbaren Menschentage geschehen und was am Ende aller Erdentage von ihnen geblieben sein, wenn unser Planet, erkaltet und schrumpelig wie eine Kartoffel, weiter und weiter durchs All rauscht?

Eine unbekannte Trauer hat mich erfasst, eine schwebende, sehr leichte Trauer.

Atme, Alma!

Alma, du musst jetzt atmen!

XVI

»Atme, atme, du musst atmen, Alma!«

Diese Kälte! Jemand muss das Fenster aufgerissen haben. Doch warum macht sich Kälte statt Hitze breit? Sind Widderköpfige in mein Schlafzimmer eingedrungen? Unglaublich kalt ist mir. Die frostige Nacht macht mir Angst.

»Fenster zu!«, rufe ich.

Das Fenster wird geschlossen.

Ich reiße die Augen auf. »Wer ist da?«

Keine Antwort. Ich mache die Augen wieder zu. In dieser gottlosen Finsternis ist ja ohnehin nichts zu sehen. Wie spät mag es sein? Ich bin gestern viel zu früh ins Bett gegangen und brauche mich nicht zu wundern, wenn ich mitten in der Nacht aufwache und mich ausgeschlafen fühle.

3 Uhr 56 ist es.

Vor genau drei Stunden und 56 Minuten habe ich mein letztes Lebensjahr vollendet, das heißt: Seit drei Stunden und 56 Minuten bin ich hundert Jahre alt und werde die Welt heute wieder verlassen. Irgendwann. Wie herausgeschnitten aus ihr, wie niemals gewesen werde ich sein.

Dem noch ungewissen Augenblick sehe ich nicht wie einer Hinrichtung entgegen, eher wie einer Verheißung. In den Zeiten, als Todesstrafen noch durch Elektrokution vollstreckt wurden, nannten die Verurteilten den Elektrischen Stuhl *Mercy Seat*, Gnadenstuhl. Erlösung vom Leben. Natürlich erlöste diese Hinrichtungsmethode den Verurteilten nur von seiner jämmerlichen Existenz als Häftling, als Wartender, als Hoffnungsloser, und ist daher nicht vergleichbar mit einem Sterben, das, kurz und schmerzlos, den Schlusspunkt unter ein gelebtes Leben setzt, zumal eins von hundert Jahren.

Der Tod auf dem sogenannten Gnadenstuhl soll grausam gewesen sein. Die elektrischen Stöße mussten in mehreren Intervallen sekundenlang durch den Körper gejagt werden, damit der Tod zuverlässig eintrat. Das Hirn brodelte, die Augäpfel platzten, die Muskeln verkrampften, Arme und Hände brannten an den Armlehnen fest. Und weil sich Darm und Blase entleerten, wurden dem Delinquenten zuvor Windeln angelegt. Nein, mein Verschwinden wird sanft sein. Bevor mein Nervensystem es überhaupt registriert und an das Bewusstsein weitergeleitet hat, werde ich nicht mehr sein.

Ein ewiges Leben habe ich mir nie gewünscht, und schon gar nicht in diesem Körper. Selbst in den glücklichsten Momenten meines Daseins wünschte ich mir nur, der glückliche Moment möge dauern.

Unsterblichkeit wäre die Hölle, meinte Vadim. Und ich meine das auch. Unser Dasein würde sich in endlosen Wiederholungen erschöpfen. Wir wären zur Langeweile verdammt, ohne die Möglichkeit, es wie ein ermüdendes Theaterstück verlassen zu können.

Was ist eigentlich so furchtbar daran, tot zu sein? Als Kind hatte ich eine konkrete Vorstellung davon, wie es ist. Und jene kindliche Vorstellung habe ich bis heute, keine Religion konnte sie ersetzen. Ich bin überzeugt davon, dass mein Tod wie das Nichtsein vor meiner Zeugung ist: Welten entstanden, Welten verschwanden. Zeitalter kamen, Zeitalter gingen. Kriege wurden entfacht, Kriege endeten. Und das alles ging mich nichts an in meinem Nichtsein.

Ich drehe mich auf die Seite, ziehe die Bettdecke hoch bis unters Kinn. Nein, diese Kälte!

Was fange ich mit meinem letzten Tag an? Ich weiß es nicht, ehrlich gesagt. Früher hatte man einen besonderen Tag oder ein besonderes Ereignis gefeiert, egal, ob der Anlass eine Kindstaufe oder ein Begräbnis war. Die Feier sollte in Erinnerung bleiben und mit ihr der Anlass, vielleicht sogar umgekehrt. Doch in welchem Gedächtnis sollte mein Verschwinden zur Erinnerung werden? Und überhaupt: Mit wem könnte ich feiern? Soll ich mir selbst zu Gast sein? Ja, warum nicht? Aber wie?

Auf der Suche nach einer guten Idee habe ich mich von einem Chat-Bot beraten lassen. Ich fragte ihn, was ich, eine Hundertjährige, an ihrem letzten Lebenstag so machen könnte. Mir war klar, dass er mit seinem Wissen über uns und die Welt nicht auf dem aktuellen Stand war. Er hatte lange nichts dazulernen können, was man ihm natürlich nicht vorwerfen kann; denn kaum jemand chattete noch mit diesen Frage-und-Antwort-Bots. So erfuhren sie nichts Neues. Aber vielleicht, dachte ich, vielleicht war ja auch eine Idee aus den nicht so guten alten Zeiten noch brauchbar. Also gab ich ihm eine Chance.

Wie ich geahnt hatte, waren seine Vorschläge, gelinde gesagt, ziemlicher Mist. Mir drängte sich der Verdacht auf, dass er romantische Filme und Romane zu sehr verinnerlicht hatte, denn er schlug mir tatsächlich vor, ich solle mit einem Picknickkorb hinaus in die Natur ziehen. Dort könnte ich mir eine Wiese am Waldrand suchen und meine letzten Stunden in frischer Luft verbringen, ich könnte Schmetterlinge beobachten, Blumen pflücken und beim Gesang der Vögel meine Sandwiches genießen. Diese Idee fand ich dermaßen drollig, dass ich um weitere lustige Vorschläge bat. Oh ja, mein Unterhaltungskünstler, der zwischen Ironie und Ernst noch nicht zu unterscheiden wusste, meinte, ich solle etwas Gutes an meinem letzten Lebenstag tun.

Dieser Vorschlag hatte was! Ich kannte niemanden, dem ich etwas Gutes hätte antun können. Das sagte ich natürlich nicht, sondern antwortete nur, dass die Umsetzung praktisch unmöglich sei. Prompt regte er an, einen Menschen um Versöhnung oder Vergebung zu bitten. Es war nicht leicht, ihm verständlich zu machen, dass niemand da war, den ich um Versöhnung und Vergebung bitten könnte. Wenn niemand da sei, bekam ich zur Antwort, sollte ich mir selbst vergeben, in jedem Leben fände sich etwas, das einen mit sich selbst versöhne, sobald man es sich verziehen habe.

Gut, darüber würde ich nachdenken, sagte ich, und verabschiedete mich aus dem Chat.

Mir wird kälter und kälter, meine Gedanken verlieren sich. Auf der Schwelle zum Schlaf ist mir, als stiege ich die Treppenspirale eines schwindelerregend hohen Turms hinunter, rückwärts und mit geschlossenen Augen. Meine Aufgabe: ich muss mit jeder Stufe die Zahl 34 von einer astronomisch hohen Zahl mit 33 Nullen, einer Quintilliarde, abziehen. Wie aber heißt die nächste, um 34 kleinere Zahl?

Unter der Oberfläche meines seichten Schlafs ahne ich, dass dieses Traumbild ein Gedanke ist, der mich zum Tod unseres Vaters führt und vielleicht weiter zu einer Stelle, einem Augenblick, einem Moment, den ich mir vergeben und verzeihen muss. Also steige ich in den letzten Stunden meines Lebens noch einmal hinunter in meine Erinnerung.

Sie hütet sich, mich noch einmal meiner Todesangst auszusetzen, als ich mitten in der Nacht, mitten im Schlaf aus dem Traum gerissen wurde. In einem jähen Zustand äußerster Wachheit erkannte ich unseren Vater, sein Gesicht zur Hälfte schwach beleuchtet vom Licht, das aus dem Flur in mein Zimmer fiel. Er stand an meinem Bett und drückte mir etwas Hartes und Kaltes an die Schläfe. Der ölige, metallische Geruch verriet die Waffe. Und verriet den Mann, der zitterte. Mein Herz randalierte. Wie besessen schlug es um sich, kreuz und quer schlug es und trommelte in meiner Brust. Todesangst empfand ich nicht, ich war wie abgeschnitten von mir selbst.

Auch jetzt, in meiner Erinnerung, ist die Todesangst nur ein Wort. Das Gefühl als solches ist ausgelöscht. Damals, erst im Nachhinein, als die Sekunden durchlitten waren, die mich ohnmächtig machten wie das Gras, das Korn, das Schilf, das den Schnitter erwartet, erst als ich endlich die Augen aufgerissen hatte und dem Entsetzen im Blick unseres Vaters begegnet war, der nun die Pistole sinken ließ und benommen aus meinem Zimmer wankte, erst danach erfasste ein Schlottern, Schütteln und Beben meinen ganzen Körper. Und es wollte nicht aufhören, es überfiel mich in Schüben wie Schüttelfrost, wieder und wieder. Ich war außer mir, ich war kopflos, ich hatte Angst, ich war nicht mehr ich und wusste nicht weiter.

So lag ich bis zum Morgengrauen, ohne mich beruhigen zu können, fassungslos und mit wirren Gedanken. Immer neu bohrte ich mich in die Frage nach dem Warum. Heute denke ich, dass die blutschänderische Liebe seiner Kinder für ihn ein so ungeheuerliches Verbrechen gewesen sein muss, dass er imstande gewesen wäre, es mit einem noch größeren Verbrechen zu beenden, vergleichbar einem Ehrenmord, um das Ansehen der Familie wiederherzustellen.

Was anfangs nur Ahnungen waren, die ihn nachts voller Unruhe durchs Haus trieben und an unseren Zimmertüren lauschen ließen, wurde ihm irgendwann zur Gewissheit. Doch er schwieg und hoffte wohl, es würde vorbeigehen. Wie eine Entzündung, wie ein fiebriger Infekt. Doch es ging nicht vorbei.

Er war Realist. Die sogenannte Inzest-Schranke, die angeblich genetisch angelegt ist, um Inzucht zu vermeiden, und Widerwillen gegen die sexuelle Begegnung mit einem nahen Verwandten hervorruft, funktionierte bei uns nicht. Eine Aussprache, Ermahnung und sogar Drohung, nichts würde sich ändern.

Zu derartigen Gedanken war ich in jenen Stunden gar nicht fähig. Mein Kopf war in Aufruhr, mein Körper Schüben von Schüttelfrost ausgeliefert, Herz und Seele fühlten sich entzündet an, es brannte, es schrie in mir, nur losheulen konnte ich nicht. So lag ich mit meinem Grauen vor dem kommenden Tag auf dem Bett. In der Morgendämmerung stand ich schließlich auf, ging ans Fenster, starrte ins Nirgendwo. Irgendwann war Ludwigs Stimme neben mir.

»Weißt du, was mit Vater los ist?«, fragte er.

»Wieso?«

»Er säuft sich zu, wie es aussieht. Gegen drei Uhr bin ich wach geworden. Im Haus war es irgendwie unruhig, ich bin aufgestanden, um nachzusehen. In seinem Arbeitszimmer brannte Licht. Zuerst habe ich gedacht, dass er arbeitet, weil er wieder nicht schlafen konnte, und bin rein. Er saß am Schreibtisch, vor ihm eine Flasche Whisky. Alles klar, dachte ich und habe ihn angesprochen. Er hat mich rausgeschmissen: Hau ab! Und jetzt sitzt er noch immer da und säuft. Hast du eine Ahnung, warum?«

Ich antwortete nicht; unser Vater war soeben vom Wintergarten auf die Terrasse getreten. Sein Gang war der Gang eines Volltrunkenen. Er stützte sich auf den Gartentisch, sein Kopf hing vornüber und pendelte hin und her.

»Vater ist wahnsinnig geworden«, sagte ich, ohne Ludwig anzusehen. »Er war heute Nacht an meinem Bett, mit einer Pistole, er wollte mich umbringen, im Schlaf, erschießen wollte er mich.«

Wieder erfasste das Zittern meinen ganzen Körper, ich fing an zu heulen. Ludwig drückte mein Gesicht an seine Schulter und streichelte meinen Rücken.

Leise und tonlos sagte er: »Nach dir wäre wohl ich dran gewesen.«

Es dauerte eine ganze Weile, bis wir uns voneinander lösten und wieder hinunter in den Garten schauten. Unser Vater stand jetzt dicht am Rand des Wasserbeckens. Es reichte für ein paar Schwimmzüge und zum Ertrinken, so jemand wollte. Wir hatten denselben Gedanken. An jenem Morgen schien es, als wären wir durchsichtig für den anderen. Unser Vater starrte in das glitzernde Wasser. Plötzlich taumelte er. Sein Körper schlug aufs Wasser. Kein Schreckenslaut drang durch das geschlossene Fenster bis zu uns. Er versank ohne Gegenwehr. Wir vergaßen zu atmen und rührten uns nicht. Ludwigs Hand legte sich fest auf meine Schulter.

»Was machen wir?«, flüsterte ich.

»Warten«, antwortete er.

Nun muss ich wohl doch wieder eingeschlafen sein, während ich mir das alles ins Gedächtnis zurückgerufen habe. Darüber ist es Tag geworden, ein ungewöhnlich heller Tag, mein letzter, mein hundertster Geburtstag. Gegen meine Gewohnheit greife ich heute nicht in die Bonbonniere nach den bunten Perlen, die mein Aussehen seit zwanzig Jahren konservieren. Ich begebe mich auch nicht unter die Kopfhörer, um in der Vergangenheit zu stöbern, sondern stehe auf mit der Antwort auf die Frage, ob ich mir in diesem Leben etwas zu verzeihen habe. Sie lautet: Nein.

Mein abgetragener Morgenmantel aus mürbem Brokat liegt griffbereit. Ich nehme ihn und begebe mich eine Treppe tiefer ins Badezimmer.

Es ist schon seltsam, wie die alltäglichsten Dinge sich verändern, wenn man sie im Bewusstsein tut, dass es das letzte Mal ist. Aufstehen, eine Treppe hinuntergehen, unter der Dusche stehen, sich Frühstück machen und nicht wissen, was man anziehen soll, all das kommt mir plötzlich ungewohnt und neu vor. Wirklich neu ist allerdings die Kühle im Haus und wohl auch draußen. Selbst das Tageslicht ist heute ein anderes. Eine Art Schneelicht ist aufgezogen, wie vor einem Wettersturz. Doch harte Wintertage sind nicht mehr zu befürchten, selbst wenn, was ginge es mich noch an? Etwas anderes beunruhigt mich. Seit heute Morgen schnürt eine Widderköpfige ums Haus. Anders als alle anderen wirkt sie nicht wie ein junges Mädchen, sondern eher wie eine Matrone. Das mag an ihrer drallen Gestalt liegen und an ihrem festen, bestimmten Schritt. So geht jemand auf ein Ziel los.

Doch im Moment zieht ein Level7 meine Aufmerksamkeit auf sich. Es hält. Und wer steigt aus? Tilla! Auch das noch. Gleich wird sie an der Tür sein, und ich bin noch im Morgenmantel, geduscht, aber ungekämmt. Sie trägt ein Paket auf dem Arm, ein ziemlich lieblos eingepacktes Paket, wie ich sehe. Es wird mein Geburtstagsgeschenk sein, denke ich und lasse Milde walten. Doch etwas mehr Mühe hätte sie sich schon geben können. Blümchenpapier hätte ich schön gefunden, Blümchenpapier und eine riesengroße Schleife, das wäre heute angemessen gewesen.

Nun ja, es grenzt bereits an ein Wunder, dass sie sich überhaupt an meinen Geburtstag erinnert hat. In den vielen Jahren unserer gepflegten, mit Freundlichkeit überzuckerten Feindschaft schien dieses Datum für sie gar nicht zu existieren. Warum kommt sie ausgerechnet zu meinem Hundertsten, und das mit einem Geschenk? Will sie etwas gutmachen, oder will sie abwarten, bis sie die tödliche Gewissheit hat, dass ich von dieser Welt verschwunden bin? Tilla, ich warne dich, solche Stunden können sehr lang sein, und langes Warten macht schlechte Laune.

Sie klingelt, ich gehe zur Haustür und öffne. Ein eisiger Wind fegt Tilla in die Diele.

»Puh!«, macht sie. »Wer hätte gedacht, dass wir noch einmal Kälte erleben dürfen.«

Sie stellt das Paket vor dem Braunbären ab. Dann zieht sie ihren altmodischen Silberfuchs aus. Den hat sie über einen Trainingsanzug gezogen. Der wird das wärmste Kleidungsstück sein, das sie besitzt, denke ich. Sie hält mir den Silberfuchs am ausgestreckten

Arm entgegen. Bin ich ihre Zofe? Egal! Ich nehme die räudige Pelzjacke entgegen.

»Das Ding stinkt«, sage ich. »Riechst du das gar nicht?«

»Nein. Was riechst du denn?«

»Naphthalin«, sage ich.

»Ach, das müssen die Mottenkugeln in den Taschen sein.«

»Motten gibt es doch gar nicht mehr. Was soll das?«

»Das Zeug stammt noch von der Vorgängerin.«

»Warum nimmst du es nicht raus?«

»Vergessen. Es war ja ewig nicht mehr so kalt wie heute.«

Darauf sage ich nichts, sondern hänge Naphthalin Silberfuchs widerwillig in den Dielenschrank

»Hast du schon gefrühstückt?«, frage ich.

»Einen Keks und ʼne halbe Flasche Cola.«

»Solltest du auch was Gesundes mögen, im Esszimmer steht es bereit. Kannst dich schon mal setzen, ich hole ein zweites Gedeck. Der Kaffee müsste gleich durchgelaufen sein.«

Während Tilla loswackelt, verkneife ich mir einen neugierigen Blick auf mein Geschenk, um mir die Überraschung nicht zu nehmen.

Eine Stunde später sitzen wir noch immer am Frühstückstisch. Unser Gespräch ist verstummt, seit es angefangen hat zu schneien. Man könnte meinen, wir hätten den Schnee herbeigeredet, denn kurz zuvor haben wir uns über Wetterphänomene unterhalten. Nun haben wir eins vor Augen. Der Schnee fällt so dicht und in so großen Flocken, dass die Welt dahinter allmählich verschwindet.

Schnee haben wir seit mindestens zehn Jahren nicht mehr gehabt. Damals stürzte, ähnlich wie heute, die Temperatur innerhalb von Minuten in nie dagewesene Minusgrade. Omegas Wetterdient hatte es nicht vorhergesehen, sondern den üblichen heißen Tag prognostiziert. Wie sich später herausstellte, steckte das Wettermodell damals in einer Endlosschleife. Jahrelang war es nicht aufgefallen, weil sich die stets gleichen Vorhersagen mit den stets gleichen Wettererscheinungen deckten: Tag für Tag hochsommerliche Temperaturen, kaum Wind, keine Niederschläge. Erst als jener Kälteeinbruch die Welt ohne Vorwarnung heimgesucht hatte, ging Omegas Wetterdienst der Sache auf den Grund. Die Endlosschleife wurde zwar diagnostiziert, doch die Fehlerursache aus Vereinfachungsgründen nicht behoben. Omegas Wetterdienst schaltete sich kurzerhand selbst ab. Die Begründung: Wettervorhersagen seien verzichtbar, da die Bedingungen auf lange Sicht konstant blieben. Falls es neuerlich zu einem Kälteeinbruch kommen sollte, müsse man sich warm anziehen. Wohl zur Aufmunterung wurde uns das alte Sprichwort mitgegeben: Auf Regen folgt Sonnenschein.

Und was folgt auf Schnee, der nicht aufhören will zu fallen? Das weiße Gestöber hinter dem Fenster hat derweil einen blickdichten Flockenvorhang vor die Welt gezogen. Ich wende mich wieder Tilla zu.

Ich sage: »Du hast doch was mitgebracht, wenn ich mich nicht irre. Möchtest du es mir nicht geben oder wenigstens zeigen?«

»Ach richtig«, antwortet sie. »Das war ja der Grund, warum ich überhaupt gekommen bin. Ich wollte dir endlich deinen »Huhn« zurückbringen. Das Ding funktioniert nicht besser als mein alter Drucker, jedenfalls kommen keine essbaren Frühstückseier aus. Was rauskommt, sieht aus wie … «

Da ihr ein salonfähiger Ausdruck nicht einfällt, begibt sie sich in die Diele, ohne den Satz zu beenden. Kaum hat sie die Tür hinter sich zugezogen, klingelt es an der Haustür. Ich erhebe mich, um nachzusehen, wer sich bei diesem Wetter ins Freie gewagt hat.

Die Esszimmertür klemmt. Ich drücke dagegen. Die Tür geht nicht auf. Ich drücke stärker. Die Tür bewegt sich nicht. Es ist, als habe auf der anderen Seite jemand einen vollen Sack dagegengestellt. Ich drücke stärker, ich stemme mich mit der Schulter gegen das Türblatt. Ich bin eine alte Frau, ein Fliegengewicht bin ich. Alma, du musst atmen, nicht aufgeben, Alma, sage ich mir. Mit aller Kraft gelingt es mir, die Tür einen Spalt weit aufzuschieben. Eisige Kälte zieht durch den Spalt, schneidende Kälte, sie trifft mich wie ein glühendes Messer. Im nächsten Moment reißt es mir die Tür aus der Hand, reißt mich vorwärts, reißt mich zu Boden, reißt mich in die Luft, reißt mich hinein in die Wut eines Blizzards, in ein Bombardement von Eisgeschossen, begleitet vom Aufbrüllen der ganzen Welt. Und nirgendwo Halt. Gleichwohl registriere ich: Haustür sperrangelweit offen, Braunbär in grotesker Verrenkung gestürzt, Diele voller Schnee, kniehoch, die Treppe hinauf, die Gehörnten an der Wand überfroren, glasige Eisschicht. Von Tilla keine Spur. Der Sturm wütet ungebremst weiter, schüttet mich mit Schnee zu, begräbt mich. Kalt ist mir, unglaublich kalt, so kalt, dass ich nicht einmal spüre, wie ich erfriere in meinem abgewetzten Morgenmantel aus Brokat.

DIE AUTORIN

Foto: Kirsten Mann

Waltraud Bondiek, aufgewachsen in Niedersachsen, lebt seit 1991 in Radebeul und schreibt Prosa. Ihre Texte wurden in Anthologien, Literaturzeitschriften sowie in einem Hörbuch veröffentlicht und mit Preisen ausgezeichnet, u. a. mit dem Würth-Literaturpreis 2014, dem Publikumspreis des Menantes-Preises für erotische Dichtung 2012 und dem Literaturpreis Nordost 2016. Im Verlag TWENTYSIX/ BoD hat sie den Roman »Schatten und Risse«, die Erzählung »Gilgamesch – Annäherung an einen Mythos«, den Kurzprosa-Band »Short Stories«, das Kinderbuch »Hallo Marabu! – eine strauchteuflische Geschichte« sowie zehn erotische Geschichten in ihrem persönlichen Bestseller »Ohne ist auch schön« veröffentlicht.